文

景

Horizon

J.R.R. TOLKIEN
THE FALL OF NÚMENOR
and Other Tales from the Second Age of Middle-earth

努门诺尔的沦亡

并中洲第二纪元的其他传说

［英］J.R.R. 托尔金 著

［英］布莱恩·西布利 编

［英］艾伦·李 图

邓嘉宛　石中歌 译

上海人民出版社

于是，众人聆听埃尔隆德以清晰的声音讲述起索隆和"力量之戒"的故事，以及这些戒指是如何在很久以前于世界的第二纪元中铸成。在座一些人知道这个故事的片段，但没有人知道全部来龙去脉；随着埃尔隆德娓娓道来，许多人都向他投去了恐惧与讶异的目光。他说到了埃瑞吉安的精灵工匠，说到了他们与墨瑞亚的友谊和对知识的渴切，而索隆正是利用后者诱使他们落入了圈套。因为彼时索隆的外貌尚未显露邪恶，埃瑞吉安的精灵工匠接受了他的帮助，工艺大为精进，而他则学会了他们所有的秘技，并且背叛了他们，在火焰之山中秘密铸造了至尊戒，要主宰他们。然而，凯勒布林博察觉了他的企图，便将自己锻造的精灵三戒隐藏起来；于是战火燃起，埃瑞吉安沦为废墟，墨瑞亚大门紧闭。

接着，埃尔隆德历数了这枚魔戒此后多年的踪迹。由于那段历史在别处有所记载——正是埃尔隆德本人将之录入自己的学识书籍当中——此处就不再赘言。那是个很长的故事，充满了伟大又可畏的功绩。尽管埃尔隆德只是简述，但等他说完，早晨几乎过去，太阳也已经升得很高了。

他讲到了努门诺尔，讲到了它的荣光与堕落，还讲到人中王者乘着风暴的翅膀远渡重洋，回到了中洲。

——《魔戒》卷二第二章"埃尔隆德的会议"

纪念普莉西拉·鲁埃尔·托尔金

（1929—2022）

中洲之友的永恒友人

目 录

---

　* 克里斯托弗·托尔金所绘地图。

彩图目录

* 地图由克里斯托弗·托尔金绘制，妮科莉特·卡文上色

关于本书

  《努门诺尔的沦亡》意在选摘 J.R.R. 托尔金身后出版的作品中关于中洲第二纪元的内容，汇集于一卷之中。本书得以编成，完全仰仗克里斯托弗·托尔金非凡的文学成就：是他向《霍比特人》和《魔戒》的读者介绍了远古时代和第二纪元丰富的神话和历史遗产。这是他多年来编辑、收集、汇编和提供宝贵评论，兢兢业业管理他父亲的诸多手稿与草稿取得的成果。正是在克里斯托弗·托尔金编辑出版的《精灵宝钻》《未完的传说》《中洲历史》各卷以及其他作品中，努门诺尔的沦亡、索隆的崛起、力量之戒的锻造，以及精灵与人类的最后联盟对抗魔多的黑暗魔君的故事得以首次讲述。

  本书无意取代这些作品，因为每一本都已经是 J.R.R. 托尔金著作的权威呈现，并由克里斯托弗·托尔金做了无与伦比的精辟评论和分析。相反，本书乃是从上述作品中摘录，且尽量不做编辑干预，从而用原著作者自己的话来阐明第二纪元中那些丰富而动荡的事件。这些事件 J.R.R. 托尔金曾汇总为"编年史略（西部地区的编年史）"，即《魔戒》附录二的一部分，也在本书开头再现。对于那些希望更深入研究其历史的读者，本书末尾提供的注释将有助于他们探索中洲第二纪元的更多内容，其中许多注释借鉴了克里斯托弗·托尔金本人宝贵的编辑专业知识，直接转载或引用了他对原始出版资料的注释。除《魔戒》外，所有提到的页码参考都基于相应文献的第一版，而《魔戒》参考的是 2004 年纪念该书出版 50 周年的编辑新版。[1]

　　本书选择的段落和摘录，是按照"编年史略"（"西部地区的编年史"）中设定的年代顺序排列的，归在以编年史条目为标题的章节中。此外还有两个资料来源补充：同样出自《魔戒》的"附录一：列王纪事"中列出的努门诺尔君主名号和在位时段，以及出自《未完的传说》第二辑"第二纪元"的"埃尔洛斯一脉：努门诺尔诸王"。

　　第二纪元的事件分别在努门诺尔岛和中洲展开，其编年记录的材料来源介绍如下。

　　有关努门诺尔的历史，取自"努门诺尔沦亡史"的

---

[1] 为方便中文读者查询，译者已对资料引用方式做出修改，见本书"注释"部分的译者说明。——译者注

文本（出自《精灵宝钻》）、"阿勒达瑞安与埃仁迪丝"的故事和"埃尔洛斯一脉的早期谱系"这张谱系表（均出自《未完的传说》），并汲取了"阿卡拉贝斯的历史"（出自《中洲历史》卷十二）、"传说的早期历史"和"努门诺尔的沦亡"（出自《中洲历史》卷五），以及"阿那督尼的沉没"（出自《中洲历史》卷九）中的材料。

如克里斯托弗·托尔金所愿，对他父亲作品的研究仍在继续：本书还引用了托尔金的另一本遗著《中洲的自然与本质》（2021年出版），由卡尔·F.霍斯泰特主编。这些资料经过编辑，旨在讲述努门诺尔的建国历史、努门诺尔的地理和野生动植物，以及努门诺尔人的生活。此外，本书还包括或引用了"努门诺尔岛国概况"（见《未完的传说》），以及《中洲的自然与本质》中"努门诺尔的岛况与生态""努门诺尔人的生活"和"努门诺尔人的衰老"这几章。所选用的段落不一定按照原书中的顺序出现，而是组织成最适合编年叙述的顺序。

同时期发生在中洲而非努门诺尔的事件，选自"魔戒与第三纪元"（见《精灵宝钻》），"加拉德瑞尔与凯勒博恩的历史"（见《未完的传说》）和"加拉德瑞尔与凯勒博恩"（见《中洲的自然与本质》）的文本。

本书遵循克里斯托弗·托尔金确立的原则，就是把已出版的文本视为最终版本，如果材料来自早期的草稿，包含不同的名称、日期和拼写，则对这些变化进行修正，使其符合最终采用的版本。如果他不能确定其父书写的单词或短语是什么，就在前面加问号。

编辑插入的说明采用较小的字体，辅以缩进；编者引入段落或夹在摘录内容中的解释性改动则用方括号表示。如果原文段落开头没有大写，为便于阅读，均已修改为大写开头，不做额外说明。段落中省略的词用省略号表示。

本书还摘录了由汉弗莱·卡彭特在克里斯托弗·托尔金的协助下编辑的《托尔金书信集》（1981年版），并收录了《魔戒》中与第二纪元有关的关键段落，这些段落提供了重要的相关材料。其中一些段落的文本有删节（用省略号表示编辑过）或不做额外说明而重新排列。所有摘录都附有尾注，可引导读者参照《魔戒》的相关段落。

引 言

"黑暗纪元"的传奇故事

这是现代文学里一个历久弥新的难忘时刻：至尊戒——黑暗魔君索隆统御众戒的力量之戒，毁灭它正是整场史诗级冒险征程的目标——落入末日山核心的烈焰；于是，至尊戒回到了锻造它的地狱，终于解体销融了。

当然，作者还要处理诸多后续：救援、治疗以及加冕，再是最后的清算与和解，还有告别、分离和启程。但是，统御魔戒的毁灭，随之而来的索隆及其邪黑塔的覆灭，以及他对中洲自由民长达千年的消耗战的终结，实际上就是托尔金的《魔戒》的高潮时刻。

然而，对作者而言，这却只是一个或一系列古老得多的故事的详尽附庸，那些故事他已经斟酌笔耕多年，而他的想象力早在更久以前就开始为它们服务了。正如他在《魔戒》出版的几年前所写的："在我印象中，我无时无刻不在构建它。"[1]

通过大众文化引擎的不懈努力，《魔戒》如今已成为受到普遍认可的神话创作艺术的象征，位列世间涵盖几个世纪的传奇故事、民间传说和仙境奇谭的宝库当中。但是，对托尔金来说，比尔博·巴金斯的探险，以及他侄子弗罗多的不朽征程，都只是一个可以上溯到遥远的过去、远为伟大的故事的一部分。

1944年11月，托尔金在写给儿子克里斯托弗的信中透露，他致力写作的"伟大的浪漫传奇"是一部不断发展、变化和显现的编年史。在寄给克里斯托弗最新完成的章节以及剩余叙事的大纲时，他评论道："当它真正写出来的时候，很可能会跟这份计划大相径庭，因为我一旦开始写，故事似乎就会自己生成，仿佛真相到那时候才会显现，初步草案里只是不完美地瞥见了它的一斑。"[2]

这种创作的方式要归结到托尔金本人——他既是公认的学者，也是自认的业余小说作家。虽然他的专业和热情都扎根于研究，并且受过文字理解和运用方面的专门训练，但自由奔放、解放灵感的创造性想象力不断冲击、引导着他，这令他着实惊喜不已。最终，他写出了《魔戒》，一部构思与成稿都独一无二的奇幻文学杰作，是他早期更朴素的故事《霍比特人》的宏大"续集"。

起初，托尔金的读者只知道这书的故事本身，并不知道它的基础乃是一个学术头脑经过辩证甚至痴迷的严谨劳动构建出来的。直到后来，公众才逐渐意识到，是语言学、编年史、家谱和历史组成的迷宫一般的庞大结构，支撑起了魔戒大战那史诗般（但又深刻而细致）的叙事。这基础的一部分就是仍在创作中、被称为"精灵宝钻"的作品，它是由一系列充满想象力的篇章组成的错综复杂的马赛克拼图，构成了《魔戒》之前的历史和中洲传说故事集的起源。

1951年，托尔金开始寻找一家不但愿意考虑他新完成的《魔戒》，还愿意承诺同时出版"精灵宝钻"的出版商。后者他已经断断续续地写了大约三十七年。

为了促成这个目的，托尔金写了一份他所谓的"简介"（虽然长达7500多词），权作《精灵宝钻》和《魔戒》两部作品的简历，并不厌其烦地详细说明了二者之间相互依存的关系。

他首先概述了中洲的创造——那是一个极具文学力量和美感的创世神话——接着详尽描述了不同种族的精彩历史和他们在他所说的"第一纪元"中的伟大事迹，以及降临在他们数代人身上的巨大悲剧。然后，在论到接下来那个纪元的事件时，托尔金写道："下一套故事涉及（或者说将要讲述）的是第二纪元。但在大地上这是个黑暗的纪元，没有太多历史得以（或有必要）讲述。"[3]

引言

这个说法很奇怪，因为这部分的历史托尔金已经写了不少——许多详细的草稿篇幅都相当长——包括《魔戒》中点题的人物索隆的起源和崛起，以及力量之戒和统御众戒的至尊魔戒的锻造。[1]

　　同样，他还记录了这 3400 多年的时间跨度中努门诺尔岛国的建立，包括它的地理和自然环境，它的人民及其政治、社会和文化历史，以及导致他们最终腐化、衰落和灾难性沦亡的事件。

　　托尔金曾雄心勃勃地计划向读者展示他所创造之世界的全部神话、传说和历史，作为《魔戒》中戏剧故事的前奏，但这一计划以失败告终——出版商对如此昂贵又没把握的投资持谨慎态度，这是可以理解的——他别无选择，只能接受单独出版弗罗多·巴金斯和护戒远征队的故事。

　　然而，努门诺尔的创建与最终的覆灭，以及一众力量之戒的打造，仍是中洲编年史上的中心事件。当 1954 年 7 月和 11 月，《魔戒》的头两部——《魔戒同盟》和《双塔殊途》终于由乔治·艾伦与昂温出版时，众多读者首次窥见了过往那段诱人的历史，它为中洲自由人民对抗索隆和魔多势力的斗争提供了丰富多彩的背景。这些强有力的元素虽然不属于叙事主线，却被证明是——事

---

1 《魔戒》原题直译即为"魔戒之主"，指索隆。——译者注

实上，一直都是——这部书不可或缺的魅力所在。

1955 年，当《魔戒》的第三部即最后一部《王者归来》出版时，托尔金增加了一百多页的附录，提供了有关中洲的许多细节：中洲的各种语言，君主的世系，以及第二和第三纪元的大事年表。多年以来，普通读者要想了解已出版的比尔博·巴金斯先生的冒险故事和他侄子弗罗多后来肩负任务的背景知识，这些附录（1966 年曾为《魔戒》第二版修订过）都是唯一的途径。

正如托尔金 1965 年在《魔戒》第二版前言中所写的："这个故事随着讲述而逐渐拓展，最终演变成一部'魔戒大战'的历史，从中还能窥见此前另一段更为古老的历史的点点滴滴。"由于作者在 1973 年 9 月 2 日去世，人们似乎没有办法再深入了解中洲那段"更为古老的历史"了。但是，1977 年 5 月，汉弗莱·卡彭特出版了《托尔金传》，该书不仅比以往更全面地揭示了托尔金作品的广阔范围，还为具体的诗歌和散文叙事提供了崭新又吸引人的细节，例如"暮星埃雅仁德尔的远航"和"刚多林的陷落"。这些诱人的引述，预示了同年 9 月经由克里斯托弗之手的《精灵宝钻》的出版。在此前的四年里，克里斯托弗一直在为这个项目不懈努力，希望让读者有机会领略他父亲对中洲第一纪元的宏伟构想。

虽然《精灵宝钻》主要侧重于中洲"远古时代"的神话和历史，但也包含了两篇与第二纪元有关的重要作品：内容不言自明的"魔戒与第三纪元"和"努门诺尔沦亡史"。后一篇作品记述了岛国努门诺尔的故事——它被赠予那些在第一纪元末的愤怒之战中，忠诚地与精灵并肩作战的中洲人类——并且描述了它如何遭受索隆的腐化，最终走向毁灭。托尔金最初为这篇作品取的标题是"努门诺尔的沦亡"，后来又改为"努门诺尔的覆亡"。在《精灵宝钻》中，克里斯托弗·托尔金采用的篇名是"阿卡拉贝斯"[1]，它在努门诺尔人的语言中的意思是"业已沦亡的母国"或"沉沦之地"，并指出虽然这部作品的各个版本都不是以此为题，但他父亲就是以此称呼它的。[4]

1980年克里斯托弗·托尔金付梓的《努门诺尔与中洲之未完的传说》揭示了更多关于努门诺尔的细节，包括历史、地理和家谱。该书是又一部克里斯托弗从他父亲的文稿中选取的叙事合集，其中大多数故事都没有写完，讲述的是中洲三个纪元中的各种重大事件。

与《精灵宝钻》一样，《未完的传说》也源自克里斯托弗对他父亲文稿的深入研究。尽管该书内容零散，但它的成功开创了文学研究领域的一项独特尝试，其成果就是跨越十三年时间陆续出版的十二卷皇皇巨著——《中洲历史》。

---

1 世纪文景版《精灵宝钻》将这篇的篇名译为"努门诺尔沦亡史"。——译者注

在此我们必须提到托尔金关于努门诺尔的另外两篇重要文稿。他对这座岛屿的创造及其最终命运的迷恋，部分源自一个反复出现的噩梦，它从他的幼年开始，一直延续到成年。他在一封 1964 年写的信中描述了这段经历：“有个关于某段古老历史的传说、神话或模糊记忆，一直困扰着我。我睡着时曾做可怕的梦，梦见无从逃避的巨浪，或是从平静的海上涌现，或是滔天卷起，扑向青绿的内陆。我仍然偶尔做这个梦，不过我现在通过写作来排解。”[5]

促使托尔金尝试以写作来排解的契机，很有可能是 1936 年托尔金与 C.S. 刘易斯的一次交流。刘易斯是他的朋友，也是文学团体“墨象社”的成员。托尔金后来回忆说：“有一天，刘［易斯］对我说：‘托托，我们真正喜欢的故事太少了。恐怕我们得自己设法写一些。’我们商定，他试着写‘空间旅行’，而我试着写‘时间旅行’。”[6]

刘易斯写的就是《沉寂的星球》，[7]它成了空间三部曲的第一部，以科幻小说为载体，寓言式地探讨道德和神学的议题。而事实证明，托尔金的尝试不怎么成功。“我开始写一本时间旅行的书，但半途夭折了，”他写道，“计划中的结局是我的主人公见证了亚特兰提斯的沉没。那片土地会被称为‘努门诺尔’，西方之地。”[8]这个故事将从埃德温和埃尔温这对父子开始，跨越一个家族的几代人，并在时间里上溯到他们的祖先，直至努门诺尔沦亡时的关键人物。"我的努力在写了几个颇有希望的章节之后就枯竭了。"他后来反思说，"这条路绕得太远，无法抵达我真正想要创作的目标——新版的亚特兰提斯传说。"[9]

尽管托尔金提到了他所谓的"亚特兰提斯情结"或"亚特兰提斯执念"——这显然是承认故事与柏拉图对话录中描述的虚构岛屿有关联——但他更直接地被亚特兰提斯悲剧摧毁了一个文明的浪漫情怀所吸引。这种悲剧浪漫传奇，在许多世纪的流行文化中，一直影响着人类的想象力。[10]

在托尔金的诠释里，努门诺尔被巨浪吞没的大灾难后，世界被重塑了——或者说"弯转了"——从平面变成了球形，西方诸地被"永远移出了世界"。这个神话的关键因素是，去往古老西方的"笔直航道"仍然存在，虽然它现在已被隐藏起来看不见了，但任何能找到它的人都可以通行。为这本书所拟的书名——"失落之路"就体现了这个概念。

托尔金笔下岛国的兴与亡（它最初是作为赠给人类的礼物从海里升起的），不仅参考了柏拉图关于国家政治的哲学寓言，还参考了《圣经》的《创世记》中人类既脆弱又容易堕落的犹太—基督教叙事。这一点是显而易见的，他将《努门诺尔沦亡史》描述为"人类（或得以康复但仍必死的人类）的第二次堕落"。[11]

努门诺尔的沦亡

从克里斯托弗·托尔金对他父亲文稿的详细研究中可以清楚看出，努门诺尔人的故事和他们的命运，其构思与"精灵宝钻"和中洲不断发展的历史及其所遵循的自然和超自然的规律完全和谐一致。托尔金最初与刘易斯进行的创作"比赛"，也就是他所形容的"一部冒险的'惊悚小说'⋯⋯发现了神话"，[12]很快就变得至关重要，成为他传说故事集的组成部分——事实上，努门诺尔变成了托尔金正在构想的第二纪元事件的基石。

虽然还没写完，托尔金仍在 1937 年给他的出版商看了《失落之路》的初稿章节，然而出版商的答复却令人沮丧：这本书即使完成了，也不大可能获得商业上的成功。

1945 年，托尔金开始写《摹想社档案》时，重拾了单独探索时间旅行的亚特兰提斯概念（仍与中洲有关）的想法。这部小说计划以幻想的形式叙述在当时看来还很遥远的 2012 年，有人发现了有关牛津大学文学圈聚会的各种档案，其中两位成员还尝试进行时间旅行。"摹想社"是"墨象社"的双关语化用。墨象社正是这样一个牛津大学的俱乐部，由自称"业余"小说作者的人组成，托尔金和刘易斯是其主要推动者。当然，墨象社这个名字起得很巧妙，既暗示了"想法"，又暗示了那些经常舞文弄墨的人，而托尔金选择的"摹想"一词，显然是"墨象"的同义词。此外，托尔金还玩了这样一个把戏：

被列为"摹想社"成员的人物，有些可能正是被虚构进书里的他本人和其他墨象社成员。

在创作《摹想社档案》的时候，托尔金还没写完《魔戒》，于是，就像《失落之路》一样，《摹想社档案》最终被放弃了，尽管此前这本书已经写了很大一部分初稿，他还投入相当多的时间来创造努门诺尔人的语言——阿督那阳（Adûnayân），其英语化的形式是"阿督耐克"（Adûnaic，意思是"西方之地的语言"）。托尔金回头去写《魔戒》并最终完成了它，但他未能续写《摹想社档案》，毫无疑问，这是因为他的注意力越来越集中在中洲的远古时代。

虽然《失落之路》和《摹想社档案》计划中和部分完成的内容与关于努门诺尔的作品（《精灵宝钻》中的"努门诺尔沦亡史"，以及他身后出版的其他关于第二纪元的叙事）在主题上有重要联系，但它们在风格和基调上却截然不同，尤其是在涉及一部分"现实世界"（和"未来世界"）场景的时间旅行概念方面。

如果读者想进一步探索这些记录努门诺尔概念的零散尝试（包括语言），可以阅读克里斯托弗·托尔金所著的《中洲历史》中的两卷：卷五《失落之路与其他作品》（1987年）以及卷九《索隆的溃败》（1992年）。不过，本书出于例示的目的，将《失落之路》中一段内容丰富且意义特别重要的叙事收录在附录中，克里斯托弗在《失落之路》中称其为"努门诺尔章节"。

克里斯托弗·托尔金于 2020 年去世，享年 95 岁。他一生与中洲的历史密不可分，在将近五十年的职业生涯中精心整理他父亲的作品。他留下的无与伦比的学术遗产，大大丰富了读者对《魔戒》的理解和欣赏，以至于 1997 年，《魔戒》被评选为二十世纪最受欢迎的小说作品，如今以各种媒体形式在全世界读者的心目中占据了不可动摇的地位。

如果没有克里斯托弗的热情、奉献与技艺，中洲第二纪元的故事就永远不会被讲述。

第二纪元之前

　　托尔金的《魔戒》以我们现在所知的《精灵宝钻》为基础，而《精灵宝钻》最终在他儿子克里斯托弗的精心编辑下，于1977年出版。该书汇集了中洲的创造以及它从神话时代到传说融合进历史的全部变迁，如其作者所说，灵感来自他的"刻骨铭心的热情，我热爱神话（不是寓言！）和仙境奇谭，尤其热爱介于历史和仙境奇谭之间的英雄传奇。世间这类故事（我所能找到的）实在太少，远不足以满足我的胃口"。

　　1951年，早在《精灵宝钻》里中洲第一纪元的故事出版之前——事实上，甚至在《魔戒》出版到达大众读者手中之前——托尔金就在写给朋友米尔顿·沃德曼的信里谈到他作为一个故事讲述者的雄心壮志：[1]

　　　　别笑！但在很久很久以前（我的雄心壮志打
　　　那时起瓦解已久），我就有心创作一套或多或少互相衔接的传奇，涵盖的内容上至恢宏的创世神话，下至浪漫的仙境奇谭——前者奠基于联系红尘俗世的后者，而后者又自波澜壮阔的背景中汲取夺目的光彩——我唯愿把它献给英格兰，我的祖国。它将拥有我渴望的格调与品质，多少含有冷澈之意，能够体现我们的"氛围"（指西北部，也就是不列颠和周边欧洲地区的气候与风土，不包括意大利或爱琴海地区，更不包括东欧）；此外，（只要我做得到）它将拥有一种难以捉摸的美，有些人把这种美称为凯尔特风情（不过在真正的古代凯尔特遗产中，我们很难找到它的踪影），并且它应当涤除低俗，"严肃高尚"，配得上一片如今诗情盛行已久的土地上那些更成熟的心灵。这些伟大的传说故事，有一些我将会完整记述，但有许多我只会置于主题之内，勾画梗概，大幅留白。整套故事当与一个磅礴壮丽的主体相连，却又会给旁人留下余地，供那些慧心巧手驾驭画笔、音乐或戏剧来完善。这很荒唐吧。

这是雄心壮志不假，不过，对我们来说幸运的是，情况并不像托尔金在满怀沮丧和怀疑的时候所想象的那么荒唐。这是一个他不断回归并坚定追求的理念，尽管他的追求方式就像一个漫无目的的旅行者：学习语言，绘制地图，随时准备离开中心叙事的大道，只为探索如画的风景或危险的小路，然后再返回前方的主路——这无疑也解释了为什么"道路"这个概念曲折贯穿了他众多作品的始末。

托尔金在谈到他"荒唐"计划的宏大想象范围时坦言，它既不是"一下子"就构想出来的，也不是"一下子"发展出来的；相反，它形成的方式正说明了他的作品将要对跨越各大洲和各种文化的读者群体产生的独特影响——至今依旧。他写道："那些故事本身便是关键。它们犹如'天赐'之物，浮现在我脑海中，随着一个个片段分别到来，片段之间的联结也逐步成型。这项工作虽然屡屡遭到打断（尤其是，即便撇开养家糊口的不得已，我的心思也会飞向另一极的语言学，在其中流连忘返），但令人入迷，只是我始终有种感觉，我是在记录已经'存在'于某处的事物，并不是在'创作'。"

也许所有伟大文学作品的力量，都存在于那个自愿搁置怀疑的大胆时刻。托尔金提到的"语言学"本身就是创作过程的关键，因为他对语言的热爱和渊博的知识为小说注入了古老的气息。他写道：

> 很多孩子会发明或着手发明想象出来的语言，我从会写字起就致力于此，但我从未罢手。当然，身为（尤其重视语言美感的）专业语言学

第二纪元之前

者，我的品位已经改变，理论水准已经提高，大概技巧也进步不少。如今，在我那些故事背后已存在着多种互相关联的语言（虽然大部分只粗略规划了结构）。但有两种彼此相关的语言已经相对趋于完善，它们是我专为那些我称为"精灵"的生灵设计的，虽说英语中的"精灵"一词容易引起误解。这两种语言的历史已经写就，形式（代表了我个人语言品位的不同两面）则是从一个共同的起源系统地演绎而来。我那些传说故事中提到的**名称**，几乎全部来自这两种语言。命名系统由此便被赋予了一种特质（一种凝聚力，一种前后一致的语言风格，以及一种恍如真实历史的幻觉），至少我坚信如此。同类的其他故事显然缺乏这种特质。

他尝试为自己复杂的传说故事集所记录的事件梳理出一份大纲，上述评论即是引子。那些事件发生在本书所载历史之前的那个漫长的纪元。

整套故事始于创世神话［他写道］——《爱努的大乐章》。造物主和维拉……出场。我们可将维拉视为天使一样的神灵，他们的职责是在他们的领域内行使代理权……他们是"神圣者"，也就是说，他们在世界被造"以前"就已存在，起初处于世界"之外"。

在创世故事之后，《精灵宝钻》的叙事继续下去，如托尔金在信中的概述：

> 此后故事很快进展到《精灵宝钻征战史》，也就是《精灵宝钻》的主体，来到了我们所知的世界，不过当然被改换成了仍带有半神话色彩的风格——故事涉及一群具有理性的肉身生灵，其外表也多少跟我们相类。他们便是"首生儿女"精灵与"后来儿女"人类。精灵被命定不朽，将热爱这世界的美，用他们精致又完美的天赋将世界的美雕琢到极致，他们将与世界共存，永远无法脱离，即便"被杀"也仍要归回——并且当"后来儿女"出现时，精灵要教导他们，为他们让路，待到"后来儿女"成长起来，汲取两支种族共同从中得益的活力，精灵便会"衰微"。人类的"命运"（或"礼物"）是必死的命运，拥有脱离世界范围的自由。
>
> 如我所言，《精灵宝钻》的传奇故事是独特的，它不以人类为中心，这一点与我所知晓的任何同类故事都不同。它的中心观点和关注对象不

在于人类，而在于"精灵"。人类的出场不可避免——毕竟作者是人类，而他若有读者，读者也会是人类，故人类必须在我们的传说故事中出场，并且不仅仅是改头换面成精灵、矮人、霍比特人等等，或由他们来部分代表。但人类始终是次要的——他们是后来者，无论他们变得多重要，他们都不是主角。

故事的主体便是《精灵宝钻》正传，讲述了最有天赋的一支精灵民族的堕落——他们离开位于极西之地的维林诺（诸神的家园，某种"乐园"）流亡，重回他们的诞生之地中洲，那里沦入大敌统治已久；他们与大敌争战，那时邪恶的力量仍有可见的肉身形体。故事之所以得名"精灵宝钻"，是因为一切事件纷扰都紧系**精灵宝钻**（"纯净无瑕的光辉"）或"太初宝石"的命运和意义上。……但"精灵宝钻"不仅仅是这类美物。曾经有"光"存在。"维林诺之光"曾在金银双圣树[2]上为世间所见。大敌出于恶意残害了双圣树，使维林诺陷入黑暗，不过在双圣树彻底死亡之前，自它们诞生了日月之光。（这些传奇与绝大多数故事的显著差别就在这里：太阳不是神圣的标志，而是次好之物，"太阳之光"［日光之下的世界］变成了堕落世界和混乱有缺陷的景象的代名词。)[3]

不过，在双圣树遭到玷污或杀害之前，精灵的巧匠之首（费艾诺）已经将维林诺之光封存在三颗至高无上的宝石——精灵宝钻当中。此后维林诺之光就只存于这些宝石中。精灵的堕落源自费艾诺和他七个儿子对这些宝石的占有态度。宝石被大敌所夺，嵌在他的铁王冠上，被看守在他固若金汤的堡垒中。费艾诺众子发下亵渎神明的可怕誓言，无论何人胆敢染指或宣称有权拥有精灵宝钻，即便对方是众神，他们也将与之为敌，复仇到底。他们煽惑鼓动大多数族人起来反叛诸神，离开了乐园，前去向大敌发动无望的战争。他们的堕落所结的第一个苦果是，乐园里发生了血战，精灵残杀精灵。此事和他们邪恶的誓言紧紧纠缠着他们后来所有的英雄行径，造成各种背信弃义，瓦解了他们所有的胜利。《精灵宝钻》是一部流亡精灵对抗大敌的战争史，大战全部发生在世界（中洲）的西北部，其中卷入了若干个讲述胜利和悲剧的故事，但大战以山崩地裂的大灾难告终，漫长的**第一纪元**的世界——远古世界也随之消逝。（最后因着诸神的介入）三颗宝石得以收复，但精灵还是永远失去了它们——一颗在汪洋深水之底，一颗在世界核心的火焰之中，

第二纪元之前

一颗在穹苍高天之上。这部传说以世界末日的景象收场：世界被打碎并重造，精灵宝钻和"先于太阳问世的光"在末日决战之后被夺回……

故事的神话性逐渐消退，越来越像历史故事和浪漫传奇，人类就在这时加入其中。这些人类大部分是"向善的人类"——有些拒绝服侍邪恶的家族和他们的首领，风闻西方诸神与高等精灵的存在，便逃向西方，遇到了正与大敌交战的流亡精灵。登场的人类主要是人类祖先中的三支宗族，他们的族长成了精灵贵族的盟友。人类与精灵的接触已经预示了后续纪元的历史，一个反复论及的主题涉及这样的概念：（如今的）人类当中有一脉从精灵而来的"血统"和传承，人类的艺术和诗歌主要依赖于它，或被它调整改变。[4]因此，曾有两桩凡人与精灵的联姻，两脉子孙日后在埃雅仁迪尔家族中合而为一，代表人物便是半精灵埃尔隆德，他在所有的故事中都曾出场，连《霍比特人》也不例外。《精灵宝钻》的故事中，最重要也叙述得最完整的，是《贝伦与露西恩》。在这个故事中，伴随着其他事物，我们遇见了（即将在霍比特人中凸显出来的）主题的第一个例子：世界历史中那些伟大的策略，即"世界之轮"，往往不是由王侯贵族或统治者，甚至不是

靠诸神，而是靠貌似默默无闻者和弱小者来推动
的——这要归功于创造中包含的生命奥秘，以及
唯有独一之神知晓，其余全部智慧生灵都不得而
知的部分，造物主的儿女闯入创世戏剧时，这一
部分已包含在内。身为凡人的亡命之徒贝伦，在
露西恩（她虽贵为精灵公主，也不过是个少女）
的帮助下，成功做到了所有大军和勇士都未能做
到的事——他闯进了大敌的堡垒，从铁王冠上取
下了一颗精灵宝钻。他因而得以迎娶露西恩为妻，
达成凡人和不朽种族之间的第一次联姻。

　　这样一个英雄奇谭浪漫故事（我认为它美丽
又富有感染力），本身只需要非常浮泛的背景知
识便能被人接受。但它在整套故事中又是根本的
一环，脱离了它在其中的位置，便剥夺了它的完
整意义。夺回一颗精灵宝钻的无上胜利，随后导
致了灾难。费艾诺众子的誓言又开始运作，对精
灵宝钻的贪念给所有的精灵王国带来了毁灭。

　　然而，正是通过贝伦与露西恩·缇努维尔的结合，
半精灵一脉才得以诞生。后来，这一脉不仅包括幽谷的
主人埃尔隆德，还包括他的孪生兄弟——努门诺尔的开
国之王埃尔洛斯。在未来的世代，我们还将看到另一次
人类和精灵联姻——即阿拉贡和阿尔玟女士——所生的

子女。托尔金继续写道：

还有其他一些几乎同样完整记述，同样独立但又与整体历史相连的故事。比如《胡林的子女》，说的是图林·图伦拔和他妹妹妮涅尔的悲剧传说——故事中的英雄是图林……此外还有《刚多林的陷落》，其中刚多林是精灵的主要重镇。[5] 并且还有关于漫游者埃雅仁迪尔的一个或数个故事。埃雅仁迪尔是个重要人物，是他将《精灵宝钻》的故事带向结局，而且他的子孙给后续纪元中的传说提供了主要的联系和人物。身为精灵和人类两支亲族的代表，他的作用是在大海中找到那条返回诸神之地的航道，作为使者去说服诸神再次关注、怜悯那些流亡者，将他们从大敌魔掌中拯救出来。他的妻子埃尔汶是露西恩的孙女，仍保有一颗精灵宝钻。然而诅咒还在运作，埃雅仁迪尔的家园被费艾诺众子所毁。但这也提供了解决方法：埃尔汶为了保住宝石而投入大海，去到了埃雅仁迪尔身边，因着那颗伟大宝石的力量，他们终于抵达维林诺，完成了使命——代价是他们再也不许归回，也不得在精灵与人类当中生活。随后，诸神再度采取行动，西方派出强大军力，大敌的堡垒被摧毁，他本身则被推出世界之外，落入空虚之境，永远不能以肉身形体重现。铁王冠上余下的两颗精灵宝钻失而复得——结果却只是再次失去。费艾诺最后两个还在世的儿子被他们的誓言所迫，偷走了宝钻，却被宝钻所毁，一个投海，一个跳进地底深罅。埃雅仁迪尔的船载着最后一颗精灵宝钻，被安置在穹苍高天之上，成为最明亮的星。《精灵宝钻》和第一纪元的传说至此完结。

第二纪元之前

编年史略

（西部地区的编年史）

1 年　灰港以及林顿建立。

关于第二纪元，托尔金在 1955 年出版的《魔戒》附录中写道："这段时期对中洲的人类来说是黑暗年代，但对努门诺尔来说则是辉煌年代。"[1] 在克里斯托弗·托尔金确认是他父亲第一次尝试建立的"时间表"（后来成为"编年史略"）里，第二纪元被描述为"'黑暗年代'，或介于'大决战'及魔苟斯的溃败，与'努门诺尔的沦亡'和索隆被推翻之间的年代"。[2]

这段充满冲突的时代，尤其是努门诺尔所代表的不朽悲剧——建国时辉煌伟大，随后却走向衰落和毁灭——不但塑造了中洲历史，而且在物理上重塑了整个世界。第二纪元的历史记载展现了这个故事，为魔戒大战的恢宏戏剧拉开了震撼人心、影响深远的序幕。

故事开始于第一纪元 587 年的末期：

在"大决战"连同桑戈洛锥姆崩塌的大乱当中，大地剧震，贝烈瑞安德四分五裂，沦为废墟。北方和西方大片陆地沉入大海，矗立在东方的埃瑞德路因山脉于欧西瑞安德境内断裂，造成一个朝南的巨大缺口，海水涌入，形成海湾。舒恩河改变了河道流入这处海湾，因此它被称为舒恩湾。那片土地在古时被诺多族精灵（精灵的第二支宗族）称为林顿，之后一直都叫这名。[3]

在第一纪元末，众维拉进行会商，中洲的埃尔达受到召唤——"即便并非出于受命，也至少是被严加劝告"——归回西方，在那里安宁地生活。[4]

那些听从召唤的就住在埃瑞西亚岛上；[5]彼处有港口名为阿瓦隆尼，[6]因为它是所有城市中离维林诺最近的一座，若有水手万里迢迢航行越过大海，终于接近"不死之地"，首先进入他们视野的就是阿瓦隆尼的高塔。[7]

努门诺尔的沦亡

不是所有的精灵都响应了维拉的召唤，有些仍居住在中洲，"徘徊流连，尚不愿舍弃他们曾经长久奋战劳作过的贝烈瑞安德"。芬巩之子吉尔－加拉德是他们的君王；和他在一起的还有半精灵埃尔隆德，他是航海家埃雅仁迪尔的儿子，也是努门诺尔开国之王埃尔洛斯的兄弟。[8]

对此，托尔金在 1951 年写给米尔顿·沃德曼的信中写道："我们看到精灵有了某种程度上的第二次堕落，或至少是'错误'。他们不听劝告，仍满怀悲伤地 [1] 流连在承载着他们古时英雄事迹的尘世之地，这并不算什么根本大错。但他们想要好处占尽，既想保有印象中那和平、福乐和完美的'西方之地'，又想留在这平凡的尘世之地，因为他们在此是最高等的族群，享有高于矮人、人类和未开化的精灵的威望，这比在维林诺当底层族群要强得多。因此，他们变得执迷于'衰微'，他们在这种状态下会意识到时间带来的变化（这是日光之下的世界的法则）。尽管他们还维持着自身种族的古老主旨——装点大地、医治它的创伤，但他们变得悲伤，他们的艺术（容

1　原始手稿中，这个句子里有些词被打字员漏掉了。

我们这样说）变得复古，他们的努力实际上全都是防腐工作。我们听闻有个王国犹存，它由吉尔－加拉德统治，位于中洲西北部的尽头，差不多就是《精灵宝钻》所述那片古老大地残余的部分。"

这个纪元伊始，许多高等精灵仍留在中洲。他们多数居住在埃瑞德路因山脉以西的林顿，但在巴拉督尔建成之前，许多辛达精灵向东迁移，有些在遥远的森林中建立了王国，那里他们的子民主要是西尔凡精灵。大绿林北方的精灵王瑟兰杜伊便是这些辛达精灵之一。在林顿，吉尔－加拉德居住在路恩河以北，他是流亡诺多诸王的最后一位继承人，并被奉为西方精灵的至高王。同样在林顿，辛葛的亲族凯勒博恩曾有一段时间居住在路恩河以南。凯勒博恩的妻子加拉德瑞尔是最伟大的精灵女子。她是芬罗德·费拉贡德的妹妹，而芬罗德是人类之友，曾是纳国斯隆德之王，他为拯救巴拉希尔之子贝伦献出了生命。

后来，一些诺多精灵前往埃瑞吉安，该地位于迷雾山脉以西，临近墨瑞亚西门。这是因为，他们得知墨瑞亚发现了秘银。诺多精灵是能工巧匠，他们对矮人的态度不像辛达精灵那样不友善。不过，都林一族与埃瑞吉安的精灵工匠之间发展出的友谊，是两支种族之间有史以来最亲密的。凯勒布林博是埃瑞吉安之主，也是此地最伟大的工匠。他是费艾诺的后裔。[9]

米尔寇［魔苟斯］覆败后，［加拉德瑞尔］没有归往西方，而是同凯勒博恩翻越埃瑞德林顿山脉，来到了埃利阿多。很多诺多族精灵跟随他们去了那片地区，同去的还有灰精灵和绿精灵；他们在能微奥湖（即暮暗湖，位于夏尔以北）周围的乡野里生活了一段时间。凯勒博恩与加拉德瑞尔渐渐被埃利阿多的埃尔达尊为领主夫妇，这些埃尔达也包括了小股的流浪精灵，他们是南多族出身，从未向西翻过林顿山脉、进入欧西瑞安德。[10]

［据说，加拉德瑞尔］无论肉体、精神还是意志都十分强大，堪与当初埃尔达一族朝气蓬勃之际的学者和健儿媲美。她的美貌即便在埃尔达当中也是出类拔萃，她的［金色］秀发则被誉为独一无二的奇迹……埃尔达说，她的秀发捕获了双圣树劳瑞林和泰尔佩瑞安的光辉……她自幼便有洞悉人心的非凡天赋，但她怀着怜悯与理解去评判他人……[11]

第三纪元 3019 年 2 月，在关于护戒远征队到访卡拉斯加拉松的叙述中，我们能看到一段对凯勒博恩和加拉德瑞尔的描述：

第二纪元　1 年

会客厅中洒满了柔和的灯光，四面墙壁是绿银两色，屋顶则是金色。厅中坐着许多精灵。在树干下，以一根鲜活树枝为华盖，设着两张并排的椅子，坐着凯勒博恩和加拉德瑞尔。他们依着精灵的礼节对来客起身相迎——纵是身为强大君王，习俗也是如此。二人都非常高，夫人并不亚于领主。他们都是庄重又美丽，一身纯白装束。夫人有一头深金色的秀发，领主凯勒博恩有一头银亮的长发。但他们身上不见岁月的痕迹，唯从那深邃眼眸中可窥见一斑：在星光下，他们的眼睛锐利如长枪之尖锋，却又深奥渊博，如记忆积累的深井。[12]

在《未完的传说》一书中，克里斯托弗·托尔金认为："中洲的各段历史，若论疑难重重，莫过于加拉德瑞尔与凯勒博恩的故事。"读者若想更好地理解这个故事，应当参考克里斯托弗关于这一主题的长文"加拉德瑞尔与凯勒博恩的历史"，该文收录在《未完的传说》第二辑里。[13]

精灵在舒恩湾的海岸旁兴建了海港，将其命名为米斯泷德；那里港况良好，他们停泊了很多船只。埃尔达不时由灰港启航出海，逃离大地上黑暗的岁月。靠着维拉的仁慈，首生儿女只要愿意，依旧能循着笔直航道回到位于环绕世界的海洋之外的埃瑞西亚和维林诺，与亲族团聚。[14]

　　在第一纪元末，当埃尔达被召唤乘船前往西
方时，埃雅仁迪尔的儿子埃尔洛斯和埃尔隆德却
面临不同的命运。他们是埃尔达和人类结合的后
代，所谓的佩瑞蒂尔，也就是"半精灵"。维拉
给予他们"一次不可反悔的选择，他们可以选择
自己归属于哪一支亲族"。[15]

埃尔隆德选择归属精灵一族，成为博学的大师。因
此，他也获得了与那些仍然徜徉在中洲的高等精灵相同
的恩典——当他们终于厌倦了尘世之地，便可乘船从灰
港离开，前往极西之地。这项恩典在世界改变之后仍然
得以延续。但是，埃尔隆德的子女也面临一个选择：是

第二纪元　1 年

随他一同离开，去往世界的范围之外，还是留在中洲，变为凡人死去。因此，无论魔戒大战如何演变，结局对埃尔隆德来说都将充满悲伤。

埃尔洛斯选择归属人类，留在伊甸人当中，但他被赐予了极长的寿命，数倍于寻常人类。[16]

32 年　伊甸人抵达努门诺尔。[1]

　　众维拉，也就是"世界的守护者"，受到全能超凡的造物主一如·伊露维塔的委派，负责塑造和统治世界，同时也关心在精灵的辛达语中称为"伊甸人"的人类一族的命运。人类部落之中，有三个家族成为精灵的朋友与高贵的盟友，与他们并肩作战对抗魔苟斯：贝奥家族，又称为伊甸人第一家族；哈烈丝家族是第二家族，他们又称为哈烈丝民，或哈拉丁人；第三家族是马锐赫家族，后来以哈多家族而闻名。他们在第一纪元的生活和事迹的历史，都记载在《精灵宝钻》中。[2]

　　维拉会商之后，决定赐予伊甸人一块栖身之

地，并使它"远离中洲的种种危险"。[3]维拉在
迈雅（他们是"与维拉同属一类，但等级次于维
拉的神灵……亦是维拉的仆从和助手"）[4]的帮
助下，建成了努门诺尔岛。

那三支忠诚的人类祖先家族也得到了丰厚的报偿。
埃昂威[5]来到他们当中教导他们，他们被赐予智慧和力
量，以及比其他任何必死种族都要持久的寿命。维拉新造
出一块陆地，以供伊甸人居住，它既不属中洲亦不属维林
诺，与那两块大陆之间都隔着宽广的海洋，但它离维林诺
更近。它由欧西[6]自大洋的深海中举起，由奥力[7]奠定
根基，又由雅凡娜[8]装点得富饶美丽；埃尔达从托尔埃
瑞西亚岛上带来了鲜花与喷泉。维拉称这片土地为"赠礼
之地"安多尔[9]。埃雅仁迪尔之星在西方灿烂闪烁，既
是一切准备就绪的记号，也是渡海的引导。人类见到那团
银色光焰出现在太阳的轨道上，大为惊奇。[10]
　　于是，伊甸人扬帆启航，跟随那颗星在深海上航
行。[11]维拉使大海风平浪静了多日，让阳光照耀，让
风推动船帆。于是，伊甸人眼前的大海波光粼粼，犹如
轻颤的镜面，他们船首破浪，浪花飞溅如雪。洛辛齐尔
明亮非常，即便到了早晨，人类仍可见到它在西方闪
烁，而晴朗的夜里，它似是独自发光，因其余星星相比
之下都黯然失色。伊甸人对准它的方向航行，终于越过

茫茫大海，远远望见那块为他们预备的"赠礼之地"安多尔在金黄色的薄雾中闪烁。他们弃海登陆，发现它美丽又丰饶，人人都很欢喜。他们将那地取名为埃兰娜，意思是"星引之地"。另外又称它为阿那督尼，意思是"西方之地"，用高等精灵语来说，就是"努门诺尔"。

这便是"人中王者"努门诺尔人这支民族的源起，灰精灵语中他们被称为杜内丹人。他们身量高大，超过中洲最高大的人类子孙，他们眼中的光彩恰似明亮的星辰。在魔影降临之前，他们十分长寿，也没有任何病痛。因此，他们变得睿智又光荣，在各方面都比人类其余各族更像首生儿女，但他们并未因此逃过伊露维塔定给所有人类的死亡命运，他们仍是会死的凡人。不过，那地的人口只是在缓慢地增长，因为他们虽然有儿有女，儿女比先辈更美，但孩子的数目却很少。[12]

关于中洲的人类如何来到这片为他们准备的土地上，以及移民花了多长时间，更详细的叙述如下：

努门诺尔建国的诸般传说里，经常说得好像所有接受赠礼的伊甸人都是在同一时间组成同一支船队出发的。但这只是篇幅所限使然。在更详细的历史记载中，据悉（从相关事件和人数可以推断），在埃尔洛斯率领的第一批人远航之后，还有许多船或是独行，或是组成小船队陆续载着其他伊甸人西行。这些人要么是起初不敢冒险航入大海但又无法忍受与先行的人分离，要么是分散在各地，没能及时集合起来与第一批远航的人同行。

由于他们使用的船都是精灵船，轻巧灵活但很小，并且每艘船都由奇尔丹指派的一名埃尔达掌舵，因此需要一支庞大的船队才能将所有人员和货物最终从中洲运送到努门诺尔。传说中并没有估计数量，史料里也记载寥寥。据说埃尔洛斯的船队包括了众多船只（有些史料说是一百五十艘，另一些则说是两百艘或三百艘），并运来了"数千"的伊甸人男女老少，人数很可能在五千到最多一万人之间。然而，实际上整个移民过程显然至少耗时五十年，甚至可能更久，直到奇尔丹最后（无疑遵照维拉的指示）不再提供船只或向导时才终于结束。[13]

但维拉向努门诺尔人下了一道命令，即"维拉的禁令"：努门诺尔人不得向西航行到看不见自家海岸的海域，也不得企图涉足不死之地。尽管他们被赐予长寿，起初三倍于寻常人类之久，但他们必须终有一死，因为维拉无权从他们那里剥夺"人类的赠礼"（后来被称为"人类的宿命"）。[14]

多年来，努门诺尔人接受并遵守对他们的禁令"禁止往西航行到再也看不见努门诺尔海岸

努门诺尔的沦亡

的海域"，并且"虽然不完全理解这项禁令目的何在，但他们都没有异议"。维拉之王、黑暗魔君米尔寇（魔苟斯）的兄弟曼威是阿尔达的统治者。他身为阿尔达气息的主宰，在权威（但不是力量）上是最强大的爱努。[15]

32 年　努门诺尔第一代君主：

埃尔洛斯·塔尔-明雅图尔[16]

生于：第一纪元 532 年

殁于：第二纪元 442 年（500 岁）

统治时期：第二纪元 32—442 年（410 年）

努门诺尔王国公认于第二纪元三十二年建国，埃雅仁迪尔之子埃尔洛斯在王城阿美尼洛斯登上王位，时年九十岁。[17]

根据记载，"权杖是努门诺尔王权的主要标志"[18]，从第一代国王的统治起到第二十五代国王，权杖传承了 3287 年，在岛国沦亡时随着阿

第二纪元　32 年

尔－法拉宗一起消失。

从此以后，［埃尔洛斯］便以"塔尔－明雅图尔"[19]这一名号记入"诸王史卷"。传统使然，国王用世间最高贵的语言——昆雅语（或称高等精灵语）为自己选取尊称，这项传统一直延续到阿尔－阿督那霍尔（塔尔－赫茹努门）统治的时代。[20]

努门诺尔的沦亡

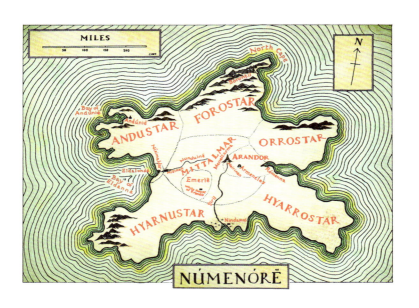

MILES

50   100   150   200

North Cape

Bay of
Andúnië

Andúnië

ANDUSTAR

FOROSTAR

Sorontil

ORROSTAR

Nísinen

Nunduinë

MITTALMAR

ARANDOR

Arminelos

Rómenna

Eldalondë

Siril

Ondosto

Emerië

Bay of
Eldanna

Meneltarma

Noirinan

Siril

HYARNUSTAR

Nindamos

HYARROSTAR

NÚMENÓRË

努门诺尔的地理[1]

　　在努门诺尔沦亡之前，人们曾在不同时期绘制过精确的海图，但这些海图在大灾难中无一幸存。它们曾被存放在探险者公会的会所中，但被诸王没收充公，迁去了西部港口安督尼依，全部档案都佚失了。努门诺尔的地图曾经长期保存在中洲刚铎诸王的档案馆里，但这些地图似乎部分源自早期定居者凭记忆绘制的古地图，以及（那些比较好的源自）唯一一张海图，这张图除了海岸线的测绘和对港口及其通路的描述以外，几乎没有其他细节，它最初是在埃兰迪尔的船上，他是那群逃离沦亡之人的领袖。

　　刚铎也保存了对这片土地及其动植物的描述，但这些描述既不准确，也不详细，更没有明确区分土地在不同时

第二纪元　32年

45

期的状态，对第一批移民前来定居时期的土地状况也语焉不详。由于所有这些问题都是努门诺尔学者的研究内容，他们必然编写过许多精确的博物与地理资料，因此，它们似乎就像几乎所有努门诺尔鼎盛时期的技艺和学识一样，在沦亡时失传了。

努门诺尔岛的形状

努门诺尔岛的轮廓呈五芒或五角星形，中部地区从北到南、从东到西都是大约二百五十哩，从这里延伸出五道庞大的半岛海岬。这五道海岬被视为不同的地区，分别命名为佛洛斯塔（"北境"）、安督斯塔（"西境"）、哈尔努斯塔（"西南境"）、哈尔洛斯塔（"东南境"）和欧尔洛斯塔（"东境"）。中部地区被称为米塔尔玛（"内陆"），除了罗门娜一带和罗门娜所在峡湾的端头，都不临海。然而米塔尔玛有一小片地方独立于其余地区，称为"王室领地"阿兰多。港口罗门娜、美尼尔塔玛山和"诸王之城"阿美尼洛斯都位于阿兰多，那里历来是努门诺尔人口最稠密的地区。

这些海岬的形状和大小并不完全相同，但它们都是宽100哩左右，长200多哩。从佛洛斯塔的最北端到哈尔努斯塔的最南端，可以画一条大致走向是正南正北（在地图绘制的时期）的直线。这条直线的长度略超过700哩，而每一条从一个岬角端穿过陆地（沿着米塔尔玛的边界）到另一个岬角端的直线，长度也都差不多一样。

米塔尔玛

不算海岬上任何山脉和丘陵的话，米塔尔玛的地势高出各道海岬的平均高度。该地居住区只有很少的树木，主要由草地和低岗组成。几乎在米塔尔玛的正中央，但稍微偏东的地方，矗立着名为美尼尔塔玛的高山，意思是"穿苍之柱"。它高出平原大约 3000 呎。美尼尔塔玛山低处坡度平缓，部分地区绿草如茵，但山体愈高愈陡，最后 500 呎有些地方无法攀登，只能走攀山小路。

美尼尔塔玛山的山基平缓地降入四周的平原，但像树根那样朝着岛国五大海岬向外伸展，形成五道低矮绵长的山脊。这五道山脊被称为"天柱之根"塔玛苏恩达。

但米塔尔玛的绝大部分土地都是牧场。该地西南部是起伏的草岗，埃梅瑞依就在那里，是牧羊人生活的主要地区。

佛洛斯塔

佛洛斯塔是最贫瘠的地区，多为石地，树木稀少，唯独在帚石楠覆盖的高原的西面山坡上长着冷杉和落叶松林。地势在接近北岬时上升，成为岩石高岗，大山梭隆提尔便在那里自海中巍然拔起，形成巨大的悬崖。此山是很多鹰的栖居之地。

安督斯塔

安督斯塔的北部地区也多为石地，朝向大海的一面生长着高大的冷杉林。此地有三个开口向西的小海湾，向内凹入高原，但这里的悬崖有很多地方并非直接临海，而是崖底隔着一片坡地……但安督斯塔的南部地区大多肥沃，并且生长着大片森林，高地上有桦树和山毛榉，较低的谷地里则有橡树和榆树。安督斯塔和哈尔努斯塔两道海岬之间夹着一个巨大弧形凹陷的海湾，它因开口朝向埃瑞西亚而得名埃尔达娜。环抱海湾的土地北面受到庇护，又紧邻西边大海，因而气候温暖（几乎和最南端的地区一样温暖），享有绝大部分降雨。全努门诺尔最美的港口——绿港埃尔达泷迪就坐落在埃尔达娜湾沿岸的正中，在早期，埃尔达迅捷的白船从埃瑞西亚出发，最常前往此地。

努恩都因尼河在埃尔达泷迪入海，途中形成了小湖尼西能，它因湖岸上生长着大批芳香灌木和花卉而得名。

哈尔努斯塔与哈尔洛斯塔

哈尔努斯塔的西部地区多山，西边和南边海滨都是巨大的悬崖，但东部地区气候温暖、土地肥沃，遍布大葡萄园。哈尔努斯塔和哈尔洛斯塔两道海岬分得很开，在那片漫长的海岸上，海洋和陆地平缓过渡，这在努门诺尔是独一无二的。全岛的主要河流西利尔河就在这里流下（除了西境的努恩都因尼河，其余所有的河流都是流速湍急，流程很短，迅速入海），该河发源于美尼尔塔玛山下诺伊里南谷里的山泉，向南流过米塔尔玛，下游变得流速缓慢，流程曲折，因为该地地势平坦，并不高出海平面很多。它最后在广阔的沼泽和芦苇丛生的泽地中入海，诸多小河口在大片沙滩上不断变更着河道。河两侧很多哩地都是广阔的白沙滩和灰卵石滩，这里生活的主要是渔民，聚居在沼泽与水塘当中的硬地[2]上，组成村落，其中最主要的是宁达莫斯，它［位于］西利尔河东侧，靠近大海。大海和大风几乎从未侵扰过这片地区。后来，这片土地大多得到利用，形成了一片水产丰富又有出海口的巨大塘区，周围都是富饶又肥沃的土地。

哈尔洛斯塔生长着大批多种多样的树木，其中包括花朵为人钟爱，但除了花朵别无用途的劳琳魁……自从塔尔-阿勒达瑞安统治的时代，哈尔洛斯塔就有大种植园，为造船提供木材。

欧尔洛斯塔

欧尔洛斯塔要凉爽一些，但在海岬东北端附近隆起高达 2100 呎的高地，从东北方（寒风就从那里吹来）保护了此地。其内陆地区，特别是与王室领地相邻的地方，种植了大量谷物。

努门诺尔最主要的特征就是悬崖……全境犹如整座岛屿被向上托出海面，同时又略微向南倾斜。除了已经介绍过的南端，几乎所有临海的地方都是陡然下降的悬崖，大部分都是险峻甚至垂直的峭壁。这些悬崖在北部和西北部最高，经常高达 2000 呎，在东部和东南部最低。

但是，除了在北岬等特定地区，这些悬崖很少直接耸立在水中。悬崖脚下是平坦或倾斜的海岸，通常可以居住，宽度（离水的距离）从四分之一哩到数哩不等。即使在退潮时，最宽地带的边缘通常也在浅水底下，但在向海的边缘，所有这些海滩又一头扎入深海中。南部的大海滩和滩涂也是大致沿着一条连接西南和东南海岬最南端的直线，陡然降入海洋深处。

努门诺尔的沦亡

努门诺尔的自然生态[1]

人类与野兽

在伊甸人到来之前，这座岛上显然没有精灵和人类居住过。鸟兽都不怕人。在努门诺尔，人类与动物的关系比世界上任何其他地方都更友好。据说，即使是那些被努门诺尔人归类为"掠食性"的动物（指那些在有需要时会吃掉庄稼、袭击家畜的动物），也与新来的人类保持着"体面的关系"，它们尽可能在野外寻找食物，对人类也没有敌意。例外的只有声明冲突的时候——农人必要时会先发出正当的警告，然后猎杀掠食性的鸟类和野兽，将它们的数量限制在一定范围内。

第二纪元　32 年

如前所述，要想弄清哪些飞禽走兽和鱼类是伊甸人到来之前已经栖息在岛上，又有哪些是他们带来的，并不容易。植物方面也是如此。努门诺尔人给动植物起的名字，也不总是能轻易与中洲的动植物名字等同或联系起来。有许多名称，虽然表面上是昆雅语或辛达语的形式，但在中洲的精灵语或人类语言中却找不到。毫无疑问，这在一定程度上是因为努门诺尔的动植物虽然与大陆上的相似又相关，但在种类上有所不同，似乎需要取新的名称。

　　至于主要的动物，很明确没有犬类或相关种类的动物。岛上肯定没有猎犬或狗（它们都是后来带上岛的）。狼也没有。野猫是有的，它们是最有敌意和最难驯服的动物，不过没有大型猫科动物。然而，岛上有很多狐狸，或与狐狸同一种类的动物。

　　狐狸的主要食物似乎是努门诺尔人称之为**洛泼尔迪**的动物。洛泼尔迪数量众多，繁殖迅速，是贪吃的食草动物，因此，狐狸被视为限制洛泼尔迪数量的最好也最自然的方法，很少被猎杀或骚扰。作为回报，也有可能是因为食物供应充足，狐狸似乎从未养成捕食努门诺尔人家禽的习惯。洛泼尔迪很可能是穴兔，这种动物以前在中洲西北部地区很不常见。努门诺尔人不把它们当作食物，而是把它们留给狐狸。

熊与人类

在山地和多岩的地区,有数量不少的熊,黑熊和棕熊都有。大黑熊主要出现在佛洛斯塔。熊和人类的关系很奇特。从一开始,熊就对新来的人类表现出友好和好奇的态度,人类也报以相同的感觉。

尽管熊在交配和幼崽初生时期如果受到惊扰,会变得愤怒和危险,但无论何时,人类和熊之间都没有任何敌意。除非误打误撞,努门诺尔人没有打扰过熊。极少有努门诺尔人被熊杀死,这些不幸事件也没有被当成敌视整个熊族的理由。很多熊很温顺。它们从不在人类的房子里面或附近居住,但它们经常造访人类,就像一个屋主拜访另一个屋主那样随意。在这种时候,人类经常会给熊蜂蜜,这让它们非常高兴。只在偶尔会有"坏熊"袭击家养的蜂巢。最奇怪的是熊的舞蹈。熊,尤其是黑熊,会跳自己的奇特舞蹈,但这些舞蹈似乎在人类的指导下得到了改进和完善。有时候,熊会表演舞蹈来娱乐它们的人类朋友。最有名的是发生在佛洛斯塔地区的汤姆泼勒的"大熊舞"(又称"茹克梭阿勒"),每年秋天都有许多人从全岛各地前来观看,因为它发生在大批人群聚集的**一如含塔列**节庆之后不久。在那些不熟悉熊的人看来,有时多达五十头或更多的熊聚在一起,它们缓慢(但庄重)的动作显得既惊人又滑稽。但是,所有获准观看这奇景的人都明白，不应该公开大笑。熊不理解人类大笑的声音，那会使熊感到惊恐并发怒。

森林、田野和海岸的野兽

努门诺尔的森林里松鼠比比皆是，大部分是红色皮毛，但也有一些深棕色或黑色的。这些松鼠都不怕人，而且很容易被驯服。努门诺尔的女人特别喜欢它们。它们经常住在家宅附近的树上，受到邀请就会进屋来。岛上那些很短的河流和小溪中有水獭。獾很多。森林里有黑野猪。伊甸人来到岛上时，在米塔尔玛西边有成群的野牛，有白的，也有黑的。草原上和森林边缘附近都有很多鹿，皮毛是红色和淡棕色。山岭中有狍子。但这些动物的体型似乎都比中洲的同类要小一些。在南部地区有海狸。

有一种名为"埃凯利"的动物长着长长的黑刺，看起来像是体型很大的海胆或刺猬。它们在某些地区数量众多，受到友善的对待，因为它们主要以蠕虫和昆虫为食。岛上似乎还有野生山羊，但小角羊（努门诺尔人饲养的绵羊品种之一）是本土动物还是舶来的，就不得而知了。据说，定居者在米塔尔玛发现了一种体形比驴小的小马，皮毛是黑色或深棕色，有飘逸的鬃毛和尾巴，体格强壮但不敏捷。它们很快就被驯养了，并且繁殖兴旺，得到了悉心的照料和爱护。农场里广泛使用它们，孩子们也用它们来训练骑术。

毫无疑问，还有许多其他动物因为通常无涉人类，所以没有被提到。在已经失落的学识书籍中肯定对所有这些动物都有过命名和描述。

沿海地区有很多海豹，尤其是在北部和西部。还有许多不常被提及的小动物，像是老鼠和田鼠，或像黄鼠狼这样的小型捕食动物。野兔被提到了，还有一些种类不明的动物：有些不是松鼠，但住在树上，而且很害羞，不只怕人而已；还有一些在地上跑和挖洞的，又小又肥，但既不是老鼠也不是穴兔。在南部有一些陆龟，体型不大；另外还有一些小型的淡水龟类生物。

海水鱼和淡水鱼

整座岛沿岸都盛产海鱼，那些适合食用的鱼被大量捕食。海岸附近的海洋中还有其他海兽：鲸鱼和独角鲸，海豚和鼠海豚。努门诺尔人没有把它们和鱼（"鳞格威"）混为一谈，而是把它们与鱼一同归为"能迪利"，指的是所有完全生活在水中并在海里繁殖的生物。努门诺尔人只有在远航时才会见到鲨鱼。不知是像努门诺尔人所说的那样靠着"维拉的恩典"，还是其他原因，鲨鱼从不靠近岛国的海岸。关于内陆鱼，我们所知甚少。那些一部分时间生活在海里，但有时会进入河流的鱼类，在西利尔河中有鲑鱼。努恩都因尼河里也有，这条河在埃尔达泷迪入海，途中在内陆离海口约三哩处形成了小湖尼西能（努门诺尔为数不多的湖泊之一）：它因湖岸上生长着大批芳香灌木和花卉而得名。西利尔河下游附近的池塘和沼泽中盛产鳗鱼。

鸟 类

努门诺尔的鸟类不可胜数，从大鹰到体型微小不超过鹪鹩，但通身羽毛猩红，人类听力几乎听不到其尖声鸣叫的奇林克。大鹰有好几种，但全部被尊为曼威的圣鸟，从未受到骚扰或遭到射猎，直到邪恶时期开始，仇恨维拉的日子到来。在那之前，它们也从不曾骚扰人类或捕猎他们的牲畜。约两千年来，从埃尔洛斯统治的时期到塔尔－阿塔那米尔之子塔尔－安卡理蒙［努门诺尔第十四代君主］的时代，在阿美尼洛斯的王宫高塔之巅都有一个鹰巢，总有一对金鹰住在那里，受国王奉养。

生活在近海，在海中游弋潜水的鸟儿以鱼为食，大群大群地栖息在努门诺尔，不可胜数。它们从未被努门诺尔人故意残杀或骚扰过，对他们全然友好。据水手们说，他们哪怕盲了双眼也知道船何时接近家乡，依据的就是岸边鸟儿的巨大喧嚣。只要有船接近岛国，大群海鸟就会起飞，飞掠船的上空，单纯为了表达欢迎与喜悦。有些鸟儿会陪同舰船出海，甚至随船去往中洲。

内陆地区的鸟类数量没有那么多，但也很不少。除了鹰之外，还有一些猛禽，例如很多种类的苍鹰和隼。还有渡鸦，尤其是在北部地区；各地还有其他成群生活的同类鸟类，如寒鸦和乌鸦，在海边的悬崖附近还有许多红嘴山鸦。在田野和树林，以及长满芦苇的泽地里，都有许多体型较小、叫声动听的鸣禽。许多鸟类与伊甸人来处的鸟儿差别不大，但是雀类的种类更多，数量更大，叫声更甜美。体型很小的雀鸟有些通身白羽，有些通身灰羽，其他的则是通身金黄，在整个春天和初夏，它们都以动人心弦的长鸣欢快地歌唱。它们一点也不怕喜爱它们的伊甸人。人们认为把欢唱的鸟儿关在笼子里不是善举，也没必要，因为那些"驯服的"鸟儿，也就是自愿依附于一个家园的鸟儿，会世世代代居住在同一处家宅附近，在屋顶上或窗台上，甚至在欢迎它们的人的**梭尔玛**（即居室）里歌唱。养在笼中的鸟，大多是双亲遭遇意外或被猛禽杀害所遗下的幼雏，但即使是这些鸟儿，只要愿意也大多可以自由来去。努门诺尔除了北部以外的大部分地区都能找到夜莺，不过无论在哪里数量都不是很多。在北部地区有大型的白猫头鹰，但猫头鹰类的鸟仅此一种。

树木和植物

关于岛国本地的树木和植物，几乎没有记载。虽然有些树木来自从中洲带来的种子或幼苗，还有一些（如前所述）来自埃瑞西亚，但在伊甸人登陆时，这里似乎就已经有了大量的木材。据说，他们以前就认识的一些树木，例如鹅耳枥、小枫树和开花栗，在这里没有找到；但他们也发现了一些新的树种：山榆树、冬青栎、高枫树和甜栗树。在哈尔洛斯塔，他们还发现了核桃，以及花朵为人钟爱，但除了花朵别无用途的劳琳魁——它开长串垂下的黄花，因而得名（"金雨"）。有人曾从埃尔达那里听说过维林诺的金树劳瑞林，认为此树便是那棵伟大圣树的后裔，种子由埃尔达带到努门诺尔，但事实并非如此。[2]努门诺尔也有野生的苹果、樱桃和梨，但人们果园里种的果树来自中洲，是埃尔达的赠礼。在哈尔努斯塔有野生葡萄藤，但努门诺尔人的酿酒葡萄似乎也是来自埃尔达。

关于田野和树林中的诸多植物和花朵，如今记载寥寥无几，记忆也几无留存。但古老的歌谣经常唱到百合花，它们种类繁多，有的小巧玲珑，有的高挑秀美，有的独朵盛开，有的挂着许多形如铃铛和喇叭的花朵，而且全都芬芳馥郁，是伊甸人心爱的花。

坐落在埃尔达娜湾沿岸正中的绿港埃尔达泷迪，其植物记载如下：

在绿港周围，无论面朝大海的山坡还是深入内陆之地，都生长着埃尔达从西方带来的芳香常青树木，它们长得茂盛无俦，埃尔达说此地几乎美如埃瑞西亚的港口。这些树木包括欧幽莱瑞、莱瑞洛雪、奈莎美尔达、瓦尔妲瑞安那、塔尼魁拉塞，还有开着蔷薇般的花朵并结猩红色球状果实的雅凡娜弥瑞。它们是努门诺尔最大的欢乐之源，虽已永远消逝，却仍被诸多歌谣久久怀念，因为其中曾在赠礼之地以东开花的种类寥寥无几。这些树的花、叶、树皮都散发出甜美的芳香，整片乡野到处飘着混合的香气，因此得名"芳香林"尼西姆阿勒达。这些树木在努门诺尔其余地区也多有种植，并且生长起来，只是远不如这里丰富，然而唯独此地有伟大的金树珥林欧尔尼生长，五百年后高度几乎不亚于在埃瑞西亚本岛上的高度。它树皮光滑，呈银白色，树枝大致就像山毛榉那样上举，但树干不会分叉。它的叶子就像山毛榉的叶子，但更大，叶面淡绿，叶背银白，在阳光中闪闪发亮。在秋天，树叶并不落下，而是变成淡金色。在春天，它开出一簇簇如同樱桃树那样的金色花朵，一直盛开到夏天。一旦花朵开放，叶子便飘落，因此从春到夏，珥林欧尔尼小树林都是以金色铺地，以金色衬顶，但支柱色作银灰。

很久以后，在第三纪元，精灵莱戈拉斯在对护戒远征队余下的成员说到凯勒博恩和加拉德瑞尔的精灵国度时，也说了类似的话。

第二纪元　32 年

59

"那就是洛丝罗瑞恩森林！"莱戈拉斯说，"那是我族居住之地中最美的一处。这世上没有哪个地方的树能与那地相比。秋天时叶子变成金黄，并不凋落；直到来年春天新绿生发，旧叶方落，然后枝头会盛开黄花。森林似屋宇，地面一片金黄，屋顶金黄一片，立柱则如银，因为树皮光滑银灰。我们黑森林的歌谣仍是这么说的。若是春天时我能站在那森林的檐下，我会欣喜开怀！"[3]

金色森林的树木和努门诺尔的珥林欧尔尼之间的关系是这样记载的：

它的果实是银壳的坚果，努门诺尔第六代国王塔尔－阿勒达瑞安曾把一些果实作为礼物赠给林顿的吉尔－加拉德王。这些果实并未在林顿扎根，但吉尔－加拉德将其中一些赠给了自己的亲人加拉德瑞尔，它们在她的力量影响下，于安都因河边那片被守护的土地洛丝罗瑞恩茁壮生长，直到高等精灵终于离开中洲。但它们无论高度还是围度，都未能与努门诺尔的伟大树林比肩。

伊甸人的飞禽走兽

伊甸人把很多东西从中洲带去了岛国：羊、牛、马、狗，还有果树和谷物。他们在岛上发现了像鸭类或鹅类的水禽，但他们也带去了这些禽类，并与当地的品种混合在一起。鹅和鸭子是他们农场里的家禽，他们还在宽大的房舍或鸽舍里饲养了大量的鸽子，主要是为了吃蛋。他们以前没见过母鸡，在岛上也没找到。不过，在远航时代开始后不久，水手们就从南方和东方的大地上带回了公鸡和母鸡，它们在努门诺尔繁衍壮大，有许多逃到野外，尽管有狐狸捕猎，它们还是存活下来。

第二纪元　32 年

努门诺尔人的生活^[1]

城 市

古时，努门诺尔的主要城市兼海港位于西边海岸中央，面对着日落的方向，称为安督尼依。……附属的城镇位于海滨，后方陡峭爬升的山坡上也坐落着很多住宅。

就在［美尼尔塔玛］附近一座山丘上还建有至美之城阿美尼洛斯，那里屹立着埃雅仁迪尔的儿子埃尔洛斯兴建的高塔与王城。埃尔洛斯是维拉指定的第一代杜内丹人^[2]国王。

信仰与崇拜

在米塔尔玛的中央附近，矗立着名为美尼尔塔玛的高山，意思是"穿苍之柱"。此山是尊崇一如·伊露维塔的圣地……山上修了一条螺旋爬升的小路，始于山脚南侧，止于山顶北侧的边沿。山顶微凹，近乎平坦，可以容纳庞大的人群，但努门诺尔史上从未有人在此动土。那里不曾建起屋宇，不曾高设祭坛，甚至不曾堆过石材。在索隆来临之前，在蒙受恩典祝福的全部时期，努门诺尔人都不曾有过其他类似庙宇的建筑。从未有人携带工具或武器登上山顶，只有国王一人可在此地开口说话。国王每年只发言三次，在立春的"一如祈尔梅"祝福一年伊始，在仲夏的"一如莱塔列"赞美一如·伊露维塔，在秋末的"一如含塔列"感谢祂的恩赐。在这三种场合，国王步行上山，大群民众跟随在后，他们身穿白衣，头戴花环，但鸦雀无声。其余时候人们可以自由登上峰顶，独自或结伴均可。但据说那里极其寂静，就连对努门诺尔和该国历史一无所知的陌生人，被送到该处时也不敢高声开言。鸟类唯有一种会去那里，那便是鹰。只要有人接近峰顶，就会有三只鹰立刻现身，栖落在靠近西面边缘的三块岩石上；但在三次祈祷的时节，它们并不降落，而是留在空中，在人们头顶盘旋。它们被称为"曼威的见证"，人们相信它们是曼威从阿门洲派遣来的，守护圣山和努门诺尔全境。[3]

努门诺尔人从此开创了一项新的伟大善业，并且是一神论者。但是……只有一个实体的"敬拜"中心，即位于努门诺尔中央、美尼尔塔玛山顶的"穹苍之柱"——仅是字面上如此称呼，因为他们并不认为天空是神的居所。但此地没有建筑或神庙，因为这类东西都有邪恶的关联。[4]

［在"天柱之根"塔玛苏恩达的西南山脊和东南山脊之间，］地势沉降，形成一个浅浅的山谷。此谷得名"墓谷"诺伊里南，因为在谷端的岩石山基中开凿出了石室，努门诺尔历代男女君主的陵墓便在其中。

语　言

努门诺尔的语言是阿督耐克语（"西方的语言"），用他们的母语来说就是阿督耐安。

努门诺尔的语言主要源自哈多［家族］子民的语言（在不同时期因得到精灵语的补充而大大扩展）。[5]贝奥家族的子民在过了几代之后放弃了自己的语言（只保留了许多源自本族语言的人名），转而采用了贝烈瑞安德的

精灵语，也就是辛达语。这种区别在努门诺尔仍然存在。几乎所有的努门诺尔人都会两种语言。但在定居者主要来自贝奥家族的地区，特别是西北地区，辛达语是所有阶层的日常语言，而努门诺尔语（即阿督耐安）是第二语言。在岛国的大部分地区，阿督耐安都是人们的母语，不过，除了那些固守家乡、从不旅行的农人，其他人都对辛达语有一定程度的了解。而在王室和绝大多数贵族家族或学者的家中，辛达语通常是母语，直到塔尔－阿塔那米尔［努门诺尔第十三代君主］统治的时代之后。

尽管凡人长期使用的辛达语有分歧化和方言化的趋势，但这一过程在很大程度上得到了遏制，至少在贵族和学者群体中是这样，因为他们与埃瑞西亚的埃尔达保持联系，后来又与中洲林顿的精灵来往。埃尔达主要到访岛国的西部地区。昆雅语并非口语。这种语言只有学者和出身高贵的家族懂得（他们是在少年时代学会的）。它用来书写预备存档的正式文件，例如《法典》和《诸王史卷及年鉴》，也经常用于较为深奥的学识著作。此外，它广泛用于命名。岛国的所有地点、地区和地形的正式名称都是昆雅语形式（不过它们通常还有辛达语或阿督耐安的本地名称，一般来说含义相同）。王室全体成员的人名，尤其是正式和公开的名字，都是用昆雅语形式取的，埃尔洛斯一脉的成员通常也是一样。其他有些家族也是如此，例如安督尼依亲王家族［他们居住在安督斯塔西部地区的重要港口城市]。[6]

外表与健康

努门诺尔人高大强壮，行动敏捷，并且极"有意识"——他们对自己身体的动作、对所使用的任何工具或材料，都极具控制力，很少有心不在焉或失误的动作，要他们"放松警惕"是非常难的。因此，他们不太可能发生意外事故。即使发生意外，他们也有恢复和自愈的能力，这种能力即使不如埃尔达，也比中洲的人类强得多。此外，他们还专门研究**若雅恩戈米**，也就是有关身体的知识和治疗的技艺。

疾病或其他的身体机能失调在努门诺尔非常罕见，除非到了晚年。这既是因为整个种族被赋予了特殊恩典，享有健康和体力，也尤其该归功于岛国本身的恩赐。毫无疑问，这在某种程度上得益于它远在大海当中的地理位置，飞禽走兽也大多没有疾病。不过，少数的病例亦有其功用，为有需要的人提供了继续研究**若雅恩戈米**（即生理学和医学）的实践，于此，掌握简单医术的伊甸人医者曾从埃尔达那里获得很多指导，并且他们只要愿意，仍然能够从埃瑞西亚民[7]那里学习。在努门诺尔的船队初抵中洲海岸的那些时日［从第二纪元 600 年开始］，让努门诺尔人备受欢迎和尊敬的，正是他们的医术，以及他们欣然教导所有肯学者的意愿。

在早期那些世纪中，很少出现因疾病或不幸导致的早逝。努门诺尔人将此归功于"维拉的恩典"（倘若不再应得，那么就有可能在一般或特殊情况下被收回）：土地受到了祝福，包括大海在内的万物都对他们友好。

衰老与长寿

在桑戈洛锥姆崩毁后，维拉提出给予伊甸人奖励，而伊甸人要求的两件事就是**长寿**与**和平**。

努门诺尔人的长寿，是对伊甸人（及埃尔洛斯）实际请求的回应。曼威警告过他们长寿的危险性。他们要求或多或少拥有"古时的寿命"，因为他们想学到更多。

关于赐给努门诺尔人更长的寿命作为奖励一事，是这么写的：

努门诺尔人寿命的延长，是通过将他们的生命模式与埃尔达的生命模式同化来实现的，并且这种同化是有限度的。但是，他们被明确警告，他们并没有成为埃尔达，仍是"凡人"，他们只是获赐延长了身心活力的期限。因此，（如同埃尔达）他们的"成长"速度与寻常人类基本相同：妊娠期、婴儿期、儿童期、青春期直到性成熟期与"发育完全"的过程，或多或少与从前一样；但是在发育完全之后，他们的衰老或"耗竭"的速度就慢了很多……

对他们来说，首次感到"厌倦世界"［或"寻求别处"］就是壮年期接近尾声的迹象。当壮年期结束，如果他们坚持活下去，那么衰弱就会像成长一样，很快以跟寻常人类差不多的速度进行下去。因此，如果一个努门诺尔人走到了壮年期的尽头……那么他将在大约十年内迅速从身体健康、精神抖擞的状态走向体弱和昏庸。[8]

努门诺尔人的心智发展在某种程度上也被同化为埃尔达模式。他们的心智能力比寻常人类更强大，发展得也更快，而且占据主导。大约七岁以后，他们会在智力上迅速成长，到二十岁时，他们所知晓和理解的东西要远远超过同龄的寻常人类。尤其是，他们还预期长久保持壮年活力，因而在前半生没什么紧迫感。这两者造成的后果就是，他们往往沉迷于学识、工艺和各种智力或艺术上的追求，其程度远远超过寻常人类。男性尤其如此。

婚姻与育儿

因此，对婚姻、受孕、孕育和养育儿女的渴望在努门诺尔人的生活中所占的比重比寻常人类小，即使对女性来说也是如此。婚姻对所有人而言都是合乎常情的，一旦结婚，就是永久性的……

努门诺尔的女性在年满 20 以后就可以结婚（在发育完全之前不允许结婚），但大多数情况下，她们会在 40 到 45 年左右（相当于 24 到 25 "岁"）结婚。女性如果将婚姻推迟到 95 年（相当于 35 "岁"左右）以后，就会被认为拖得过晚。

男人很少在 45 年（25 岁）之前结婚。从 15 到 45 年，他们通常专注于学习，做一门或多门手艺的学徒，以及（随着时间的推移，越来越多地）从事航海。推迟到 95 年左右（35 岁）结婚的情况非常普遍，尤其是那些地位高、职责重要或才华横溢的人，拖到 120 年（40 岁）才结婚的也不少见。埃尔洛斯一脉（尤其是王室子女）通常比一般人更长寿，同时也被提供了众多的职责和机会（男女皆然），因此往往比一般人结婚更晚：对女性来说，95 年（35 岁）是常事；而对男性来说，可能晚到 150 年（46 岁），甚至更晚。这有一个好处："王储"即使是君王的头一个孩子，也能在正值壮年的时候继承王位，不过他很可能已经过了"育儿时期"，可以更自由地投身公共事务。

努门诺尔人像埃尔达一样，若是预见夫妻有可能在怀胎到孩子起码长至幼年的这段时间里分离，就会避免受孕生育子女。

第二纪元　32 年

努门诺尔人是严格的一夫一妻制，法律规定如此，他们的"传统"也是如此——也就是最初伊甸人在品行方面的传统，之后通过埃尔达的言传身教得到加强……

任何人，无论地位高低，都不能与丈夫或妻子离婚，也不能在原配有生之年另结新欢。

根据传统法律，如果一方早逝，而另一方还在壮年并仍然需要或渴望有孩子，那么再婚是允许的。但这种情况自然非常罕见。

不是所有人都会结婚。（从少数现存的传说或年鉴中偶尔提到的内容来看）至少在早期那些世纪中，女性的数量略少于男性。但是，除了这一人数上的限制，总有少数人拒绝结婚，他们要么是因为醉心于学识或其他追求，要么是因为追求不到心仪的配偶，也不愿另寻他人。

［努门诺尔人］像埃尔达一样，倾向于把为人父母的时期（埃尔达称之为"育儿时期"）规划成一生中单独一段连续且有限的时期。人们把这种限制看作是自然的，并认为若能做到连续——就是把孕育子女安排成井井有条、不被打断的一个时段——是妥当与可取的。人们认为，最理想的安排就是夫妻双方住在一起，从怀头胎到最后一个孩子至少满七岁为止，期间夫妻分离的时间越少越好，越短越好。女性尤其希望这样，因为她们（通常）天生不那么沉迷于学识或手艺，也远不那么渴望四处奔走。[9]

努门诺尔的沦亡

因此，努门诺尔人每次婚姻很少生育四个以上的孩子，他们通常在大约50到75年之间（从怀头胎到最后一胎出生）生儿育女。按常人标准衡量，子女之间的间隔时间很长，通常是十年，有时十五年，甚至有间隔二十年之久的，但从来没有少于五年的。不过，在这方面我们必须牢记，这段时间与他们的总寿命相比，只相当于寻常人类一生的十到十五年。如果把间隔时间也按照相对壮年活力和生育能力终点的比例来估算，那么就相当于最少一年（很罕见），更常见的是两年、三年，有时是四年。

当然，女性的"壮年活力"（主要指的是身体的健康和活跃）与生育期并不等同。按努门诺尔的算法，其女性的生育能力和生育期与寻常人类女性相似，也就是说，从性成熟期（努门诺尔的女性在发育完全之前不久达到）到相当于寻常人类45岁的"岁数"（偶尔会延长到50岁）。以年计算，这意味着从18年左右到125年左右或更多一点。但是头胎（如果怀的话）很少是在这段时期的晚期怀上的。

努门诺尔人在成长（包括怀胎和孕育子女）方面的速度与寻常人类相差不大，因此这样的间隔看似很长。但如前所述，他们的精神兴趣占主导地位，而且他们对任何自己从事的事务都会给予极大的关注。因此，孩子的事务是再重要不过的，在孕育子女和婴儿时期会占据

第二纪元　32 年

母亲的绝大部分注意力，若非大户人家，父亲会承担大量的日常劳动。两人都很高兴能暂时回去做其他被搁置的事。但同样（据努门诺尔人自己说），他们在这个方面比其他种族的人类更像埃尔达。在受孕的过程中，他们的身心活力消耗得更多，孕育子女就更是如此（因为后代的长寿虽然是一种恩典或赠礼，但也要间接由父母遗传[10]）。因此，身心都需要休息，尤其是女性。实际上，怀胎后，男女双方对结合的渴望都会休眠一段时间，但母亲们这种渴望的休眠时间更长。

尽管努门诺尔人不淫荡好色，但他们并不比其他人类更看轻或更少享受男女之爱。相反，他们是坚定不移的爱人。父母之间或父母与子女之间的任何感情破裂，都被认为是巨大的不幸和悲哀。

食欲与行为

在早期那些世纪中，很少有违反法律的情况，甚至没有人想违反法律。努门诺尔人，即杜内丹人，在我们看来仍然是"堕落的人类"，但他们的祖先整体来看已经彻底悔过自新，憎恶"魔影"的一切腐化，而且他们得到了特殊的恩典。总的来说，他们对色欲、贪婪、仇恨、残忍和暴政几乎没有任何倾向，而且自觉地憎恶它们。当然，并非所有人都如此高尚。

在魔影来临之前，努门诺尔很少有饕餮之徒或酗酒之人。没有人暴饮暴食，实际上他们任何时候都不多吃多喝。他们珍视美味的食物（种类丰盛），并花费心思和手艺来烹饪、上菜。但是，"盛宴"与普通饭菜的区别不在于食物本身，而在于餐桌的装饰、音乐和众人一起用餐的欢乐气氛。当然，在这样的盛宴上，有时会提供更稀有的精选食物和葡萄酒。

　　由于只要来自伊甸人三大家族就可以前往努门诺尔，并没有经过任何考验的筛选，因此他们当中也有恶行，不过起初十分少见。毫无疑问，他们中也有一些古时的野蛮人和叛徒，还有可能（虽然不能断言）真是甘心侍奉大敌的人。

　　　　在约2221年之后的年代里发生的事件证明，

　　这一怀疑是正确的，见后文。

技艺和工艺

　　伊甸人迁往努门诺尔时带去了大量学识和诸多工艺知识，还有很多本人或祖辈曾经师从埃尔达，额外又保留了本族学识和传统的工匠。

　　但他们带来的原材料十分稀少，只有工艺用具。很长一段时期，努门诺尔的金属都只有贵重金属。他们带来了很多黄金和白银制成的珍宝，还有宝石，但他们在努门诺尔没有发现这些东西。他们爱它们的美，日后正是这种爱引发了最初的贪婪——当时他们沦落到魔影下，对待中洲那些寻常子民时变得骄傲不公。在与埃瑞西亚的精灵交好的时代，他们偶尔收到金银珠宝这类礼物，但这样的物品在早期那些世纪里一直罕见且珍贵，直到国王的权威扩散到东方的陆地。

他们在努门诺尔发现了若干种金属，随着采矿、冶炼和锻造的技术迅速成熟，铁与铜制品也普及开来。他们还有铅。铁和钢主要用来制造匠人的工具和伐木人的斧子。

有些伊甸人工匠专精兵器，他们受过诺多族教导，学到了铸造剑、斧刃、矛尖和短刀的高超技巧……［别处提到］假如有心，他们无论战事还是兵器铸造，都可轻易胜过中洲那些邪恶的王，但他们已经变成爱好和平之人。[11]

兵器匠公会为了传续工艺，仍然造剑，但他们把大部分精力都用于设计、制造非作战用的工具。国王和大多数大领主拥有的先辈传家宝都是剑[12]，他们有时仍会把剑作为礼物赠给自己的继承人。一柄新剑要为王储而铸，并在受封之日赐给他。但在努门诺尔无人佩剑，就连在中洲发生战争的时期也不例外，除非他真是为战斗而全副武装。而在漫长的岁月里，岛国也确实几乎不曾出于好战的意图而制造任何武器。当然，很多制造出来的东西都可以用于这种目的：斧头、长矛和弓箭。制弓是一门伟大的手艺。他们制作各种各样的弓，有长弓，还有较小的弓，尤其是那些用于骑射的弓。他们还设计了弩，最初主要用于对付掠食性鸟类。男人主要的运动和消遣之一就是射箭，年轻女子也参与其中。努门诺尔男子身材高大强壮，能够徒步使用巨大的长弓快速、准确地射箭，这种弓射出的箭矢能飞到很远的距离（600码还多），在较短的射程上则有很强的穿透力。

体育和消遣

努门诺尔是一片和平的土地，岛上没有战争或冲突，直到末期。但努门诺尔人是强健好战的祖先的后代。男子的精力主要转移到了手工技艺实践上，但他们也热衷于竞技和体育运动。男孩和年轻男子只要条件允许，尤其喜欢在户外自由自在地活动，到野外去徒步旅行。许多人锻炼攀登的技巧。努门诺尔没有高山。圣山美尼尔塔玛就在岛国的中央附近，但它只有大约3000呎高，从南侧山脚（靠近埋葬君王的墓谷）有一条盘山路可以攀登到山顶。但在北岬、西北岬和西南岬有多石的山区，那里有些山峰高约2000呎。不过，悬崖才是勇者攀登的主要地点。努门诺尔的悬崖有些地方很高，尤其是朝西的海岸，那里是无数鸟类的栖息地。

第二纪元　32 年

强壮男子最大的爱好莫过于海上活动：游泳、潜水，或乘着小艇参加赛艇或帆船竞赛。岛民中最能吃苦耐劳的人从事渔业，这里盛产鱼，鱼始终都是努门诺尔的主要食物来源之一。有很多人聚居的城市或城镇全都建在海岸边。水手这个特殊阶级大多数从渔民中征募，他们的重要性和受人尊敬的程度稳步提升。最初，努门诺尔人造的船在很大程度上仍然依赖埃尔达的样式，只能用于捕鱼或沿着海岸在港口之间航行。然而没过多久，努门诺尔人就凭借自己的研究和设计，改进了造船的技艺，直到他们敢于远航深入大海。

　　女子很少参与这些活动，尽管她们在身材和力量上通常比大多数种族更接近男性，而且年轻时身手敏捷，步履轻快。她们最大的爱好之一是在宴会上或闲暇时跳舞（许多男人也会参与）。许多女性成了声名远扬的舞者，人们会不远千里前去观看她们的表演。然而，她们并不非常热爱大海。她们会在必要时乘坐沿海的船只往返于港口之间，但不喜欢长时间待在船上，甚至不愿意在船上过夜。即使是渔民中的女子也很少出海。但是，几乎所有的女子都会骑马，她们对马给予礼遇，为马提供的住所比其他任何家畜都要舒适。一位大人物的马厩往往和他自己的房子一样宽敞漂亮。无论男女都骑马娱乐。骑马也是快速从一地旅行到另一地的主要方式。在国典上，有地位的男女甚至女王，都会在护卫或随从的陪伴下骑马出行。

努门诺尔内陆的道路大多是"马道"，不曾铺石，为骑马通行而修建维护。

在早期那些世纪中，双轮和四轮马车极少用于旅行，因为沉重的货物主要通过海路运输。最主要也是最古老的适合车辆通行的道路从东部最大的港口罗门娜出发，向西北通往王城阿美尼洛斯（约40哩），从那里又通往墓谷和美尼尔塔玛。但这条道路很早就延伸到佛洛斯塔（即北境）境内的昂多斯托，并从那里向正西去，通往安督斯塔（即西境）的安督尼依。不过，旅行的车驾很少走这条路，走这条路的主要是大车，运输西境盛产的木材或北境最受推崇的建筑石材。

尽管努门诺尔人骑马旅行并享受骑行的乐趣，但他们对赛马竞速不感兴趣。在乡间户外运动中，可以看到马和骑手的矫健表现，但更受推崇的是主人和马之间默契的展示。努门诺尔人训练他们的马匹听到并理解遥远的呼唤（通过声音或口哨），此外，男女骑手若与心爱的坐骑结下深厚情谊，（古代传说是这么说的）需要时只需动念便可召唤坐骑前来。

狗的情况也是如此。努门诺尔人养狗，尤其是在乡村，部分是祖上传统使然，因为狗已经没什么用武之地了。努门诺尔人不以打猎为乐，也不以狩猎维生，他们只在毗邻荒野边缘的少数地方需要看门狗。在养羊的地区，例如埃梅瑞依，专门训练了狗来帮助牧羊人。早期那些世纪中，乡村人也训练狗来协助驱赶或追踪掠食性的野兽和鸟类（对努门诺尔人来说，这只是偶尔必需的劳动，而不是娱乐）。城镇里很少见到狗。在农场里，狗从不被锁住或拴住，也不住在人们的房屋中，不过它们经常获准来到燃着主要炉火的中央梭尔玛（即正厅），尤其是那些效力多年、忠心耿耿的老狗，有时也有小狗崽。男人，而不是女人，更喜欢养狗做"朋友"。女人更喜欢野生（或"无主"）的鸟类和野兽，尤其喜欢松鼠。在树木繁茂的乡野有大量松鼠。

尽管服从了［维拉向西航行的禁令］，但蒙福之地的居民常常拜访他们，因此他们的知识和艺术几乎达到了精灵的高度。[13]

埃尔达在埃瑞西亚岛上的海港阿瓦隆尼……首生儿女仍不时从那里驾着无桨的船航行前来努门诺尔，如同从日落之处飞来的白鸟。[14]两地居民之间的友谊……他们给努门诺尔带来了许多礼物：会唱歌的鸟儿，芳香的花朵，以及各种功效卓著的药草。他们还带来了一棵生长在埃瑞西亚中央的白树凯勒博恩的小树苗。凯勒博恩是图娜山上的白树加拉希理安的后裔，加拉希理安则是雅凡娜依照银圣树泰尔佩瑞安的模样所造，送给蒙福之地的埃尔达的礼物。[15]那棵小树苗在阿美尼洛斯的王宫庭院中茁壮生长，盛开繁花。它被取名为宁洛丝，在傍晚时分开花，使夜晚的暗影都盈满了香气。

日后被称为"刚铎的白树"，并被铭记为刚铎国王与宰相一脉的象征的那棵树，就是宁洛丝的后代。各式白树的世系很长，始于第一纪元，一直延续到第三纪元结束、第四纪元开始。[16]据记载，在努门诺尔建立后的许多年里，努门诺尔人的生活被称为"蒙福时光"。

岁月流逝，中洲变得落后，光明与智慧消隐，与此同时，杜内丹人却在维拉的佑护下生活，并与埃尔达友好往来，他们的身量与心智一并获得增长和提升。虽然这支民族仍然使用自己的语言，但他们的王公贵族懂得并使用精灵语，那是他们在过去同盟的岁月中学来的，因此他们仍能与埃瑞西亚和中洲西部地区的埃尔达沟通。他们当中的学者还习得了蒙福之地的高等精灵语，自开天辟地以来的诸多故事与歌谣，都是以该语言记录下来。这些学者写了信札、卷轴、书籍，其中记有他们王国鼎盛时期的大量智见与奇事，但如今这一切都已失落了。[17]

这些关于努门诺尔初期生活的描述最后提醒

第二纪元　32 年

读者，努门诺尔人的生活虽然精彩，但注定不会
长久。

　　这些内容讲的大部分都是关于努门诺尔的蒙福时光，
那段时光持续了将近两千年，尽管此前就已经出现了日
后阴影的端倪。事实上，正是他们为了保卫中洲西部的
埃尔达与人类，出兵对抗魔影的掌控者（最终被揭露为
强大的索隆），才导致了他们和平与满足的终结。胜利成
了他们沦亡的前兆。[18]

努门诺尔的沦亡

约 40 年　许多矮人离开他们位于埃瑞德路因山
　　　　　脉中的古老城邦，前往墨瑞亚，该地
　　　　　人口增长。

　　矮人七祖中最年长的一位，矮人称他为都林，他也
是所有长须之王的祖先。他独自沉睡，待得那支种族苏
醒的时机到来，便来到阿扎努比扎，在迷雾山脉以东、
凯雷德-扎拉姆上方的山洞中定居下来，那里后来便是歌
谣中著名的墨瑞亚矿坑。

　　他在那里生活的时间极长，竟至以"不死者都林"
之名广为人知。然而在远古时代结束之前，他最终还是
逝世了，墓地就在卡扎督姆。但他的血脉从未断绝，他
的家族当中先后有五位继承人因酷似祖先而得名都林。

第二纪元　约 40 年

事实上，矮人认为他就是不断重生的不死者。关于本族以及在世界上的命运，他们有许多奇特的传说和信仰。

第一纪元结束之后，卡扎督姆的威势和财富都大大增加了。这是因为，当桑戈洛锥姆崩塌时，蓝色山脉中的古老城邦诺格罗德和贝烈戈斯特遭到毁灭，卡扎督姆得到了众多人口和大量知识技能的补充。[1]

《魔戒同盟》讲述，在第三纪元的埃尔隆德会议上，矮人格罗因谈到了那段时间："孤山的矮人虽说以双手打造出了辉煌盛景，但他们的心灵却受到了困扰。"他说，"距今多年以前，有片骚动不安的阴影笼罩了我们的族人。它从何而来，我们起初一无所知。暗地里悄然传开这样的说法：我们被困在一方狭小之地；前往更广阔的世界，就可以寻得更庞大的财富与更辉煌的荣光。有些人提到了我们本族的语言称为卡扎督姆的墨瑞亚，那是我们父辈的伟大成就。他们宣称，现在我们终于有了足够的力量与人手，可以返回此地了。"[2]

努门诺尔的沦亡

第二纪元　约 40 年

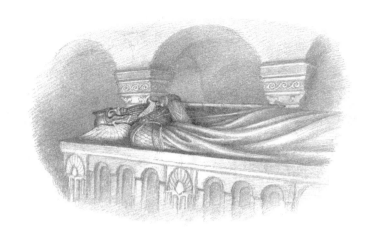

442 年　埃尔洛斯·塔尔-明雅图尔逝世。

埃尔洛斯·塔尔-明雅图尔统治了努门诺尔人
四百一十年。因为努门诺尔人获赐长寿，他们不觉疲
倦的岁月是中洲凡人寿命的三倍之久，但埃雅仁迪尔
之子获赐的寿命，任何人类均不能及，他的后代获赐
的寿命虽要短些，但仍长于连努门诺尔人也包括在内
的旁人。如此直到魔影来临，之后努门诺尔人的寿命
开始缩短。[1]

埃尔洛斯有四名子女：三个儿子分别是瓦尔
达米尔·诺理蒙、曼温迪尔和阿塔那尔卡，一个
女儿（排行第二）廷多米尔。

努门诺尔的沦亡

442 年　努门诺尔第二代君主：

塔尔－瓦尔达米尔

生于：第二纪元 61 年

殁于：第二纪元 471 年（410 岁）

统治时期：第二纪元 442 年

埃尔洛斯·塔尔－明雅图尔的长子塔尔－瓦尔达米尔又名诺理蒙［意思是"博学者"］，他最爱的是他从精灵与人类那里收集到的古老学识。埃尔洛斯离世那年，381 岁的他并未登上王位，而是把王位传给了儿子。尽管如此，他仍被尊为第二代国王，记为统治了一年。从此以后，直到塔尔－阿塔那米尔的时代，都一直维持了这样的传统：国王应在逝前交出王权，传位给继承人。诸王在头脑仍有活力时自愿辞世。

塔尔－瓦尔达米尔有四名子女：阿门迪尔、瓦尔迪尔梅（女儿）、奥兰迪尔和诺隆迪尔。

第二纪元　442 年

442 年　努门诺尔第三代君主：

塔尔-阿门迪尔

生于：第二纪元 192 年

殁于：第二纪元 603 年（411 岁）

统治时期：第二纪元 442—590 年（148 年）[2]

塔尔-阿门迪尔虽然在记载上是努门诺尔的第三位国王，但由于他父亲瓦尔达米尔·诺理蒙选择不登基，所以他实际上是王国的第二位统治者。阿门迪尔出生于 192 年，"阿门迪尔"这个名字来自昆雅语的 Aman 和 -（n）dil 这两个词，意思是"蒙福之地"阿门洲的"热爱者"或"朋友"。

塔尔-阿门迪尔有两个儿子：埃兰迪尔和埃雅仁都尔，以及一个女儿迈伦。

約 500 年　　索隆在中洲再度蠢蠢欲动。

　　很可能在 1951 年，托尔金给米尔顿·沃德曼写了一封概述中洲前三个纪元大事纪年的长信，他勾勒了一幅第二纪元初期的"黑暗"时期的世界图景[1]："在对抗初代大敌［魔苟斯］的大战中，许多地区崩毁废弃，中洲的西部变成荒无人烟之地……另外，初代大敌所繁殖出来的奥克（半兽人）和其他怪物未被彻底消灭……"正如"精灵宝钻征战史"的结尾所言[2]，魔苟斯被维拉"从黑夜之门推出世界的边墙，落入了永恒的空虚之境……然而，强大又邪恶的米尔寇，魔苟斯·包格力尔，恐怖与憎恨的大能者，他在精灵与人类的心中播下的谎言，乃是一颗不会死亡又无法毁灭的种子。直到世界的终结，它都不时重新发芽，并会结出黑暗的果实"。那些重新发芽的谎言和仇恨，便是由索隆悉心照料和培育：

古时有迈雅索隆，贝烈瑞安德的辛达族精灵称他为戈沙乌尔。在阿尔达初创之时，米尔寇诱骗他到自己麾下，他成了大敌的仆从中最强大、最受信赖，也最危险的一个，因为他能变换多种形貌。有很长一段时间，他只要愿意，仍能展现尊贵又俊美的模样，除了最具戒心之人，其余众生皆受到了蒙骗。

桑戈洛锥姆崩塌，魔苟斯被推翻以后，索隆又取了俊美的形貌，向曼威的传令官埃昂威屈膝致意，发誓弃绝过往一切恶行。有人认为，索隆起初不是装模作样，而是真的愿意改过自新，即便只是出于恐惧——他既对魔苟斯的失败感到气馁，又对西方主宰的烈怒感到惊慌。但埃昂威对自己的同辈并无赦免之权，他命索隆返回阿门洲，在那里接受曼威的裁决。索隆深感羞耻，不愿在这种颜面丧尽的情况下回去接受维拉的惩罚，他很可能必须劳役多年来证明自己的向善之心。他在魔苟斯手下乃是大权在握。因此，当埃昂威离去，他隐藏在中洲未走，并且堕回邪恶之中，因为魔苟斯加在他身上的桎梏非常强大。[3]

在给米尔顿·沃德曼的信中，托尔金是这样描述索隆的："他在中洲徘徊不去。他一开始怀着良好的动机：整顿和复兴'被诸神忽视'、满目疮痍的中洲。然而渐渐地，他变成邪恶的二度化身，贪求'绝对权力'——因而被（尤其是针对诸神和精灵的）憎恨空前猛烈地吞噬。"[4]

托尔金去世后，他后期写的文稿在克里斯托弗·托尔金汇编的《中洲历史》[5]里出版，其中就包括托尔金对索隆动机的考量，表明他对这个主要角色的特点曾有惊人的精妙斟酌。

实际上，第二纪元的索隆比第一纪元末的魔苟斯"更伟大"。为什么？因为，虽然他天生的境界实力远逊于魔苟斯，但他还没有堕落到那个地步。最终，他也耗费了自身（本源）的力量，以努力获得对他人的控制，但他没有被迫耗费那么多的自身力量。魔苟斯为了获取阿尔达的控制权，让自身大部分的本源力量进入了大地的物质组成部分，因此，诞生在大地上，生存其上并依赖其生存的万物，无论是野兽、植物还是具有形体的灵魂，都很容易遭受"玷污"……

相比之下，索隆继承了阿尔达的"腐化"，只把他（有限得多）的力量用在了力量之戒上，因为他想统治大地上的**生灵**，支配他们的**思想和意志**。在这方面，索隆

第二纪元　约500年

89

也比米尔寇-魔苟斯更精明。索隆并不是不和谐的肇始者。他很可能比米尔寇更了解"大乐章"［即爱努的大乐章，时间开始之前的伟大创世之歌］，而米尔寇的思想总是充满了他自己的计划和筹谋，对其他事物很少予以关注……

索隆从未达到这种虚无主义的疯狂程度。他并不反对这个世界的存在，只要他能对它为所欲为就行。他仍具备积极正面的残余，那源自他最初的善的本质：他热爱秩序和协调，不喜欢一切混乱与无谓的摩擦，这是他的美德（因此也导致他的堕落和故态复萌）……但是，就像所有这类人的心思一样，索隆的爱（起初是爱）或仅仅是对其他智慧生灵个体的理解（后来变成了这样），也相应削弱了。尽管这一切秩序、计划和组织的唯一真正好处或合理动机，在于阿尔达所有居民的利益（哪怕承认索隆有权做他们的最高统治者），但他的"计划"，那个来自他自身孤立之心智的想法，变成了他意志的唯一目标，并且无可避免地变成了终极目的。[1]

中洲别的地方太平了很多年；然而，除了贝烈瑞安德的子民所到之处，大多仍是一片蛮荒。那里确实有很多精

1　但他之所以有能力腐化他人的心智，甚至让他们为自己效力，都是源于这一事实的残余：他最初对"秩序"的渴望，确实构想了他自己"臣民"的良好状态（尤其是物质上的幸福）。

灵居住，他们已经在当地生活了数不清的岁月，在远离大海的广阔土地上自由漫游。但他们是阿瓦瑞精灵，对他们来说，贝烈瑞安德的事迹只不过是传言，维林诺仅仅是个渺远的地名。而在南方和更遥远的东方，人类繁衍起来，但因索隆作祟，他们大多数都投向了邪恶。[6]

　　眼见世界的荒凉景象，索隆自忖，众维拉推翻了魔苟斯，就再度忘记了中洲。于是，他的骄傲急速高涨。[7]

第二纪元　约500年

521 年　熙尔玛莉恩在努门诺尔出生。

590 年　努门诺尔第四代君主：

塔尔-埃兰迪尔

生于：第二纪元 350 年

殁于：第二纪元 751 年（401 岁）

统治时期：第二纪元 590—740 年（150 年）

"埃兰迪尔"这个名字在昆雅语中的意思是

"热爱星辰者"（热爱或研究星辰的人），源自单词 elen（"星星"）和 -（n）dil（"朋友、热爱者或奉献者"），此外它还有"精灵之友"这个解释。伊甸人当中与埃尔达有亲密友谊的人常被称为精灵之友，源自指代精灵的 Eled（"星辰之民"）。[1]

［埃兰迪尔］又被称为帕尔麦提，[2] 因为他亲手把祖父［塔尔-瓦尔达米尔］收集的学识制成了很多书籍和传奇。他结婚很迟，头一个孩子是女儿，名叫熙尔玛莉恩，生于 521 年，她的儿子是维蓝迪尔。维蓝迪尔是诸位安督尼依亲王的祖先，而末代安督尼依亲王便是阿门迪尔，他是沦亡后去往中洲的"长身"埃兰迪尔的父亲。

他的次女伊熙尔梅在 532 年出生，儿子美尼尔都尔在 543 年出生。由于当时的法律规定女性不能继承王位，于是后来美尼尔都尔成为努门诺尔的第五代君主塔尔-美尼尔都尔。

在塔尔-埃兰迪尔统治期间，努门诺尔人第一次驾船返回了中洲。

第二纪元　521 年

600 年　努门诺尔的首批航船出现在海岸边。

　　万般技艺当中，他们首要发展的是造船与航海。自从世界被缩小后，再也没有哪些航海家能与他们相比。他们当中的刚强者在年轻时的豪勇岁月中，要达成的首要功绩与冒险就是航行征服辽阔的大海。

　　不过，西方主宰禁止他们往西航行到再也看不见努门诺尔海岸的海域。虽然杜内丹人不完全理解这项禁令目的何在，但很长时间内他们都没有异议。曼威的设想是，努门诺尔人不当受引诱去寻找"蒙福之地"，也不当渴望逾越自身福祉的界限，迷上维拉与埃尔达的永生，以及那片万物都不会衰朽的土地。

　　彼时维林诺仍存于肉眼可见的世界上，伊露维塔允许维拉在大地上保留一处居所作纪念，假如魔苟斯不曾给世界投下阴影，它本来应该如维林诺一般。此事努门诺尔人所知甚详。有时，当全天天气清朗，太阳在东边照耀，他们极目眺望，可辨出在西边极远处有一座白城在遥远的海岸上闪烁，还有一处壮观的港口和一座高塔。彼时努门诺尔人的视力绝佳，不过，即便如此，他们当中也只有目光最锐利之人才能从美尼尔塔玛山上，或泊于西岸之外、他们可到之合法范围边界的高船上，看见那景象。那时他们还不敢打破西方主宰所下的禁令。不过他们当中的智者知道，那片遥远的海岸其实不是"蒙福之地"维林诺，而是埃尔达在埃瑞西亚岛上的海港阿瓦隆尼，是不死之地的最东处……

因着维拉的禁令，杜内丹人在那段年代里航海从不往西去，都是朝东行，上至黑暗的北方，下至炎热的南方，还越过南方抵达了"疆外黑暗"。他们甚至航行到各个内海，绕过中洲，从高耸的船首瞥见了东方的"清晨之门"。[1]

第二纪元开始六百年后，塔尔-埃兰迪尔麾下的王室舰队统帅维安图尔首次实现了前往中洲的航行。他指挥自己的船恩图莱西（意思是"归返"），乘着西方吹来的春风进入米斯泷德，于次年秋天返航。此后，航海便成为努门诺尔男子展现胆略和刚毅的主要途径……[2]

第二纪元　600 年

杜内丹人不时会来到大陆沿岸，他们对遭到遗弃的中洲世界感到同情。于是，在人类的黑暗年代中，努门诺尔的贵族再度踏上了中洲的西边海岸，那时还没有任何人敢拦阻他们，因为那个纪元绝大多数侍奉魔影的人类此时都已变得衰弱又胆怯。[3]

但长期以来，努门诺尔大船的船员去到中洲人类当中时都不佩武器。虽然他们在无主的海岸上为了砍伐木材、狩猎果腹而带着斧头和弓箭，但他们在寻找当地人类时并没有携带这些武器。[4]

在《未完的传说》里一条很长的注释中，克里斯托弗·托尔金引用了他父亲"一篇写于后期的语言学短文"，其中描述了"当时努门诺尔人与埃利阿多的人类的初次会面"：

是在幸存下来的阿塔尼〔昆雅语的伊甸人或人类〕漂洋过海前往努门诺尔六百年后，重新自西方而来的第一艘船抵达中洲，进了舒恩湾。它的船长和水手得到了吉尔－加拉德的欢迎，努门诺尔与林顿的埃尔达就这样开始了友谊与联盟。消息迅速传开，埃利阿多的人类充满了惊奇。虽然他们第一纪元一直生活在东方，但也听说了"西边山脉〔即埃瑞德路因山脉〕另一侧"发生的可怕战争，然而他们的民间传说没有留下明确的说法，他们以为，生活在山那一边的土地上的人类已经全部死于浩劫，或是被大火烧死，或是被涌入的海水淹死。但他们当中仍然流传着这样的说法：那些人类在已被遗忘的年代里曾是他们的亲族。因此，他们给吉尔－加拉德送信，请求与那些"在大海的深渊中复活而归"的船员会面。就这样，双方在塔丘上举行了一次会面。从埃利阿多前来与努门诺尔人会面的人类只有十二名，都是心性高尚的勇敢人类，因为他们的绝大多数族人都怕这些新来者是危险的亡者鬼魂。然而他们一见到船员们，心中的恐惧就烟消云散，尽管有那么片刻，他们敬畏得说不出话，这是因为，虽然他们自己在族人当中已属精英之列，但船员们的举止与服饰与其说像必死的凡人，不如说更像精灵贵族。尽管如此，他们深信不疑，双方之间有着古老的血缘关系。同样，船员们也惊喜地看着中洲的人类，因为努门诺尔人一直以为留下的人类都是那些在对抗魔苟斯的战争末期被他从东方召来的邪恶人类的后代。但他们如今看到的是不受魔影所制的面孔，倘若不看衣服和武器，这些人类大可以在努门诺尔行走，不被当成外人。于是，静默过后，突然间，努门诺尔人和埃利阿多的人类各自用本族的语言说出了欢迎和问候的话语，就像在招呼分别已久的朋友和亲人。一开始他们感到失望，因为双方无法互相理解，但他们友好交往后

第二纪元　600 年

便发现，双方共有着大量仍能辨出明确含义的词语，余下的只要用心也能领会，他们能够断断续续地就简单的事交谈。[5]

努门诺尔人来到他们〔中洲的人类〕当中，教导他们良多。[6]

他们教他们语言，因为除了在古时伊甸人的土地上，中洲人类的语言都已变得粗野，他们像刺耳的鸟一样嚎叫，或者像野兽一样咆哮。[7]

他们带来谷物和酒，指导人类撒种与碾谷、伐木与采石，还指导他们怎样在这片死亡倏至、福祉少临的大地上安排生计。

于是，中洲的人类有了比较好过的日子。西边海岸上随处都能见到，杳无人烟的树林越来越少，人类摆脱了魔苟斯的邪物的枷锁，忘却了对黑暗的恐惧。他们崇奉对那些高大的海国之王的记忆，当那些王者离去，他们呼之为神，盼其归来。因彼时努门诺尔人从不在中洲停留太久，也尚未在那里建立任何属于自己的居住地。他们必须航向东方，但他们的心总是归向西方。[8]

而在这段时间里，索隆继续等待自己的时机。

他投向埃尔达的目光充满憎恨，也十分忌惮不时驾船返回中洲的努门诺尔人。但有很长一段时间，他都掩饰了自己的想法，隐藏了内心盘算的黑暗计划。[9]

第二纪元　600年

阿勒达瑞安的远航[1]

[塔尔-埃兰迪尔之子美尼尔都尔娶了]一位极美的女子，名叫阿尔玛莉安。她是塔尔-埃兰迪尔麾下的王室舰队统帅维安图尔的女儿。她本人和岛上大多数女人一样，对舰船和大海并无偏爱。她儿子不像美尼尔都尔，而是更像她父亲维安图尔。

美尼尔都尔与阿尔玛莉安的儿子名叫阿纳迪尔["热爱太阳者"[2]]，后来以"塔尔-阿勒达瑞安"之名位列努门诺尔诸王当中。他有两个妹妹爱林妮尔和阿尔米尔，其中年长的爱林妮尔嫁给了哈多家族的后裔欧尔哈尔多，他父亲是哈索尔迪尔，与美尼尔都尔交情甚笃。爱林妮尔与欧尔哈尔多的儿子名叫梭隆托，将会在后面的故事中登场。[3]

阿纳迪尔在所有的传说中都被称为阿勒达瑞安［"树木之子"[4]］。他很快就长成一个伟岸魁梧的人，强壮坚定，精力充沛。他像母亲一样是金发的，为人开朗，宽和慷慨，但比父亲骄傲，而且越来越坚持己见。他生来就热爱大海，迷上了造船工艺。他不喜欢北境，把父亲允许的时间全都消磨在海滨，特别是罗门娜附近。罗门娜是努门诺尔的首要港口，那里有最大的造船场和技术最高超的造船工匠。多年以来，美尼尔都尔几乎不干涉阿勒达瑞安，因为做父亲的十分乐见儿子磨炼坚韧的意志，运用双手和头脑劳作。

阿勒达瑞安深受外祖父维安图尔宠爱，他经常到罗门娜峡湾南侧维安图尔的家中居住。那座房子有专属的码头，总有很多小船泊在那里，因为维安图尔能走水路就决不走陆路。在那里，阿勒达瑞安从小就学会了划桨，之后又学会了驾驶帆船。不等完全成年，他就能指挥一条人手众多的船，在各处港口之间航行了。

一次，维安图尔对外孙说："我的阿纳迪尔[5]啊，春天即将到来，你成年的日子亦然。"（阿勒达瑞安到那年四月就满二十五岁了。）"我心里有个打算，要好好庆祝一番。我自己比你年长得多，我想我再也不会常有兴致离开美好的家园和努门诺尔蒙福的海岸，但我想至少再去大海上乘风破浪一次，迎着北风，向东航行。今

第二纪元　600 年

年你和我一起走吧，我们去米斯泷德，看看中洲那巍峨的蓝色山脉和山麓埃尔达的绿色国度。造船者奇尔丹和吉尔－加拉德王都会欣然接待你。去向你父亲说说这件事吧。"

阿勒达瑞安对父亲提起了这次探险，并请求一到春天风向合适就启程，而美尼尔都尔十分不愿应允。他感到周身泛起一股寒意，就好像他的心预感到此事的影响将超出他的头脑所能预见。但他看着儿子热切的面容，丝毫未露声色。"**我儿**，遵从心灵的呼唤吧。"他说，"我会想念你至深，但有维安图尔担任船长，有维拉的佑护，我会怀着希望等你归来。不过，不要迷上那片大地！有朝一日你必须成为这个岛国的国王和宗父。"

就这样，第二纪元 725 年的明媚春天，在一个风和日丽的早晨，努门诺尔王储的儿子从岛国出发了。傍晚时分，他看到泛着微光的故土沉隐到海平面下，最后消失的是美尼尔塔玛山巅，映衬着夕阳的余晖，如同一根黑色的手指。

据说，阿勒达瑞安亲笔记录了他前往中洲的所有航程，这些记载在罗门娜保存了很久，不过后来全都佚失了。有关他的首航，人们了解极少，只知道他与奇尔丹、吉尔－加拉德结下了友谊，并深入林顿和埃利阿多西部旅行，对所见的一切都感到惊奇。他一去就是两年多，美尼尔都尔忧心如焚。据说，阿勒达瑞安延误归期，是因为他渴望向奇尔丹尽可能地学习，既包括如何制造、操控船只，也包括如何修建抵御大海侵袭的堤墙。

当人们目睹大船**努美尔拉玛**（意思是"西方之翼"）从海上驶来，金色的风帆被落日染得通红，罗门娜和阿美尼洛斯都是一片欢腾。夏季即将结束，**一如含塔列**[6]即将到来。美尼尔都尔在维安图尔家中迎接了自己的儿子，他觉得阿勒达瑞安身量长高了，眼睛也更明亮，目光却显得遥远。

"**我儿**，你在远航中的所见所闻，是什么给你留下的印象最深？"

阿勒达瑞安望向东方的夜色，陷入了沉默。末了他回答了，但声音很轻，犹如自言自语："是美丽的精灵一族？是青翠的海滨？是云雾缭绕的山岭？还是那些笼罩着迷雾和阴影、无从揣测的地域？我不知道。"他住了口，但美尼尔都尔明白他并没有和盘托出心中所想。因为阿勒达瑞安已经迷上了大海，迷上了驾着孤舟在海上航行，不见陆地的踪影，乘风破浪，去往未知的海岸与港口。终其一生，他都不曾摆脱那种爱与渴望。

维安图尔再也不曾离开努门诺尔出海航行，但他把

第二纪元　600年

努美尔拉玛赠给了阿勒达瑞安。不出三年，阿勒达瑞安就又请求动身出海，航向了林顿，并在外度过了三年。不久之后，他又一次出航，这次航程花了四年，因为据说他不再满足于驶往米斯泷德，而是开始向南探索沿海地区。他经过了巴兰都因河、格瓦斯罗河和安格仁河的入海口，绕过了黝黑的海岬拉斯墨希尔，看见了壮观的贝尔法拉斯湾，还有阿姆洛斯之地的山岭，那地仍有南多族精灵生活。[7]

阿勒达瑞安在三十九岁时回到了努门诺尔，给父亲带回了吉尔－加拉德所赠的礼物。因为塔尔－埃兰迪尔于次年按照早已宣布的决定，将王位让给了儿子，塔尔－美尼尔都尔即位成为国王。那时，为了让父亲放心，阿勒达瑞安克制渴望，暂时留在了家乡。在那段时期，他运用从奇尔丹那里学到的知识造船，自己又大量创新，并且开始派人去修缮港口和码头，因为他总是热衷于建造更大的舰船。

阿勒达瑞安回来的第二年，塔尔－埃兰迪尔将王权让给了自己的儿子——也就是阿勒达瑞安的父亲——美尼尔都尔。

努门诺尔的沦亡

740 年　努门诺尔第五代君主：

塔尔－美尼尔都尔

生于：第二纪元 543 年

殁于：第二纪元 942 年（399 岁）

统治时期：第二纪元 740—883 年（143 年）

［美尼尔都尔是塔尔－埃兰迪尔的第三个孩子。］他有两个姐姐，名为熙尔玛莉恩和伊熙尔梅。他的长姐熙尔玛莉恩嫁给了安督尼依的埃拉坦，他们的儿子便是安督尼依亲王维蓝迪尔，很久以后，中洲的刚铎与阿尔诺的诸王家族便是承自此人。[8]

　　他出生时的本名是伊瑞蒙，他之所以取名美尼尔都尔，是由于他"热爱天文知识"，这个名字源自昆雅语的 menel（"穹苍"）和 -（n）dur（"仆人"）。[9]

美尼尔都尔性格温和，为人谦逊[10]，比起体力成就，更注重动脑思考。他深爱着努门诺尔这片土地和其间的万物，但对环抱岛国的大海不感兴趣，因为他心念所系比中洲更远——他沉迷于群星和苍穹。关于一亚[11]和包围着阿尔达王国[12]的深邃领域，他研习了埃尔达和伊甸人的传承学识中能搜集到的所有资料。他最大的爱好就是观星。他在空气最澄净的佛洛斯塔（岛国最靠北的地区）建了一座塔，夜晚他就在塔上博览天象，观察天穹之光的一切动向。[13]

美尼尔都尔继承王位以后，就不得不离开佛洛斯塔，迁到阿美尼洛斯的雄伟王宫中居住。事实证明，他是一位贤明睿智的君王，不过他始终渴望着可以丰富天文知识的日子。

努门诺尔的沦亡

750 年　诺多精灵建立埃瑞吉安。

　　加拉德瑞尔终于觉察到，就像米尔寇［魔苟斯］[1]被囚禁的上古时期一样，索隆再一次漏网了。确切地说，由于索隆直到那时仍无固定名号，人们尚未发觉他的诸般作为全是同一个邪恶神灵——米尔寇的头号爪牙——一手策划，加拉德瑞尔只是意识到有一种邪恶的支配意图在世界上扩散，其源头似乎可以追溯到埃利阿多和迷雾山脉以外的遥远东方。1

　　因此，大约第二纪元 700 年，凯勒博恩与加拉德瑞

1　编者未在注释中写明，但本段及接下来三段均引自《未完的传说》，第307—309 页。——译者注

尔向东迁去，建立了（主要是诺多族，但绝不是仅有诺多族的）国度埃瑞吉安。[2] 加拉德瑞尔之所以选择此地，可能是因为她对卡扎督姆（墨瑞亚）的矮人有所了解。诺格罗德和贝烈戈斯特这两座极其古老的城邦就曾坐落在埃瑞德林顿山脉东侧，那里距离能微奥湖不远，矮人的踪迹向来不曾断绝，但矮人已将绝大部分人员产业迁去了卡扎督姆。凯勒博恩对哪一族的矮人都没有好感（正如他在洛丝罗瑞恩对吉姆利表现出的态度），并且从未原谅矮人在毁灭多瑞亚斯一事中扮演的角色。但只有诺格罗德的矮人参加了那场袭击，那支军队也在萨恩阿斯拉德之战中被歼灭了。贝烈戈斯特的矮人对那场灾祸深感惊惶，并担忧它会引来的后果，因此加快了东迁，搬往卡扎督姆。故可认为，墨瑞亚的矮人对多瑞亚斯的覆灭一事并无责任，他们对精灵不抱敌意。总之，加拉德瑞尔于此比凯勒博恩更有远见，她从一开始就明白，要想使中洲免遭魔苟斯身后遗留的"邪恶残余"荼毒，唯有一途——让所有各自为政地反抗魔苟斯的种族联合起来。她亦用军事将领的眼光看待矮人，认为他们是对抗奥克的最出色的战士。而且，加拉德瑞尔是一位诺多族精灵，她对矮人的思想和他们对手工技艺的热爱有着天生的共鸣，这种共鸣比很多埃尔达的感受强烈得多——矮人是"奥力的儿女"，而加拉德瑞尔和其他诺多族一样，过去在维林诺曾经师从奥力和雅凡娜。[3]

努门诺尔的沦亡

加拉德瑞尔与凯勒博恩的同伴当中，有一位名叫凯勒布林博的诺多族巧匠……他被写成是刚多林的幸存者之一，曾经位列图尔巩麾下最伟大的巧匠当中……凯勒布林博"对技艺有种近乎'矮人'的执迷"，他与卡扎督姆的矮人建立了密切的关系，很快便成为埃瑞吉安的首席巧匠，而在那些矮人当中，他最杰出的朋友是纳维。精灵和矮人双方都从这一合作联盟中获益匪浅，埃瑞吉安变得大为强盛，卡扎督姆也变得远为壮美，这是两族单凭一己之力无法达成的。[4]

约第二纪元 750 年［这是"编年史略"中记载的诺多族精灵建立埃瑞吉安的年份］，埃瑞吉安的都城欧斯特－因－埃第尔［"埃尔达的要塞"］开始兴建。[5]

750 年，凯勒布林博在埃瑞吉安建立了一个由精灵能工巧匠组成的公会，称为格怀斯－伊－弥尔丹，即珠宝匠公会。[6]

《精灵宝钻》中记载，他们"技艺之精湛超过了有史以来除了费艾诺本人以外的所有工匠。而他们当中公认本领最高的，是凯勒布林博"。[7]

纳维是一名矮人巧匠，护戒远征队在寻找穿过墨瑞亚的路时，发现了他与凯勒布林博合作的工艺成果。他们面对两扇紧闭的秘门，最终是升起的月光揭示了门的存在，同时还照出了镌刻在门上的都林和费艾诺家族的纹章标记，"用伊希尔丁造就，这种材料只反射星光和月光"，并有"远古时代中洲西部地区的精灵语"写就的铭文：**"墨瑞亚之主，都林之门。请说，朋友，然后进入。……我，纳维，造了此门。冬青郡的凯勒布林博描了这些符号。"**[8]

这些符号与铭文，是卡扎督姆的矮人曾经拥有无上财富的证据，正如甘道夫所说明的："墨瑞亚的财富，不在于黄金，也不在于珠宝，那些都是矮人的玩物；也不在于铁矿，那是他们的奴仆。他们在这里确实找到了这些东西，尤其是铁矿；但是这些他们不需要发掘，他们想要的一切，都可以靠贸易获得。全世界只有这里才能找到'墨瑞亚银'，有些人称它为'真银'，精灵语中称之为米斯利尔，矮人称它什么，则秘不外传。它从前贵重如同十倍的黄金，现在则是无价之宝；因为地面上它已所剩无几，而就连奥克也不敢在这里开采它。……

"秘银！此物人人都渴望。它能被锤打得延展如铜，又能被打磨得光亮如镜。矮人可以用它制成金属，比淬火过的钢更轻，却更坚硬。秘银美如寻常白银，但它不会失去光泽，亦不会黯淡褪色。精灵珍爱秘银，它的多种用途之一，便是制成**伊希尔丁**，'星月'，你们在墨瑞亚西门上已经看见。"[9]

努门诺尔的沦亡

阿勒达瑞安与埃仁迪丝[1]

[努门诺尔第五代国王塔尔－美尼尔都尔之子阿勒达瑞安重燃了对大海的渴望]他一次又一次地离开努门诺尔；如今他的兴趣转向了单独一艘船无法胜任的探险。因此，他组建了后来享有盛名的探险者公会，公会吸纳了所有最坚毅、最热切的水手，年轻人纷纷寻求入会，就连来自努门诺尔内陆地区的也不例外，他们称阿勒达瑞安为"大船长"。那时，阿勒达瑞安不想去阿美尼洛斯，在陆地上生活，于是命人造了一艘可以供他居住的船，并因而为它取名"埃雅姆巴尔"["海上住宅"[2]]。他不时会乘着它在努门诺尔各处港口之间航行，但它主要还是抛锚泊在托尔乌妮岛边——它是诸海之后乌妮[3]

第二纪元　750年

设在罗门娜湾里的一个小岛。探险者公会的会所设在埃雅姆巴尔上，他们那些伟大航行的记载就保存在那里[4]；因塔尔-美尼尔都尔认定阿勒达瑞安播下了不安分和渴望占据其他疆土的种子，所以他冷眼看待儿子这些规划，也不想听他那些航行的故事。

在那段时期，阿勒达瑞安疏远了父亲，不再公开提起自己的计划和渴望。但王后阿尔玛莉安无论儿子做什么都给予支持，美尼尔都尔也不得不顺应事态发展。因为探险者公会人数渐多，所受尊重日增，人们称他们为"乌妮迪利"，意思是"热爱乌妮者"，要斥责或约束他们的大船长也愈发不易。在那段时期，努门诺尔人的船造得越来越大，吃水越来越深，终致足以搭乘大批人手和大量货物，胜任远航。阿勒达瑞安常常离开努门诺尔，每次一走就是很久。塔尔-美尼尔都尔总是驳回儿子所请，并且给努门诺尔为造船而砍伐的树木数量设下限制。结果阿勒达瑞安萌生了这样的念头：要在中洲取得木材，并在那里寻找一处港口，以供修缮船只。他在沿着海岸航行的途中，惊喜地看到了大片的森林。在努门诺尔人称为"暗影之河"格瓦希尔的入海口，他建起了"新港"温雅泷迪。[5]

然而第二纪元开始将近八百年后，塔尔-美尼尔都尔命令儿子暂时停止东航，留在努门诺尔，因为之前诸王都是在继承人这个年龄时立储，他希望同样立阿勒达瑞安为王储。于是，美尼尔都尔在那时与儿子达成了和解，二人融洽相处。伴着欢腾与庆祝，阿勒达瑞安于一百岁那年被立为王储，从父亲那里得到了"努门诺尔舰队统帅与港口领主"的头衔与权力。有位家在岛国西部，名叫贝瑞加尔的人，偕女儿埃仁迪丝一同前来阿美尼洛斯参加庆典。王后阿尔玛莉安注意到了埃仁迪丝的美貌，那是一种在努门诺尔不常见的美。因贝瑞加尔虽然并非埃尔洛斯的王室一脉出身，却秉承了贝奥家族的古老血统，埃仁迪丝发色乌黑，窈窕纤秀，眼睛的颜色如她的族人，是清澈的灰。[6]然而当阿勒达瑞安骑马走过时，埃仁迪丝看到了他，他的英俊外表和出众风采令她几乎不曾旁顾。此后，埃仁迪丝做了王后的女伴，也赢得了国王的喜爱。但她极少见到阿勒达瑞安，他一心挂念将来努门诺尔不能缺乏木材，正忙于植树育林。不久，探险者公会的水手们就变得浮躁不安，因为他们不满足于接受次级指挥官的领导，从事时间较短、次数更少的航行。阿勒达瑞安被立为王储六年后，决定再次出海前往中洲。国王虽然允准，但很不情愿，因为做父亲的力劝儿子留在努门诺尔，物色妻室，做儿子的却不肯听从。阿勒达瑞安在那年春天启程，然而他去向母亲道别时，见到了身为王后女伴之一的埃仁迪丝。他端详着她的美貌，凭直觉看出她身上隐藏着坚强的品质。

阿尔玛莉安见状，对他说："我儿阿勒达瑞安，你定

第二纪元　750年

113

要再次离去吗？在这片凡世中最美好的土地上，难道就没有什么能挽留你？"

"目前还没有，"他答道，"但在阿美尼洛斯确实有美好的事物，一个人在别处、哪怕是在埃尔达的领地上也找不到。但水手都是抱有双重意愿之人，内心总是冲突不休，对大海的渴望仍然挽留着我。"

埃仁迪丝相信这些话也是说给她听的。她虽不抱希望，但从那时起，她的一颗心就完全给了阿勒达瑞安。彼时，无论法律还是习俗都不要求王室成员——哪怕是王储——只与埃尔洛斯·塔尔-明雅图尔的后代成婚，但埃仁迪丝认为阿勒达瑞安是高不可攀的。然而她此后再未垂青别的男人，并且回绝了所有的追求者。

七年之后，阿勒达瑞安带着金银矿石回来了，他对父亲讲述了航行的经过和自己的作为。但美尼尔都尔说："我宁愿你在我身边，而不要任何来自黑暗之地的消息或礼物。这不是王储的职责，而是商人和探险家的行当。我们要更多的金银有什么用？除非是用于炫耀，而要炫耀的话，别的东西也一样适用。王室需要的，是了解并热爱他将会统治的土地和人民之人。"

"我这辈子岂不是一直在研究人？"阿勒达瑞安说，"我能随心所欲地引导他们，统治他们。"

"不如说，那只是一些与你自己看法相同的人。"国王答道，"努门诺尔还有女人，并不比男人少。你诚然能

随心所欲地引导你的母亲，但除了她，你对女人了解有多少？然而有朝一日你必须娶妻。"

"有朝一日！"阿勒达瑞安说，"但不到必须我就不会，要是谁想逼我成婚，那日就会来得更晚。我有别的事要做，我一心想着那些事，它们对我来说更加紧迫。'水手的妻子，必冷清度日'，目标专一、不受海岸束缚的水手走得更远，也能更好地学习如何对付大海。"

"更远，却并非更有益。"美尼尔都尔说，"而且我儿阿勒达瑞安，你并不是在'对付大海'。你莫非忘了？伊甸人蒙受西方主宰的恩典才居住在此，而乌妮对我们仁慈，欧西受到约束。我们的船是受到守护的，引导它们的并不是我们自己的手。所以，不要骄傲过甚，否则恩典可能渐渐消失，也不要擅自认定，恩典会泽及那些到陌生海岸的礁石上或黑暗人类的土地上，拿自己的生命无谓冒险的人。"

阿勒达瑞安说："要是我们的船哪里的海岸都不去，也不能寻找未曾见过的事物，那么蒙受恩典又有什么意义？"

他不再对父亲说起这类事务，而是在名为埃雅姆巴尔的船上度日，与探险者公会的人为伴，并且开始建造一艘空前庞大的船，他把它命名为帕拉尔兰，意思是"远游者"。然而如今他经常遇到埃仁迪丝（那是出于王后的安排）。国王得知他们二人相会，感到不安，但没有

第二纪元　750年

115

不悦。他说:"要是阿勒达瑞安能在赢得哪个女人的芳心之前,改掉那种不安分就好了。"王后说:"除了爱情,您还能靠什么让他改掉呢?"美尼尔都尔说:"埃仁迪丝还很年轻。"但阿尔玛莉安答道:"埃仁迪丝的族人并不享有赐予埃尔洛斯后代的长寿,而且她的心已经被赢去了。"

大船帕拉尔兰建成后,阿勒达瑞安想要再次出海。美尼尔都尔闻讯大怒,不过在王后的劝说下,他没有动用国王的权力去阻止儿子。在此必须介绍这样的习俗:船从努门诺尔出发,驶过大海去往中洲时,一个女人——通常是船长的亲人——会在船首挂上"归航常青枝"。它是从欧幽莱瑞[7]树上剪下的,"欧幽莱瑞"的意思是"永夏",埃尔达把那棵树赠给了努门诺尔人,说他们自己就把它挂在船上,象征与欧西和乌妮的友谊。那棵树的树叶常青,富有光泽,散发芳香,它在海风中茁壮成长。但美尼尔都尔禁止王后和阿勒达瑞安的妹妹们把欧幽莱瑞的树枝送往帕拉尔兰停泊的罗门娜,说他拒绝为违背自己意志出发探险的儿子祝福。而阿勒达瑞安听了这话之后,说:"要是我必须没人祝福、不挂树枝就走,那我就这么走。"

王后闻讯感到伤心,但埃仁迪丝对她说:"我的王后啊,您若从精灵之树上剪下树枝,那么蒙您恩准,我愿把它送去港口，因为国王并没有禁止我这么做。"

水手们认为船长这样离去是件不吉利的事。但当一切准备就绪，人们准备起锚时，埃仁迪丝来了，不过她并不喜欢大港里的嘈杂忙碌与海鸥的鸣叫。阿勒达瑞安又惊又喜地接待了她，她说："殿下，我为您带来了'归航枝'：它来自王后。""它来自王后？"阿勒达瑞安问，态度变了。"是，殿下。"埃仁迪丝说，"但是，是我求了她恩准我这么做。除了您自己的亲人，还有别人会为您的归来欣慰，请早日返回。"

那时，阿勒达瑞安首次怀着爱意看待埃仁迪丝。帕拉尔兰驶入大海时，他在船尾回望，伫立良久。据说，他提前了归期，离开的时间比计划中要短。他回来时，为王后和她宫中的女士们带来了礼物，但他把最贵重的一件礼物送给了埃仁迪丝，那是一颗钻石。如今国王和王储之间的问候很是冷淡，美尼尔都尔责备了阿勒达瑞安，说王储送出这样一件礼物是不得体的，除非那是订婚信物。他命令阿勒达瑞安说明心中的打算。

"我怀着感激带它回来，"阿勒达瑞安说，"为了一颗众人冷酷中独存的温暖之心。"

美尼尔都尔说："冷酷之心无论来去，都不会激发旁人给予温暖的热情。"他虽未提到埃仁迪丝，却再次催促阿勒达瑞安考虑成家。但阿勒达瑞安完全不肯听从，他向来都是这样行事——身边的人们越是力劝，他便越是逆反。如今他对待埃仁迪丝冷淡多了，决定离开努门诺尔，进一步推行他在温雅泷迪的计划。[8]他觉得陆上的生活令人厌烦，因为他在自己的船上不必服从旁人的意愿，而陪伴他的探险者们对大船长只有热爱和崇敬。但现在美尼尔都尔禁止他离去，而阿勒达瑞安不等冬季彻底结束，就违抗国王的命令，带着七艘船组成的舰队和大半探险者们启航了。王后不敢引发美尼尔都尔的怒火，但夜里，一个裹着斗篷的女子带着树枝来到了港口，她把它交到阿勒达瑞安手中，说："它来自西境女士。"（人们如此称呼埃仁迪丝），然后就在黑暗中离开了。

国王面对阿勒达瑞安的公然忤逆，撤销了他的努门诺尔舰队统帅与港口领主之权，并下令查封埃雅姆巴尔上的探险者公会会所，关闭罗门娜的造船场，并禁止为了造船砍伐任何树木。五年过去了，阿勒达瑞安带着九艘船回来了——他在温雅泷迪新造了两艘——每艘船都满载着从中洲海岸的森林里伐来的优质木材。阿勒达瑞安发现出了什么事，勃然大怒，他对父亲说："既然我在努门诺尔不受欢迎、无所事事，我的船也不能在这里的港口得到修缮，那我很快就要再走。因为风一直狂暴，[9]我也需要休整。国王的儿子难道就没别的事可做，只能研究女人的面孔，好找个妻子？我曾从事植树育林，我对此向来谨慎，我有生之年，努门诺尔的木材将比您统治时更多。"阿勒达瑞安言出必践，同年就带着三艘船和最坚毅的探险者们又一次离开了，走时既没人祝福也没挂树枝，因为美尼尔都尔禁止所有自己家族和公会的女眷这么做，并且派人在罗门娜周围把守。

阿勒达瑞安那次航行走了很久，久到了人们为他担忧的地步。美尼尔都尔本人也很不安，尽管努门诺尔的船向来受到维拉的恩典佑护。[10]阿勒达瑞安出海十年后，埃仁迪丝终于绝望了，她相信，阿勒达瑞安不是已经遇难，就是已经决定在中洲定居，外加她想避开求婚者的骚扰，因此她求得王后恩准，离开阿美尼洛斯，回到了西境自家亲人身边。然而又过了四年，阿勒达瑞安终于回来了，他的船队饱受大海蹂躏，创痕累累。当初他先驶去了温雅泷迪港口，然后从那里沿着海岸线向南长途航行，所到之处比努门诺尔船曾经抵达的任何地方都远得多。但他向北返航时遭遇了逆风和大风暴，在哈拉德险险躲过沉船失事之后，又发现温雅泷迪已被大浪摧毁，并遭到了不友善的人类洗劫。他试图渡过大海时，被西方吹来的强风驱赶回去三次，他自己的船则被闪电击中，折断了桅杆。他在汪洋深海上经历了非同一般的挣扎和困苦，才最终回到努门诺尔的海港。美尼尔都尔见阿勒达瑞安归来，大为宽慰，但他还是责备了儿子，因儿子忤逆国王与父亲，摒弃维拉的佑护，不但亲身去冒险激起欧西的怒火，而且还带上了那些他团结到

第二纪元　750 年

119

身边的忠诚之人。于是阿勒达瑞安接受教训，消了脾气，得到了美尼尔都尔的宽恕，而美尼尔都尔恢复了他的舰队统帅与港口领主之权，还额外加上了"森林总管"的头衔。

阿勒达瑞安发现埃仁迪丝离开了阿美尼洛斯，感到难过，但他过于骄傲，不肯去找她。实际上，他要想去找她，只能是向她求婚，可他又仍然不愿意受到束缚。由于他一走就是将近二十年，他着手去弥补自己长期在外这段时间的疏漏。那时启动了庞大的港口工程，尤其是在罗门娜。他发现，人们为了建筑和制造很多物品，砍伐了大批树木，但此做法毫无远见，砍去树后并未植树取代。他前往努门诺尔各地，视察尚存的树林。

一天，他骑马走在西境的森林中，看到了一名女子。她乌发在风中飘扬，身披一袭绿色的斗篷，领口用一颗明亮的宝石扣住。埃尔达偶尔会来岛国这片地区，他把她当成了其中之一。但当她走近，他认出她是埃仁迪丝，发现那颗宝石正是他送给她的。于是，他心中蓦然意识到了对她的爱恋，体会到了自己生活的空虚。埃仁迪丝见到他，面色变得苍白，想要拨马离开，无奈他动作太快，并且说："过去我逃得太频繁也太遥远，如今你要逃避我，我的确是自作自受！但原谅我吧，现在留下来。"于是他们一同骑马来到她父亲贝瑞加尔家中，阿勒达瑞安在那里坦陈他想与埃仁迪丝订婚。埃仁迪丝虽然依照

努门诺尔的沦亡

本族的习俗和寿数，正值婚配之年，此时却踌躇难决。她对他的爱并未消减，她也并非假意退缩，但如今她心中害怕，怕自己在这场为了留住阿勒达瑞安而与大海进行的较量中无法取胜。埃仁迪丝宁可满盘皆输，也决不会让步分毫。她害怕大海，将砍伐她所热爱的树木归咎于所有的船，因此她下定决心，必要彻底战胜大海和船，否则就是她自己彻底败下阵来。

但阿勒达瑞安热切地追求埃仁迪丝，无论她去何处，他都跟随。他不再砍伐树木，而是只去植树，把港口、造船场和探险者公会的全部事务都抛到了脑后。他在那段时期得到的满足超过他一生中任何时候，不过这一点他直到很久以后的迟暮之年，回首往事时才意识到。末了，他想方设法说服了埃仁迪丝，让她与他一起乘着埃雅姆巴尔这艘船进行一次环岛国的航行，因为阿勒达瑞安创建探险者公会至今已满一百年，努门诺尔所有的港口都将欢宴庆祝。埃仁迪丝掩藏了嫌恶和恐惧，同意去航海。他们从罗门娜出发，去了岛国西部的安督尼依。在那里，阿勒达瑞安的近亲、安督尼依亲王维蓝迪尔[11]举办了一次盛大的宴会，他在宴会上为埃仁迪丝祝酒，称她为"乌妮涅尔"，意思是"乌妮的女儿"，新的海洋夫人。然而坐在维蓝迪尔的妻子身边的埃仁迪丝大声说："别这么称呼我！我才不是乌妮的女儿，她更像是我的对手。"

第二纪元　750 年

此后，疑虑又暂时袭上埃仁迪丝心头，因为阿勒达瑞安又开始转去考虑罗门娜的工程，忙于建造巨大的海上堤墙，以及在托尔乌妮岛上修起的高塔——它名为"卡尔明登"，意思是"灯塔"。但等这些完工，阿勒达瑞安回到了埃仁迪丝身边，恳求她与他订婚。她却仍想推迟，说："殿下，我已经与您乘船旅行过了。在我答复您之前，您难道不愿与我一起在陆地上旅行，到我热爱的地方去吗？作为一位将会统治这片土地的国王，您对它了解得太少了。"因此，他们一起动身去了埃梅瑞依，那里有绿草覆盖的起伏丘陵，是努门诺尔主要的牧羊场。他们看到了农夫与牧羊人的白色房屋，听到了羊群的咩咩叫声。

　　在那里，埃仁迪丝对阿勒达瑞安说："我在这里便能安然度日！"

　　"你作为王储夫人，想住在哪里就能住在哪里。"阿勒达瑞安说，"而作为王后，你能住在诸多你心仪的那种漂亮房屋中。"

　　"等您登上王位，我就老了。"埃仁迪丝说，"与此同时，王储会住在哪里？"

　　"与他的妻子住在一起，"阿勒达瑞安说，"在他操劳之余，如果他的操劳她无法参与。"

　　"我不会与乌妮夫人分享我的丈夫。"埃仁迪丝说。

　　"这是种歪曲的说法，"阿勒达瑞安说，"我的妻子热爱野生的树木，所以我也同样可以说，我不愿与掌管森林的欧洛米大人分享我的妻子。"

"您才不会，"埃仁迪丝说，"因为您只要动念，就会砍伐任何树木作为献给乌妮的礼物。"

"指出任何一棵你爱的树，它定会耸立到枯死。"阿勒达瑞安说。

埃仁迪丝答道："我热爱所有生长在这个岛国的树木。"

然后他们骑马走了很长一段时间，都保持着沉默。过了那天，他们就分开了，埃仁迪丝回到了父亲家中。她对父亲什么也没说，但对母亲努奈丝，她讲了自己与阿勒达瑞安之间的对话。

"埃仁迪丝，你从小就是这样：不能全部拥有，就宁可彻底放弃。"努奈丝说，"可你爱这个人，而他是位伟大之人，不必说还拥有那样的地位。你不可能轻易就从心中摒弃你对他的爱，除非深深地伤害你自己。女人必须分享丈夫对本行的热爱，分享他心灵的激情，否则就会把他变成不可爱的人物。但我怀疑你到底能不能理解这样的忠告。可我还是感到伤心，因为你已经到了正该成婚的时候。我生过了一个漂亮的孩子，本来指望见到漂亮的孙辈。他们若是躺在王宫的摇篮里，我不会不高兴的。"

这番忠告确实不曾动摇埃仁迪丝的意志。尽管如此，

第二纪元　750年

123

她却发现她的心不受意志控制，她的日子过得空虚，更甚于阿勒达瑞安远游那些年。因为他仍然住在努门诺尔，然而时光流逝，他却没有重返西境。

王后阿尔玛莉安从努奈丝那里了解到发生了何事，担心阿勒达瑞安会再度出海寻求慰藉（他已留在陆地上许久），便给埃仁迪丝传话，要她回到阿美尼洛斯。而埃仁迪丝受努奈丝和她自己的心意催促，遵命而行。在阿美尼洛斯，她与阿勒达瑞安和解了。而那年春天，在一**如祈尔梅**[12]节日到来之际，他们作为国王的随从，登上了努门诺尔人的圣山美尼尔塔玛之巅。等所有人都下山后，阿勒达瑞安和埃仁迪丝留了下来。他们眺望远方，只见下方春意盎然，西方之地岛国全境皆是翠绿。在西方，他们看到了遥远的阿瓦隆尼所在之处闪烁的微光，在东方，他们看到了大海上的幢幢暗影。在上空，美尼尔一片蔚蓝。他们不曾开口，因为唯有国王一人能在美尼尔塔玛高山上开口。但在下山途中，埃仁迪丝驻足片刻，望向埃梅瑞依，望向更远之处她故乡的树林。

"您难道不爱约扎阳[13]吗？"她问。

"我确实爱，尽管我认为你对此心存怀疑。"他答道，"因为我还要考虑它的未来，它的人民的希望与荣光。我相信赠礼不应被束之高阁。"

但埃仁迪丝不赞同他的说法，她说："如此来自维拉、间接来自至尊者的赠礼本身是现在就要珍爱的，包括每一个'现在'。如此赠礼并非交易，不能用来交换更多或更好之物。阿勒达瑞安，伊甸人固然伟大，却仍是必死的凡人。我们不能活在尚未来临的日子里，为了追求自身构想的幻影而丧失了现在。"她忽然从颈间摘下那枚宝石，问他："我若用它换取别的心仪之物，你可愿意？"

"不！"他说，"但你也不该把它束之高阁。只是，我觉得你把它戴得太高了，它被你眼中的光彩映得黯然失色。"他说完便吻了她的双眼，而她就在那一刻抛开恐惧，接受了他。在美尼尔塔玛陡峭的山路上，他们订下了婚约。

他们随即返回阿美尼洛斯，阿勒达瑞安把埃仁迪丝作为未来的王储夫人引见给塔尔－美尼尔都尔。国王十分欣喜，王城之中乃至岛国全境都为此庆贺。美尼尔都尔赐给埃仁迪丝一片埃梅瑞依的土地作为订婚贺礼，他已经在那里为她修建了一座白色的住宅。但阿勒达瑞安对她说："我的宝库中还有别的珠宝，它们是远方土地上的诸王所赠的礼物，努门诺尔的舰队曾经向他们施以援助。我有碧绿的宝石，色泽就像你钟爱的树木叶间洒下的阳光。"

"我不要！"埃仁迪丝说，"虽是提前收到，但我已经有了订婚信物。我拥有，或者说想要的宝石仅此一颗，而且我还要把它戴得更高。"然后他发现，她已经命人将那

第二纪元　750 年

枚白宝石像一颗星那样嵌在了银质头环上。应她的要求，他把它戴上了她的额头。她就这样戴了它很多年，直到悲伤降临；她因而以"星额夫人"[14]塔尔-埃列斯提尔尼这一称号闻名四方。因此，有一段时间，阿美尼洛斯的王宫乃至岛国全境都得享和平与欢乐，而古书中记载，在那年——也就是第二纪元八百五十八年——的金色夏日里，获得了大丰收。

然而国人当中，唯独探险者公会的水手没有心满意足。阿勒达瑞安已经留在努门诺尔十五年，不再带领海外探险了。虽然他已培养出一些勇敢的船长，但没有国王之子的财富和权力支持，他们出海次数减少，航期也更短，几乎总是只到吉尔-加拉德的国度为止。此外，造船场开始缺乏木材，因为阿勒达瑞安疏于森林之务，探险者们恳请他重拾这项工作。阿勒达瑞安应他们之请，重操旧业，起初埃仁迪丝还肯随他一起在林中往来，但她目睹树木在全盛时期被伐倒，之后被又砍又锯，心中感到悲伤。因此，阿勒达瑞安不久就独自前往，他们在一起的时间变少了。

待到又一年来临，人人都期待王储成婚，因为习俗使然，订婚的时间以三年为限，不应超出太久。那年春天的一天早晨，阿勒达瑞安骑马离开港口安督尼依，走上了去贝瑞加尔的家的路。因他要去那里做客，而埃仁迪丝已经先去了，她从阿美尼洛斯出发，走的是陆路。他来到那片拔地而起，从北面庇护着海港的大悬崖顶上时，回头望向了大海。当时正刮着那个季节常有，受到打算航向中洲的人欢迎的西风，波浪顶着白沫，正一排排涌向海岸。就在那时，对大海的渴望蓦然间攫住了他，仿佛有一只巨手扼住了他的咽喉，他的心在怦怦猛跳，呼吸也停顿下来。他挣扎着控制了自己，最后还是转过身去，继续上路。他特意选了穿过树林的路线，当初就是在那片林中，他见到埃仁迪丝骑马而行，宛如一位埃尔达，如今已过了十五年。他几乎盼望着再度这样见到她，但她不在那里。他被重见她面容的渴望驱使着，从而在天黑前就赶到了贝瑞加尔的家。

她在那里欣然迎接了他，他也感到高兴，但他只字不提涉及婚礼之事，尽管人人都以为他来西境的部分目的就在于此。日子一天天过去，埃仁迪丝注意到他如今与人相处时，经常在旁人欢欣时独自陷入沉默。她若突然看向他，便会发现他在注视她。在她看来，阿勒达瑞安的蓝眼睛现在显得灰暗冷酷，然而她又察觉他的目光中可以说含有一种渴求，这令她的心大受震动。他这个样子，她从前见得太频繁了，她担心这预示着什么，但她什么也没说。努奈丝也注意到了发生的一切，她见女儿这样，感到欣慰，因为用她的话说，"言语可能揭开伤口"。不久，阿勒达瑞安和埃仁迪丝便骑马离开，返回阿

第二纪元　750年

美尼洛斯。远离大海之后，他又变得高兴起来。他依然没有对她说起自己的困扰，因为实际上他心中矛盾不已，尚无决断。

那一年就这样渐渐过去，阿勒达瑞安既不提大海也不提婚礼，但他经常到罗门娜去，与探险者们为伴。最后，当新的一年开始，国王召他来到自己的私室，父子两人相处并无拘束，彼此之间的爱也不再蒙有阴云。

"我儿，你什么时候才会给我那位我盼望已久的儿媳？"塔尔－美尼尔都尔说，"现在超过三年的时间已经过去了，足够久了。我很惊奇，你竟忍得住拖延这么久。"

阿勒达瑞安闻言沉默了，但末了他说："父亲啊，那种感觉又降临到我身上了。十八年的禁足很长。我在床上几乎无法安卧，在马背上几乎无法端坐，坚硬的岩地伤了我的双脚。"

美尼尔都尔听了很难过，他怜悯儿子，但不理解儿子的困扰，因为他本人从不爱船。他说："唉！可你订婚了。依照努门诺尔的律法以及埃尔达与伊甸人的正统风俗，一个男人不能娶两个妻子。你既然与埃仁迪丝有了婚约，便不能与大海成婚。"

阿勒达瑞安闻言，硬了心肠，因为这些话令他想起了他与埃仁迪丝经过埃梅瑞依时的对话，他以为她与他父亲商量过了（但事实并非如此）。而他向来都是这样的脾气：他若认为旁人联合起来催促他走他们选好的道路，那条路他就偏偏不走。"即便订了婚，铁匠还是可以打铁，骑手可以骑马，矿工可以挖矿。"他说，"那么水手为什么就不能去航海？"

"倘若铁匠在铁砧前待上五年，那就没人愿做铁匠的妻子了，"国王说，"而水手的妻子确实很少，她们忍受必须忍受的，因为这是他们的谋生之道与当务之需。但王储的职业不是水手，他也不受当务之需所辖制。"

阿勒达瑞安答道："人除了谋生之外，还受别的需求驱使，而且还有很多年可以利用。"

"不，不，"美尼尔都尔说，"你把赐予你的恩典当成理所当然了。埃仁迪丝的寿数比你要短，她衰老得更快。她并非出身埃尔洛斯一脉；而她如今已经爱了你很多年。"

"我怀着热情的时候，她退缩了将近十二年，"阿勒达瑞安说，"而我所要求的，还不到那段时间的三分之一。"

"她那时尚未订婚，"美尼尔都尔说，"但现在你们二人都不是自由之身了。她若退缩过，我不怀疑那是因为她担忧你无法自控的话会有什么后果，而那种后果现在看来很有可能出现。你肯定曾经用某种办法平息了她的担忧。你或许不曾明言，但依我判断，你是负有义务的。"

第二纪元　750 年

阿勒达瑞安闻言，愤怒地说："我亲自去和我的未婚妻谈谈岂不更好，何必靠中间人来谈判。"他离开了他父亲。此后不久，他就对埃仁迪丝提到他想再去汪洋上航行，说他被剥夺了一切睡眠与安歇。但她坐着，脸色苍白，一言不发。最后她说："我以为你来是为了讨论我们的婚礼。"

"我会，"阿勒达瑞安说，"你要是肯等，我一回来，我们就举行婚礼。"但他看到她的哀伤神色，为之触动，心头浮现了一个想法。"婚礼应该现在就办，在今年年底之前。"他说，"之后我要准备一艘探险者公会从未造过的船，一座水上的王后住宅。埃仁迪丝，在维拉的佑护下，在你爱戴的雅凡娜和欧洛米佑护下，你将与我一起出海。你将航向别的大地，在那里我会给你看你从未见过的树林，即便现在，埃尔达也在那林中歌唱，还有比努门诺尔岛国更广阔，自从天地初创就自由野生的森林，在那里你或许仍能听到欧洛米大人的洪亮号角。"

但埃仁迪丝哭了。她说："不行，阿勒达瑞安。我很高兴世界上仍有你讲的这些事物，但这些事物我永远都见不到，因为我并不想看——我的心给了努门诺尔的树林。而且，唉！我要是出于对你的爱而上船，就不可能归来。我没有承受海上生活的气力，看不见陆地，我就会死。大海憎恨我，我不让你出海，却又从你身边逃开，现在它达成报复了。去吧，大人！但请发发善心，不要占用像我从前失去的那么多年。"

　　阿勒达瑞安闻言无地自容，因为他曾不顾一切地对父亲说了气话，现在她说话时却是怀着爱。那年他没有出海，但他既不安心也不快乐。"看不见陆地她就会死！"他说，"可再多看看陆地，我就快要死了。那样，倘若我们还想共同度过任何岁月，我就必须自己走，而且要快。"因此，他终于为春天出航做好了准备。岛国的居民得知他的举动，唯有探险者们感到欢喜。他们驾着三艘船，在四月（Víressë）[15]出发了。埃仁迪丝亲手把欧幽莱瑞的常青枝挂在帕拉尔兰的船头，直到它消失在新建的巨大港口堤墙之外，才落下眼泪。

　　阿勒达瑞安过了六年多的时间，才回到努门诺尔。他发现，就连王后阿尔玛莉安在迎接他时也更冷淡了，而探险者们不再受人尊敬，因为人们认为他对埃仁迪丝负心薄情。但他其实并没打算一去如此之久，因为他发现温雅泷迪港口此时已经彻底被毁，大海令他修复港口的全部努力都化为乌有。邻近海滨的人类渐渐变得害怕努门诺尔人，或公然表现出敌意。而阿勒达瑞安听到了传言，说中洲有个君主，憎恨乘船而来的人类。然后，他要启程归乡时，一阵大风从南方吹来，把他远远吹到了北方。他在米斯泷德稍作停留，但当他的舰队再度出海时，他们又一次被扫去北方，逐进了荒凉冰封的危险海域，遭受了严寒之苦。最后，海静风止，但就在阿勒

第二纪元　　750 年

达瑞安从帕拉尔兰的船头热切地眺望，遥遥看到了美尼尔塔玛高山时，他的目光落在常青枝上，发现它枯萎了。阿勒达瑞安见状大为惊愕，因为欧幽莱瑞的树枝只要有浪花滋润，从未出过这样的事。"船长，它被冻死了，"一个站在他身边的水手说，"天一直冷得要命。我真高兴看到天柱。"

阿勒达瑞安找到埃仁迪丝时，她紧盯着他，但没有上前迎接，而他一反常态，有一刻只站在那里，无言以对。"请坐，大人，"埃仁迪丝说，"先告诉我您所有的作为吧。这么长时间，您必定见过了很多，也做过了很多！"

于是阿勒达瑞安开始结结巴巴地述说，她则静静地坐着聆听，听他原原本本地讲了他所遇到的考验与延迟，他说完后，她说："我要感谢维拉，靠着他们的佑护，你才终于得以归来。但我还要感谢他们的是，我当初没有跟你走，因为我定会先于任何常青枝而死。"

"你的常青枝不是故意进入严寒的，"他答道，"但你若有意，现在就和我解除婚约吧，我想人们不会责怪你的。然而，我可否斗胆希望，事实会证明你的爱比美丽的欧幽莱瑞还要经久不衰？"

"事实证明，正是这样。"埃仁迪丝说，"阿勒达瑞安，我的爱尚未冰封至消亡。唉！我既再度见你归返，如同冬日过后的骄阳那般美好，我怎能与你解除婚约呢？"

"那就让春天和夏天从现在开始！"他说。

"而且别让冬天归来。"埃仁迪丝说。

第二纪元　750年

阿勒达瑞安与埃仁迪丝的婚姻

　　于是，令美尼尔都尔和阿尔玛莉安高兴的是，王储的婚礼定在次年春天举行，并且也如期举行了。第二纪元八百七十年，阿勒达瑞安与埃仁迪丝在阿美尼洛斯成婚。每座房屋中都响着音乐，所有街道上都有男男女女在歌唱。随后，王储与他的新娘悠然骑马游遍了岛国全境，直到仲夏时分，他们抵达安督尼依，当地的领主维蓝迪尔准备举办最后一次宴会。西境的居民齐聚此地，既是出于对埃仁迪丝的爱，亦是为他们当中能出一位努门诺尔的王后而感到自豪。

　　盛宴之前的早晨，阿勒达瑞安在卧室里透过一扇朝西对着大海的窗子向外眺望。"埃仁迪丝，看哪！"他喊道，"有艘船正快速进港；它不是努门诺尔的船，而是一艘你我哪怕心甘情愿都无法登上的船。"埃仁迪丝闻言，举目望去，看见了一艘高高的白船，一群白鸟披着阳光，绕船飞翔。它航向海港，船首激起泡沫，船帆隐隐闪着银光。那正是埃尔达出于对与他们交情最深的西境居民的爱，前来为埃仁迪丝的婚礼助兴添彩[1]。他们的船上满载用来装点宴会的鲜花，因此夜幕降临的时候，出席之人尽皆戴着埃拉诺[2]与甜香的利斯苏因编成的花冠，芬芳沁人心脾。他们还带来了吟游诗人，也就是歌手，犹记很久以前在纳国斯隆德和刚多林的时代，精灵与人类的歌谣。很多高贵俊美的埃尔达与凡人同席落座。但安督尼依的居民见了喜气洋洋的宾主众人，都说谁也不及埃仁迪丝美丽。他们说她的眼睛亮得就像古时的墨玫·埃列兹玫[3]，甚至就像那些来自阿瓦隆尼的居民。

埃尔达还带来了诸多贺礼。他们送给阿勒达瑞安一棵小树苗，树皮雪白，茎干笔挺，强韧有如钢铁造就，但它尚未长叶。"我感谢你们，"阿勒达瑞安对精灵们说，"这样一棵树的木材必定极其珍贵。"

"也许；我们不清楚，因为从来不曾砍伐过任何一棵。"他们说，"它在夏天长出清凉的叶子，在冬天开出花朵。我们因此而珍爱它。"

他们送给埃仁迪丝一对鸟儿，羽毛是灰色，喙和脚

第二纪元 750年

是金色。它们向伴侣动听地鸣叫，长长的一首扣人心弦的歌中，曲调抑扬顿挫，从不重复。但如果一只与另一只分开，它们就立刻飞到一起，并且不肯单独歌唱。

"我该如何照料它们？"埃仁迪丝问。

"就让它们自由飞翔。"埃尔达答道，"因为我们已经嘱咐过它们，指明了你，它们会留在任何你住的地方。它们寿命很长，相伴终生。也许在你们的儿女的花园里，会有众多这样的鸟儿歌唱。"

是夜，埃仁迪丝醒来，透过窗格飘来一股怡人的芳香。满月正在西沉，夜并不黑。埃仁迪丝下了床，向外望去，只见整片大地都在披着银辉熟睡，而那两只鸟儿并排栖在她的窗台上。

庆祝结束后，阿勒达瑞安和埃仁迪丝到她家暂住。那对鸟儿又一次栖息在了她的窗台上。最后，他们向贝瑞加尔和努奈丝告别，终于骑马回到了阿美尼洛斯。因为国王希望自己的继承人住在王城里，已经为他们在一片种满树木的花园里盖好了一座房子。那棵精灵之树就种植在那里，那对精灵鸟儿在枝间歌唱。

两年之后，埃仁迪丝怀孕了，隔年春天，她为阿勒达瑞安生了一个女儿。这个孩子刚一问世就很美，并且越长越美；古时的传说讲述，除了末代那位阿尔－辛拉斐尔，她是埃尔洛斯一脉全部后代当中最美的女子。到了初次取名的时候，他们为她取名安卡理梅。埃仁迪丝心中暗喜，因为她想："现在阿勒达瑞安肯定想要一个儿子，好作为继承人。他还会与我一同生活很久。"这是因为，她私下里仍然害怕大海，害怕它会主宰他的心。虽然她竭力掩饰这种恐惧，还会与他谈论他过去的探险，谈论他的愿望和计划，但他若去他的船屋，或与探险者们久处，她看在眼里，妒在心中。阿勒达瑞安曾经邀她前去埃雅姆巴尔，但他迅速从她的眼神里看出她并不心甘情愿，便再也不曾勉强她。埃仁迪丝的恐惧不是没有理由的。阿勒达瑞安在陆地上停留了五年后，又开始忙于他作为森林总管的事务，经常离家多日不归。如今努门诺尔的确有了充足的木材（主要归功于他的深谋远虑），但现在人口也更多了，总是需要木料以供建筑和制造很多其他物品之用。在那段古老的时期，虽然很多人都有处理岩石和金属的高超技艺（因古时的伊甸人从诺多族那里所学良多），但努门诺尔人喜爱木制的器物，既为日常所用，也为雕刻之美。在那时，阿勒达瑞安又一次把未来作为首要考虑，总是在砍伐处重植，若有无主的空闲土地，适合各种树木生长，他便命人种植培育新的树林。就是在那时，"阿勒达瑞安"这个名字流传开来，广为人知，他以此名位列努门诺尔历代执掌王权的君主当中。然而包括埃仁迪丝在内，很多人认为他并不

第二纪元　750年

137

爱树木本身，而是把它们当作能为自己的计划所用的木材在照料。

　　他对大海的态度也与此相去不远。很久以前，努奈丝对埃仁迪丝说："我的女儿啊，他或许爱船，因为那是男人依靠头脑和双手所造之物。但我认为，令他的心焦灼至斯的，不是风，不是广阔的水域，甚至也不是陌生土地的风貌，而是一种他心中的渴切，或是一个纠缠他的梦想。"她的说法可能接近了真相，因为阿勒达瑞安其人眼光长远，他预料到会有人们需要更大空间、更多财富的日子。不管他本人是否清楚知晓，他还梦想着努门诺尔的荣光和诸王的权力，他要寻找供他们踏脚的立足地，借此获得更加广阔的统治疆域。就这样，他不久就又从植树造林改去造船，他心中浮现了一艘巨舰的景象，它有高高的桅杆和如云的风帆，就像一座城堡，能运载足以组成一个小镇的人员和补给。于是，在罗门娜的造船场上，锯子和铁锤忙碌起来，而在诸多较小的船只当中，一副巨大船体的骨架渐渐成形。人们对它惊叹不已。他们叫它"木鲸"图茹方托，但那不是它的名字。

　　这些事阿勒达瑞安并没有对埃仁迪丝提起，但她还是有所耳闻，心烦意乱。因此，有一天她对他说："港口领主啊，有关船的这一切都是怎么回事？我们有了的难道还不够？今年有多少美丽的树已经横遭不测？"她语气轻松，说话时面带微笑。

努门诺尔的沦亡

"男人即便有位美貌的妻子，在陆地上也得有事做。"他答道，"树木有生也有死。我种下的比伐倒的更多。"他也是用轻松的语调说的，但他没有正视她，他们再未讨论过这些事务。

但当安卡理梅快满四岁时，阿勒达瑞安终于对埃仁迪丝坦承了再次离开努门诺尔出海的渴望。埃仁迪丝沉默以对，因为他所说的，她全都已经知道；言语于事无补。他一直留到了安卡理梅的生日，在那天对她关怀有加。她开心大笑，尽管家中旁人都不是这样。临上床时，她问父亲："爸爸，今年夏天你要带我去哪儿？妈妈讲过牧羊场里有座白房子，我想去看看。"阿勒达瑞安没有回答。次日他就离开了家，外出了几天。待到一切准备完毕，他回来了，向埃仁迪丝告别。那时，她的泪水不听话地涌上了眼眶。他见了她的泪，心中难过，却又为之恼火，因为他已下定决心。他硬起了心肠。"好了，埃仁迪丝！"他说，"我已经留下了八年。你不能把国王的儿子、图奥和埃雅仁迪尔的血脉永远困在温柔乡里！我又不是去死。我很快就会回来。"

"很快？"她说，"但岁月不饶人啊，你不可能把它们随身带回来。我的寿命比你的要短。我的青春正在逝去，可我的孩子们在哪里，你的继承人又在哪里？我的床已经冷了太久，近来也冷得太频繁。"[4]

"近来我经常以为你是宁可这样，"阿勒达瑞安说，

"但我们即便看法不同，也别发脾气吧。埃仁迪丝，照照镜子。你很美，岁月还没有留下一丝一毫的阴影。你能抽出时间，满足我心底的需求。两年！我要的总共只有两年！"

但埃仁迪丝答道："不如这样说：'我要征用两年，你给不给都一样。'那就征用两年吧！但不能再多了。国王的儿子、埃雅仁迪尔的血脉，为人也应当言而有信。"

次日早晨，阿勒达瑞安匆匆走了。他抱起安卡理梅并亲吻了她，她不肯放开他，但他迅速放下她，上马离去。之后那艘大船很快就从罗门娜启航了。他将它命名为"寻港者"希利泷迪，但它离开努门诺尔时没有得到塔尔-美尼尔都尔的祝福，埃仁迪丝没去港口安置归航常青枝，也没有派人前去。阿勒达瑞安手下船长的妻子把一大枝欧幽莱瑞挂上了希利泷迪的船头，阿勒达瑞安站在那里，神色阴郁不安，但他没有回望，直到暮色中美尼尔塔玛已远。

那一整天，埃仁迪丝都独自坐在房里，十分伤心，但在内心更深处，她感到冰冷的愤怒激起了一种新的痛苦，她对阿勒达瑞安的爱受到了致命的伤害。她憎恨大海，现在她就连自己一度爱过的树木也不愿再看见，因为它们令她想起了大船的桅杆。因此，她不久就离开阿美尼洛斯，去了岛国中央的埃梅瑞依，那里远远近近、每时每刻都能听到随风传来的咩咩羊叫。"在我耳中，这比海鸥的聒噪更动听。"她站在国王赠给她的那座白墅门前说。那座房子坐落在山坡上，面朝西方，四周都是广阔的草坪，没有院墙和树篱阻断，与牧场融为一体。她带安卡理梅去了那里，两人相依相伴。因为埃仁迪丝只肯用自家的仆人，她们都是女人。她总是想方设法地按照自己的看法塑造女儿，并把自己对男人的怨恨灌输给她。事实上，安卡理梅几乎没见过任何男人，因为埃仁迪丝不用仪仗，她为数不多的卫士和牧羊人都在一段距离开外安家。别的男人都不去那里，只是偶尔有国王派来的信使，而信使也很快就会骑马离开，因为男人觉得那座房子里有种令他们想要逃跑的寒意，他们在那里的时候觉得压抑，说话都半似耳语。

埃仁迪丝来到埃梅瑞依之后不久，一天早晨，她被鸟儿的歌声唤醒了。那对精灵鸟儿停在她的窗台上，它们曾在她位于阿美尼洛斯的花园中住了很久，但她把它们忘了，没有带来。"可爱的傻瓜们，飞走吧！"她说，"这个地方容不下你们这样的欢乐。"

于是它们停了歌唱，飞过了树林。它们在屋顶上空盘旋了三次，然后就向西飞走了。那天晚上，它们栖在她父亲家中那间卧房的窗台上，当年她与阿勒达瑞安离开安督尼依的盛宴后就是在那里留宿。第二天早晨，努奈丝与贝瑞加尔发现了它们，但努奈丝向它们伸出双手时，它们直飞上天，逃走了。她望着它们，直到它们变

第二纪元　750年

成阳光中的小小斑点，加速飞向大海，飞回它们的故乡。

"这么说，他又走了，离开了她。"努奈丝说。

"那她为什么不送消息来？"贝瑞加尔问，"她又为什么不回家？"

"她送的消息足够了，"努奈丝说，"因为她已经赶走了精灵鸟儿，而那样做是错的，并非佳兆。我的女儿，为什么，为什么？你肯定知道你必须面对什么？但是，贝瑞加尔，不管她在哪里，不要打扰她了。这里不再是她的家，她在这里也不能疗伤恢复。他会回来的。到了那时，愿维拉赐给她智慧——或者至少赐给她假意周旋的本事！"

阿勒达瑞安出航后的第二年到来之际，埃仁迪丝依从国王的意愿，遣人把阿美尼洛斯的住宅整修一新，准备就绪，但她本人并没做返回的准备。她派人回复国王说："我的王父[1]啊，您若命令我去，我就去。然而我现在可有什么职责，需要赶去？待到他的风帆在东方出现，不是也来得及？"而她心中自忖："国王想让我像个水手的情妇那样，在码头上等待吗？我要真是也罢，但我再也不是了。那个角色，我已经演够了。"

但那一年过去了，不见风帆。下一年到来，渐渐过

1　原文为 Atar aranya，昆雅语，意为"我的国王兼父亲"。——译者注

半，到了秋季。于是埃仁迪丝变得强硬而沉默。她下令关闭了那座阿美尼洛斯的宅邸，从不离开埃梅瑞依那座房子几个钟头的旅程之外。她把余下的爱全部给了女儿，她紧依着安卡理梅不放，不肯让她离开自己身边，就连去探望努奈丝和她在西境的亲人也不行。安卡理梅受到的教养全是来自母亲，她书写和阅读都学得很好，并且仿效努门诺尔的上层人士，学会了用精灵语与埃仁迪丝流利交谈，因为在西境，像贝瑞加尔这样的家庭日常使用的就是精灵语，而埃仁迪丝几乎不说阿勒达瑞安更爱的努门诺尔语。从家里那些她能看懂的书籍和卷轴里，安卡理梅还学到了很多有关努门诺尔和远古岁月的知识。她有时还从家中的使女那里听到了有关岛国和人民的别类传说，不过埃仁迪丝对此一无所知。但使女们害怕女主人，对这个孩子说话时很小心。在埃梅瑞依的白墅里，安卡理梅没有听过多少欢笑。房子里一片寂静，不闻乐声，就像不久前有人在此去世。那段时期在努门诺尔，演奏乐器的都是男人，安卡理梅在童年时期听到的乐曲，也仅是使女们在室外、埃梅瑞依的白夫人听不到的地方做工时唱的歌。但如今安卡理梅七岁了，只要得到允许，她就会离开房子，到可以自由奔跑的广阔山岗上去。有时她会和一个牧羊女结伴，看管羊群，露天野餐。

那年夏季的一天，一个年纪很小但比她大的男孩到

第二纪元　750年

143

房子里来，给一处遥远的农场捎口信。他在房后的场院里大嚼面包、喝着牛奶时，安卡理梅不期然遇上了他。他毫无敬意地看了她一眼，继续喝自己的。然后他放下了杯子。

"大眼睛丫头，你要是非瞪着看不可，那就看吧！"他说，"你是个漂亮的小姑娘，就是太瘦了。要不要吃点？"他从袋里拿出一条面包。

"以巴尔，快走！"一个老妇出了牛奶房的门，喊道，"撒开你那两条长腿，要不你没到家就会忘了我让你捎给你娘的口信！"

"扎敏大妈，有你在的地方都用不着看门狗！"男孩喊道，一声怪叫外加一声大喊后，就跳过门，奔下山坡走了。扎敏是个乡下老妇，谈吐无忌，就连白夫人也不能轻易吓住她。

"那个吵闹的是什么东西？"安卡理梅问。

"一个男孩，"扎敏说，"要是你晓得什么是'男孩'。但你怎么可能晓得呢？他们几乎全是搞破坏的和贪吃没够的。那小子总是吃个不停——倒也不是没好处。他爹回家时，会看到一个好孩子，但他要是不快点回来，孩子可就要不认识他喽。这话我说别人怕是也没错。"

安卡理梅问道："那么，这个男孩也有一个父亲？"

扎敏答道："当然有，就是乌巴尔，他是南边那个大领主手下的牧羊人。那个大领主是国王的亲戚，我们叫他'绵羊领主'。"

"那这个男孩的父亲为什么不在家?"

"为什么?小公主啊,因为他听说了那些探险者,就去入了伙,跟着您父亲跑了,"扎敏说,"就是阿勒达瑞安殿下。但去了哪儿,为了啥,只有维拉晓得。"

那天晚上,安卡理梅忽然问她母亲:"我的父亲是不是又被称作阿勒达瑞安殿下?"

"他过去是,"埃仁迪丝说,"但你为何要问?"她的语调从容而平静,但她心生疑虑,感到不安;因为之前她们从未说过涉及阿勒达瑞安的片言只字。

安卡理梅没有回答她的问题。她问:"他什么时候回来?"

"不要问我!"埃仁迪丝说,"我不知道。也许永远都不会。但别担心,因为你还有母亲,只要你爱她,她就不会跑掉。"

安卡理梅再未提起父亲。

时光流逝,另一年到来,然后又是一年。那年春天,安卡理梅九岁了。羊羔出生、长大,剪毛的季节到来又过去,炎热的夏季烤焦了青草,秋季成了雨季。那时,希利泷迪乘着阴天的风越过灰暗的海,从东方回来了,将阿勒达瑞安送到了罗门娜。消息报到了埃梅瑞依,但埃仁迪丝绝口不提。码头上无人迎接阿勒达瑞安。他冒雨骑马去了阿美尼洛斯,发现自家大门紧闭。他十分吃

第二纪元　750年

惊，但不肯向旁人打听消息。他要先去觐见国王，因为他认为自己有很多话要说。

他发现他得到的迎接跟预料中一样冷淡，美尼尔都尔待他的态度，就像国王对待一位行为值得商榷的船长。"你走了很久，"他冷冷地说，"距你预定的归航日期已经过去三年多了。"

"唉！"阿勒达瑞安说，"就连我也变得厌倦了大海，我的心已经渴望西归很久。但事与愿违，我耽延了，要做的事很多。而我不在时，一切都不进反退。"

"这我不怀疑，"美尼尔都尔说，"恐怕你在这里，在你该在的地方，也会发现是这样。"

"我希望能补救。"阿勒达瑞安说，"但世界又在改变了。自从西方主宰释放力量对抗安格班，外界已经过了将近一千年，那段往昔已被遗忘，或被尘封在模糊的传说里，在中洲的人类当中流传。他们又开始不安，无法摆脱恐惧。我极想请教您，汇报我所做的事，以及我认为应当采取什么行动。"

"你正该如此。"美尼尔都尔说，"实际上，我也正希望你这样做。但还有别的事务，我判断它们更紧急。俗话说，'国王要律束他人，须先管好自己的家人。'这对所有的人都适用。现在，美尼尔都尔之子，我要劝诫你。你还有你自己的生活。你一直都忽视了一半的自我。现在我对你说：回家吧！"

阿勒达瑞安突然僵住了，神色冷峻。"您若知道，就请告诉我。"他说，"我的家在哪里？"

"你妻子在哪里，你的家就在哪里。"美尼尔都尔说，"无论不得已与否，你已对她背约失信。她现在住在埃梅瑞依，住在她自己的房子里，远离大海。你必须立刻去那里。"

"倘若有留给我的消息，告诉我该去哪里，我本来会从港口直接前去。"阿勒达瑞安说，"但我现在至少不必向陌生人打听了。"他说完转身欲走，但又停了脚步，说："阿勒达瑞安船长刚才忘了属于他另一半自我的些许功绩，他虽随心任性，却也认为那很紧急。他有一封信，受托交给阿美尼洛斯的国王。"他把信呈给美尼尔都尔，鞠了一躬，就退了出去。尽管夜晚将至，他还是不到一个钟头就上马走了。他只带了两个随从，都是他的船员：来自西境的汉德尔赫和来自埃梅瑞依的乌巴尔。

他们一路急驰，在次日傍晚时分抵达埃梅瑞依，人马都疲惫不堪。夕阳正沉入云中，山上那座房子在余晖里显得冰冷苍白。他一远远看见它，便吹响了号角。

他在前院里翻身下马，这时他看到了埃仁迪丝。她一身素白，站在通往门前立柱的台阶上。她表现得高傲，但他走近时，发现她脸色苍白，眼睛亮得异常。

"大人，您来晚了。"她说，"我早已不再盼着您来。您原定归来的时候，我曾准备好迎接您，而那样的迎接，

第二纪元　750年

现在怕是未曾准备。"

"水手不难取悦。"他说。

"那就好。"她说完就转身进了房子，离开了他。然后两个使女迎上前来，还有一个老妪下了台阶。阿勒达瑞安进门时，老妪对另外两个男人大声说话，好让他也能听见："这里没地方给你们借宿。下山，到山脚的农场去！"

"不，扎敏，我不留下。"乌巴尔说，"阿勒达瑞安殿下已经准我回家了。这里一切都好吧？"

"够好了。"她说，"你儿子吃得你都认不出来了。不过走吧，自己去找答案！你在你家里，会比你的船长在这里更受欢迎。"

阿勒达瑞安吃夜宵时，埃仁迪丝并未同席相陪，他是在另一个房间里由使女们服侍的。然而他还没吃完，她便走了进来，当着使女们的面说："大人，您这样匆忙赶路之后一定很累。您若想休息，已有一间客房为您备好。我的使女会听从您的使唤。如果您觉得冷，就让人生火。"

阿勒达瑞安没有答话。他早早就去了卧室，当时他也确实累了，便扑上床，很快就忘了中洲和努门诺尔的阴影，沉沉入睡。但在鸡鸣时分，他醒了过来，感到极为烦恼愤怒。他立刻起身，打算不声不响就离开房子。

他要去找自己的随从汉德尔赫和马，骑马去找他的亲人、哈拉斯托尼的牧羊领主哈尔拉坦。然后，他就要命令埃仁迪丝把他的女儿带去阿美尼洛斯，不想按照她的规矩在她的地盘与她交涉。但他出了房子，走向大门时，埃仁迪丝出来了。她那一整夜都没有沾枕。她站在门槛上面对他。

"大人，您走得比来得还匆忙，"她说，"我希望您（作为一个水手）不是已经厌烦了这座女人的房子，结果连您的事都不办就要这样离开。实际上，您是为了什么事才来这里？您走之前，我可否了解一下？"

"在阿美尼洛斯，我被告知我的妻子在这里，她还把我的女儿也迁到了此地。"他答道，"看起来，妻子这事我是弄错了，但我难道没有一个女儿？"

"您若干年前有过一个，"她说，"而我的女儿尚未起床。"

"那就让她起床，与此同时我去找我的马。"阿勒达瑞安说。

埃仁迪丝本来会阻止安卡理梅在那时与他相见，但她担心做到那种程度会失去国王的支持，而御前议会[5]对这个孩子在乡间抚养长大表达不满已久。因此，阿勒达瑞安带着汉德尔赫骑马回来时，安卡理梅和她母亲一起站在了门槛上。她就像母亲那样，站得笔直僵

第二纪元　750 年

硬。他下马步上台阶，向她走来时，她并未行礼。"你是谁？"她问，"家里的人都还没醒，你为什么要我这么早起床？"

阿勒达瑞安紧盯着她，尽管脸上严厉，心中却在微笑，因为无论埃仁迪丝如何教导，他眼前的孩子与其说像埃仁迪丝，不如说更像他自己。

"安卡理梅女士，您过去认识我，但那没关系。"他说，"今天，我只是一个来自阿美尼洛斯的信使，来提醒您：您是王储的女儿，（目前以我所见）将来您会是他的继承人。您不会一直住在这里。不过，女士，您若愿意，现在请回到床上去吧，直到您的使女醒来。我要尽快去见国王。再见了！"他吻了安卡理梅的手，下了台阶。然后他上了马，挥了挥手就纵马离开了。

埃仁迪丝独自凭窗望着他驰下山丘，她注意到他去的方向不是阿美尼洛斯，而是哈拉斯托尼。然后她哭了，不只是出于悲伤，更是出于愤怒。她本来期待他忏悔，那样他若恳求，她就可以在谴责之后给予原谅，但他待她的态度就好像她才是犯错的人，并且在她的女儿面前对她不屑一顾。她想起了很久以前努奈丝所说的话，但为时已晚；现在她觉得阿勒达瑞安是个受好斗之心驱使，无法驯服的庞然大物，冷静时反而更危险。她站起来，转身离开窗子，想着自己遭受的不公。"危险！我就像钢铁一样，决不会垮。"她说，"即便他做了努门诺尔的国王，也会发现是这样。"

阿勒达瑞安骑马去往哈拉斯托尼，他的堂亲哈尔拉坦的家，因为他打算在那里暂作休息，好好考虑一下。他接近那座房子时，听到了音乐声，发现牧羊人们正在庆祝乌巴尔回家，他带回了很多引人入胜的故事和很多礼物。乌巴尔的妻子戴着花环，正与他一起和着风笛声跳舞。起初谁也没有注意到阿勒达瑞安，他微笑着坐在马上观看；但乌巴尔忽然大声喊道："大船长！"乌巴尔的儿子以巴尔跑了过来，来到阿勒达瑞安的马镫前，热切地唤道："船长大人！"

"什么事？我还要赶路。"阿勒达瑞安答道，因为这时他的情绪变了，他感到既怒又怨。

"我只想问，"男孩说，"男人要长到多大，才能像我父亲那样乘船出海呢？"

"要跟山岭一样老，生活里别无指望。"阿勒达瑞安答道，"或者，随便什么时候，想去就去！不过，乌巴尔的儿子，你母亲呢？她难道不肯迎接我吗？"

乌巴尔的妻子走上前来，阿勒达瑞安握住了她的手。"你可愿意收下我赠的此物？"他说，"你给了我一个好人的六年相助，这只不过是微不足道的回报。"他说完，从外衣下的囊中取出了一颗镶在金环上的宝石，赤红如火。他把它塞在她手中。"它来自精灵之王，"他

第二纪元　750 年

151

说，"但我若告诉他我把它赠给了何人，他会认为赠得适得其所。"然后阿勒达瑞安就对那里的人们告辞，骑马走了，再也不欲在哈尔拉坦家停留。哈尔拉坦听说他这次怪异的到访与离去后，感到惊讶，直到乡间传来更多消息。

阿勒达瑞安骑马离开哈拉斯托尼后，只走了一小段路，便勒马对随从汉德尔赫说："朋友，无论西境那边等着你的是什么待遇，我都不会阻拦你。现在带着我的感激骑马回家吧。我想自己走。"

汉德尔赫说："船长大人，那样不妥。"

"是不妥。"阿勒达瑞安说，"但就这么定了。再见！"

然后他孤身继续上路，去了阿美尼洛斯，再未踏上埃梅瑞侬的土地。

阿勒达瑞安离开房间后，美尼尔都尔惊异地看着儿子交给他的信，因为他发现它来自林顿的精灵王吉尔-加拉德。它是封好的，蓝色的优美圆形蜡封上印有精灵王的白色群星徽章。信的外封上写着：

　　于米斯泷德交于努门诺瑞王储阿勒达瑞安殿下之手，呈交阿美尼洛斯的至高王本人

　　于是，美尼尔都尔拆开信读道：

努门诺尔的沦亡

芬巩之子[1]埃睿尼安·吉尔－加拉德向埃雅仁迪尔一脉的塔尔－美尼尔都尔致以问候：维拉佑护您，愿阴影永不降临诸王之岛。

长久以来，我都理应向您致谢，因您多次派来您的儿子阿纳迪尔·阿勒达瑞安相助，依我之见，如今他是人类当中最伟大的精灵之友。我若已留他为我效力过久，我在此请求您谅解，因我迫切需要的知识——有关人类和他们的各种语言——唯他一人拥有。他曾勇冒诸多危险，为我带来建议。他会向您转告我的需求，然而他还年轻，充满希望，想象不到我的需求有多么迫切。故此，我撰写此信，仅供努门诺瑞的国王阅读。

东方有一个新的魔影正在崛起。它并非您的儿子所想，是邪恶人类的暴政，而是魔苟斯的一个仆从在蠢蠢欲动。诸般邪物再度苏醒。它的力量逐年增长，因为大多数人类正可为它所用。据我判断，它将强大到埃尔达单凭一己之力无法抵

---

1 克里斯托弗·托尔金后来说明，他把原稿此处的"菲纳芬家族的芬尼尔拉赫·吉尔－加拉德"(Finellach Gil-galad of the House of Finarfin)改成了"芬巩之子埃睿尼安·吉尔－加拉德"(Ereinion Gilgalad son of Fingon)。托尔金在漫长的创作过程中曾经多次改动吉尔－加拉德的家世，详情请参见《中洲历史》卷十二（第十一篇"费艾诺用语"中的"吉尔－加拉德的家世"）。——译者注

第二纪元　750 年

挡的地步，而那一天业已不远。因此，无论何时看到一艘人中王者的高船，我都心生宽慰。如今，我斗胆向您求助。我恳请您，借给我任何您能拨出的人类力量。

您若愿听，您的儿子会把我们的全部理由禀告给您。但总而言之，他的意见（他的意见向来睿智）是：攻击必将来临，当它来临，我们应当设法坚守西部地区，那里仍有埃尔达居住，还有您那一族的人类，他们的心尚未投向黑暗。至少，我们必须在我们称为希斯艾格力尔的山脉以西的长河一带保卫埃利阿多，那将是我们的主要防线。然而那道山脉屏障的南方有一处大豁口，位于卡伦纳松地区[6]，来自东方的侵袭必然取道此处。敌对势力已在沿着海岸向它潜行。倘若我们在较近的海岸上控制一地驻扎军力，就能守住豁口，阻挡攻击。

阿勒达瑞安殿下早已认识到这一点。他曾在格瓦斯罗河口附近的温雅泷迪操劳许久，以建起一座免受海陆两路侵扰的港口，但他的宏伟工程一直徒劳无果。他精通这类事务，因为他曾向奇尔丹学习良多，而且他比任何人都了解您的伟大舰船的需求。但他从未有过足够的人手，而奇尔丹也没有多余的工匠或石匠。

努门诺尔的沦亡

国王自有需求考量，但他若肯垂恩听取阿勒达瑞安殿下的意见，尝试加以支持，那么世间的希望便会增长。第一纪元已成模糊的回忆，中洲的万物都变得愈发冷漠。莫让埃尔达与杜内丹人的古老情谊也日渐淡薄。

且看！那即将来临的黑暗饱含对我们的憎恨，但它对你们的憎恨也不减分毫。倘若我们容它成长至羽翼丰满，纵以大海之宽广，亦不能阻其飞越。

至尊者在上，愿曼威佑护您，为您的帆送去和风。

美尼尔都尔任那张羊皮纸落到了膝头。浓云乘着一阵起自东方的大风涌来，提前遮去了天光，满室的昏暗当中，他身边的高烛也似乎黯淡下来。

"愿一如不等这样的时代来临就召我而去！"他大声喊道。然后他心想："唉！我儿的骄傲和我的冷淡，令我们互不理解了太久。但现在，明智的做法将是，我比原定提前把王位传给他。因为这些事务非我力所能及。

"维拉赐给我们赠礼之地的时候，并未任命我们为他们的代理人，赐给我们的是努门诺尔王国，并非整个世界。他们才是主宰者。我们来此，是为了摒弃仇恨与战争，因为战争结束了，魔苟斯被逐出了阿尔达。我曾是

第二纪元　750 年

这么认为的，也是这么被教诲的。

"然而如果世界再度变得黑暗，西方主宰必然知晓，他们却未曾送来征兆。除非，这就是征兆。那么又当如何？我们的先祖在击败大魔影时施以援手，因而得到了嘉奖。如果邪恶找到新的首领，伊甸人的子孙是否应当袖手旁观？

"我心中疑问太甚，无法定夺。是着手准备，还是放手不理？若是准备参加目前仍然仅在猜想之中的战争，便要在正值和平之际训练工匠与农夫去流血作战，把钢铁交到贪婪的军官手上，他们只爱征服，将杀戮当作荣耀。他们可会对一如说：'至少死者当中有您的敌人？'不然，就要袖起双手，与此同时放任朋友不公地死去，让人们在盲目的和平中生活，直到掠夺者攻到门前。到了那时，他们会怎样做？去赤手空拳地对抗刀剑，徒然死去，还是转身逃跑，把女子的哭喊抛在背后？他们可会对一如说：'至少我的双手未曾染血？'

"倘若两条路都有可能通向邪恶，选择有何意义？就让一如之下的维拉定夺吧！我将把王位传给阿勒达瑞安。然而这其实也是一个选择，因为我十分清楚他会选择哪条路。除非埃仁迪丝……"

然后，美尼尔都尔忧虑地想起了身在埃梅瑞依的埃仁迪丝。"但那边没有希望（倘若那还能称为希望）。如此事关重大的问题，他决不会让步。我知道她的选择——即便她肯聆听足够长的时间，得以理解。因为她心中所念唯有努门诺尔，她想象不到代价如何。倘若她的选择在她自己的有生之年带来死亡，她会勇敢地去死。但她会怎样对待生活，以及别人的意愿？就连维拉也正像我一样，有待发现。"

希利泷迪归港后的第四天，阿勒达瑞安回到了罗门娜。他风尘仆仆，立刻去了埃雅姆巴尔，如今他打算住在那里。令他愤懑的是，到了这时，王城中已经议论纷纷了。次日，他便集结了罗门娜的人手，带他们去了阿美尼洛斯。在那里，他命令一些人伐倒他家花园中的所有树木，运去造船场，只对一棵手下留情，还命令剩下的人把他家房子夷为平地。他只留下了那棵精灵白树，伐木工走后，他端详着挺立在废墟中的它，第一次意识到它本身的美。它像精灵一样成长缓慢，还只有十二呎高、笔直、纤秀、朝气蓬勃，枝条高举，指向天空，枝头此时结满冬日的花苞。它令他想起了自己的女儿。他说："我要给你也取名安卡理梅。愿你和她在漫长的一生中都如此挺立，不为风摧折，不屈从旁人，并且不受刈剪！"

从埃梅瑞依回来后第三天，阿勒达瑞安求见国王。塔尔－美尼尔都尔静坐在椅中等待。他看着自己的儿子，感到担忧，因为阿勒达瑞安变了，他的面容变得灰暗、

第二纪元　750 年

冷酷，含着敌意，就像骤然间阴云蔽日的大海。他站在父亲面前，开口时语速缓慢，语调与其说是气愤，不如说是轻蔑。

"你在此事中扮演了什么角色，你自己再清楚不过。"他说，"但国王应当考虑一个男人所能容忍的限度，哪怕那是臣子，乃至儿子。如果你想把我锁在这个岛国上，那么你就选错了锁链。现在我既没有妻子，也没剩下对这片土地的爱。我要离开这个鬼迷心窍、白日做梦的岛屿，这里的女人傲慢得想要男人卑躬屈膝。我要用余生来做些正事，到别处去，去我不会遭到鄙视，而是受到礼遇欢迎的地方。你可以另找一个更适合当家仆的继承人。至于我的继承财产，我只要一样——大船希利泷迪和它能承载的全部人手。我的女儿若不是太小，我本来也要带走，但我会把她托给我母亲照看。你只要不是爱死了绵羊，就不会对此横加阻碍，不会容忍这个孩子在那群用冰冷的傲慢和蔑视对待她至亲的哑巴女人当中养大，变成废人。她出身埃尔洛斯一脉，而你从你儿子那里得不到别的后代。我受够了。现在我要走了，去做更有益的事。"

他说话时，美尼尔都尔一直垂着眼帘，耐心地坐着，没有任何表示。但这时，他叹了口气，抬起了头。"阿勒达瑞安，我的儿子，"他悲哀地说，"国王会说，你也一样对你的至亲表现出了冰冷的傲慢和蔑视，你自己也不由分说就谴责了他人。但你的父亲爱你，为你难过，他会宽恕此举。我唯一的过错，便是时至今日才了解你的志向。但若说你所遭受的一切（唉，有关那些，现在议论太多了），我是清白无辜的。我关爱埃仁迪丝，自从她和我开始心系同一个人，我便觉得她要忍受太多难以忍受之事。现在我已明了你的志向，不过如果你不是只有心情听取赞美之词，我要说：起初你也在追求个人的快乐。而且，假如你肯在很久以前就说得明白一些，情况可能就会大不相同。"

"此事国王也许受到了一定的冤屈，"阿勒达瑞安喊道，这时激动起来了，"但您说到的那个人可不是！对她，我至少是说过了，长久又经常——对着不肯理解的冷酷双耳，就好像一个淘气的男孩对奶妈说起爬树，她却只担心撕破衣服、耽误进餐！我爱她，否则我就不会这么在意。我会把过去记在心中，但未来已不存在。她不爱我，也不爱别的什么人。她爱的是身在努门诺尔这个布景下的她自己，我则如同一只驯顺的猎犬，在炉火边打盹儿，直到她有心去她自己的田野里漫步。但既然猎犬现在显得过于顽劣，她就要把安卡理梅导入牢笼。然而够了，不说了。我可否请国王恩准退下？或者，国王可有什么命令？"

"国王，"塔尔－美尼尔都尔答道，"已经深思熟虑过这些事务，就在你上次回到阿美尼洛斯之后这段貌似很长的日子里。他已经读了吉尔-加拉德那封语气恳切又郑重的信。唉！努门诺尔的国王对他的请求和你的愿望必须说：不。备战，还是不备战——根据他对这两种决策各自风险的了解，他别无选择。"

阿勒达瑞安耸了耸肩，迈出一步，仿佛要离开。但美尼尔都尔抬手要他注意，接着说："尽管如此，国王却不能肯定，他对此事的了解是否足以为如此性命攸关的事务做出正确的决断，尽管他迄今已统治了努门诺尔之地一百四十二年。"他略一停顿，拿起一张亲手写就的羊皮纸文件，朗声读道：

> 故此：首先为了他深爱的儿子之荣誉，其次为了王国能在这些他的儿子了解得更透彻的事务中得到更好的领导，国王决定：他将即刻退位，将王位传给他的儿子，他的儿子如今将成为国王，塔尔-阿勒达瑞安。

"等到此令公布，人人都将了解我对当前这次传位的考量。"美尼尔都尔说，"它将使你超然于奚落嘲笑之上，并且不再限制你的权力，如此一来，其余损失也许会显得更容易承受。等你成为国王，作为掌管王权之人，你可以用你判断合适的方式对吉尔-加拉德的信做出答复。"

阿勒达瑞安大为吃惊，僵立了片刻。他本来故意致力于点燃国王的怒火，并且已准备好面对这怒火，而现在他茫然失措了。接着，就像一阵突如其来的风从出乎意料的方向扫过脚下，他在父亲面前双膝跪倒，垂下了头，但过了片刻，他又抬头大笑出声——但凡得知异常慷慨之举，他都总是这样反应，因为他为之由衷地感到喜悦。

"父亲，"他说，"请国王原谅我对他的傲慢无礼吧。因为他是一位伟大的国王，他的谦逊使他比我的骄傲高明了太多。我被征服了：我全心全意地归顺于您。如此一位国王在精力和智慧尚存时就让出王位，这是不可思议的。"

"然而我心已定，"美尼尔都尔说，"御前议会将立即召集起来。"

七天之后，御前议会齐聚一堂，塔尔-美尼尔都尔向他们宣布了自己的决定，将文件放在他们面前。还不清楚国王所说的事务是指什么的众人闻言，无不大惊。人人都不赞成，恳求国王推迟决定，只有哈拉斯托尼的哈尔拉坦一人例外，因为他尊敬阿勒达瑞安这位亲人已久，尽管他自己的生活和喜好都是截然不同。而且，他认为国王的做法是高尚的，若有必要，时机也选得精明。

但美尼尔都尔答复余下那些千方百计地劝说他改变

第二纪元　750 年

决心的人："我下定如此决心，并非不假思索，而我思索时已考虑了你们明智地提出的所有理由。最适合公布我的意愿的时刻就是现在，而非以后，理由虽然这里未曾泄露，但想必人人都猜得到。因此，即刻颁布这条法令吧。但你们若是同意，它直到春天的一如祈尔梅之后才能生效。在那之前，我都会执掌王权。"

法令颁布的消息传到埃梅瑞依，埃仁迪丝十分惊愕，因为她从中读出了国王的谴责之意，而她曾笃信国王是支持她的。她对这一点的理解没错，但她没想到其后还可能有别的更重要的问题。之后，塔尔－美尼尔都尔很快就派人传来了口信，虽然措辞和蔼，实际上却是一道命令。她被要求前往阿美尼洛斯，并且要带上安卡理梅公主；她要在那里至少住到一如祈尔梅，新王加冕的时候。

"他下手真快，"她想，"我本该料到的。他会剥夺我的一切。但我本人他休想支使，尽管那是借了他的父亲之口。"

因此，她对塔尔－美尼尔都尔回复："国王与父亲啊，您既然如此命令，那么我的女儿安卡理梅必须前往。我恳求您顾及她的年龄，务必让她过上宁静的生活。至于我自己，我请求您的原谅。我得知，我在阿美尼洛斯的家已被拆毁。当此之际，我不愿意做个客人，尤其不愿意住进一座船屋，与水手为伍。因此请允许我在这里独自生活下去，除非国王意欲也收回这座房子。"

塔尔－美尼尔都尔怀着关切读了这封信，但它未能打动他的心。他把信给阿勒达瑞安看，它似乎主要是针对他的。于是，阿勒达瑞安读了信。国王端详着儿子的脸，说："无疑，你很难过。但你还指望什么？"

"起码不是这样，"阿勒达瑞安说，"我对她的期望要高得多。她变弱了。倘若这是我造成的，那么我着实犯了可耻的过错。但强者会在逆境中变得弱小吗？她不该这样做，即便怀恨或报复，都不该这样做！她本来应该下令给她备好一座巨宅，要求王后的仪仗，额上戴着那颗星，一派王室风范，盛装美貌地回到阿美尼洛斯，然后她就可以蛊惑将近整个努门诺尔岛国的人去支持她，让我活像个疯子或吝啬鬼。维拉作证，我宁可是那样，让一位美丽的王后阻挠我、嘲弄我，也不愿我自由地统治，而埃列斯提尔尼夫人却黯然没入她自己的黄昏暮年。"

然后他苦涩地笑了一声，把信交还了国王。"算了，就这样吧。"他说，"既然有人厌恶住在船上与水手为伍，别人讨厌绵羊牧场，反感与使女为伴，也是情有可原。然而我不会让我的女儿被这么教导。至少她应当知情地做出选择。"他站起身，告退了。

第二纪元　750 年

163

塔尔-阿勒达瑞安的继位

883 年　努门诺尔第六代君主：

塔尔-阿勒达瑞安

生于：第二纪元 700 年

殁于：第二纪元 1098 年（398 岁）

统治时期：第二纪元 883—1075 年（192 年）

正如克里斯托弗·托尔金在《未完的传说》

努门诺尔的沦亡

第 267 页所写的："从阿勒达瑞安读过埃仁迪丝拒绝返回阿美尼洛斯的信开始，故事就只能依靠笔记和潦草随笔里的零星记载来揣摩了。可即便那些片段也拼不成一个完全自洽的故事，因为它们写于不同的时期，经常自相矛盾。"根据这些不同的资料，克里斯托弗编辑出了阿勒达瑞安故事的后续与结尾，冠以下述标题：

故事的后续情节

看起来，阿勒达瑞安于 883 年即位成为努门诺尔的国王后，立刻决定重访中洲，并于同年或次年出发前往米斯泷德。根据记载，他在希利泷迪的船头挂的不是欧幽莱瑞的树枝，而是奇尔丹的赠礼——一只鹰的雕像，喙作金色，眼珠以宝石制成。

制造者的巧艺使然，它栖在船头，作势欲飞，仿佛要准确无误地飞向某个遥遥发现的目标。"这个标志将引领我们抵达目的地，"他说，"至于归程，就让维拉决定吧，倘若我们的所作所为并未冒犯他们。"

文稿中还表明，"阿勒达瑞安后来的历次出航，如今

第二纪元　750 年

并无档案留存",但"众所周知,他在陆地上花费的时间不亚于在海上,他沿格瓦斯罗河而上,直至沙巴德,并在那里遇到了加拉德瑞尔"。别处不曾提到这次相遇,但当时加拉德瑞尔与凯勒博恩正住在埃瑞吉安,距离沙巴德不远。

但阿勒达瑞安的全部操劳都付诸东流。他在温雅泷迪再次开始的工程从未完成,被大海一点点侵蚀。尽管如此,他仍为很久以后塔尔-米那斯提尔在第一次对抗索隆的战争中的胜绩打下了基础;全凭了他的工程,努门诺尔的舰队才能及时把军力送到合适的地点——正如他所预见的那样。敌对势力已经在增长,山中出来的黑暗人类正在入侵埃奈德地区。但在阿勒达瑞安的时代,努门诺尔人还没有渴求更大的疆土,他的探险者公会一直是少数人,他们受人敬佩,却很少有人仿效。

文稿中没有提到与吉尔-加拉德的联盟后续如何发展,也没有提到努门诺尔派出了精灵王在写给塔尔-美尼尔都尔的信中所请求的援助;实际的说法是这样:

阿勒达瑞安太迟了,或者说太早了。太迟,是因为憎恨努门诺尔的力量已经苏醒;太早,则是因为努门诺尔无论展示实力还是为了世界再度投身战场，时机都尚未成熟。

883年或884年，塔尔－阿勒达瑞安决定重返中洲时，努门诺尔起了骚动，因为此前没有哪位国王曾离开岛国，御前议会没有前例可循。似乎他们主动请美尼尔都尔摄政，但他拒绝了。御前议会，或者塔尔－阿勒达瑞安本人，任命了哈拉斯托尼的哈尔拉坦监国摄政。

有关安卡理梅在她长大成人的那些年间的经历，并无明确的说法。但有关她那多少有些模棱两可的性格和她母亲对她施加的影响，疑问比较少。她不如埃仁迪丝那样古板，天生爱好炫耀、珠宝、音乐、赞赏和崇敬。但她对这些的爱好是随心所欲，并非持之以恒，她为了逃避，把她母亲和埃梅瑞依那座白墅当成了借口。她某种程度上认可埃仁迪丝在阿勒达瑞安迟归后对待他的方式，但她也认可阿勒达瑞安的愤怒、顽固和随后把埃仁迪丝无情地从心中抹去，不再挂怀的行为。她对强制的婚姻有种极度的厌恶，婚后也同样反感任何对她的限制。她母亲不停地说男人的坏话，实际上，埃仁迪丝在这方面的教导，有个绝佳的例子得以保存下来：

（埃仁迪丝说）努门诺尔的男人，尤其是上层人士，是半精灵，他们既非精灵亦非人类。恩赐的长寿蒙蔽了他们，他们游戏人间，想法如同

第二纪元　750年

167

儿童，直到年老体衰——然后很多人仅仅是放弃了室外的游戏，改在家中游戏而已。他们把游戏当成了重大事务，把重大事务当成了游戏。他们想同时成为工匠、学者和英雄；女人对他们来说只不过是壁炉里的火焰——让别人照顾就好，直到晚间他们玩够了游戏。万物都是造来为他们服务的：山岭是为了采石之用，河流是为了供水或推动水轮之用，树木是为了木板之用，女人是为了满足肉体的需要，漂亮的话还可以用来装点餐桌和壁炉；孩子则是无事可做时用来逗弄的，但他们同样乐意去逗弄猎犬的狗崽。他们对所有人都亲切又善良，快乐得就像早晨的云雀（如果阳光明媚），因为他们只要能避免，就决不发火。他们认为，男人应当快乐，像富人一样慷慨，送出自己不需要的一切。只有忽然意识到世上除了自己的意愿，还有别人的意愿时，他们才会表现出愤怒。而那时，倘若有什么胆敢阻挡他们，他们就会像海风一样残酷无情。

安卡理梅，事实就是这样，我们无法改变。因为男人塑造了努门诺尔：男人，那些他们歌颂的古代英雄——关于他们的女人，我们听说的就要少些，只是她们在男人被杀时哭泣。努门诺尔本应成为战后的休养生息之地。但他们要是厌烦了休养生息，厌烦了和平的游戏，就会很快回去从事他们的伟大游戏——杀戮和战争。情况就是这样；我们被安排在这里，在他们当中。但我们不必赞同。既然我们也热爱努门诺尔，那就让我们在他们毁掉它之前享受它。我们也是伟大祖先的女儿，我们有自己的意志和勇气。因此，安卡理梅，不要屈服。只要屈服一点，他们就会得寸进尺，直到你彻底拜伏在地。将你的根扎入岩石，面对大风，哪怕它吹落你所有的叶子。

更有甚者，影响也更大的是，埃仁迪丝已经使安卡理梅习惯了女人的圈子：埃梅瑞依的生活平静、安宁、温和，没有干扰或惊慌。男孩，比如以巴尔，会大喊大叫。男人在异常的时辰骑马上山，吹响号角，并且与吵闹声不可或分。他们使女人生下孩子，孩子烦人时就丢给女人照料。尽管生儿育女的意外和风险少了，但努门诺尔不是"凡世天堂"，并不解除来自劳作与任何创造的疲倦。

安卡理梅像父亲一样，推行自己的决策时强硬坚定。她也像他一样倔强，对任何劝诫都反其道而行。她继承了些许母亲的冷静，又有个人受伤的感受，阿勒达瑞安匆匆离去时掰开她的手、放下她时的决绝，她几乎但从未真正淡忘，仍记在心底。她深爱着家乡的山岗，（她说）她一生在远离绵羊叫声的地方都无法安眠。但她没

第二纪元　750 年

有拒绝王位继承权，并且下定决心，即位后要做一位强势的女王。之后，她就要依着自己的喜好选择生活的地点和方式。

阿勒达瑞安在即位成为国王之后，似乎有大约十八年时间经常离开努门诺尔，在此期间，安卡理梅既在埃梅瑞依，也在阿美尼洛斯度日，因为阿尔玛莉安太后非常喜欢她，就像纵容年轻的阿勒达瑞安那样纵容她。在阿美尼洛斯，人人都对她以敬相待，尤其是阿勒达瑞安。虽然她起初想念家乡的开阔气氛，感到不安，但她很快就不再局促，并且开始察觉男人以惊叹的眼光看待她那已臻成熟的美。随着年岁渐长，她变得越来越任性，觉得陪着举止如同寡妇、不肯做王后的埃仁迪丝令人厌烦。但她还是继续回埃梅瑞依，既是为了离开阿美尼洛斯隐居，也是因为她想这样惹恼阿勒达瑞安。她聪明又不怀好意，知道自己是父母曾经竞相争夺的对象，从中看到了消遣的希望。

安卡理梅于第二纪元892年被立为王储，时年十九岁（年纪比之前各位都小得多）；在那时，塔尔－阿勒达瑞安促成修改了努门诺尔的继承法律。尤其值得一提的是，塔尔－阿勒达瑞安这样做"并非权谋使然，而是基于私人理由"，出于"他挫败埃仁迪丝的长久决心"。《魔戒》附录一（第一篇第一节）提到了这次对法律的修改：

努门诺尔的沦亡

170

第六代国王［塔尔-阿勒达瑞安］身后只留下一个孩子，是个女儿。她成为首位女王，因为当时制定了一项王室法律：国王年纪最长的孩子，无论男女，都将继承王位。

　　但别处阐述的新法与此不同。最清晰完整的版本首先声明，后世所称的"旧法"实际上并非努门诺尔人的"法律"，而是一项沿袭下来的习俗，还未曾有过需要质疑它的情况。根据那项习俗，王位由君主的长子继承。不言而喻的是，如果君主没有儿子，那么继承人就是埃尔洛斯·塔尔-明雅图尔的**父系后代**当中，亲缘与君主最近的男子。[1]但根据"新法"，如果君主没有儿子，就由他（最年长）的女儿继承王位（显然，这与《魔戒》附录一中的说法矛盾）。按照御前议会的意见，还补充了这一条——她有权拒绝。[2]在这种情况下，根据"新法"，君主的继承人应是无论父系母系，亲缘与君主最近的男子。[3]

　　经御前议会提议，还规定：女性继承人倘若过了一定期限仍未婚配，就必须放弃继承权。除了这些条款，塔尔-阿勒达瑞安又补充了一条：王储只能与埃尔洛斯一脉的人联姻，否则就要失去继承王位的资格。据说，这条规定直接源于阿勒达瑞安与埃仁迪丝的悲惨婚姻和他对此的反思。因为她并非出身埃尔洛斯一脉，寿命相对较短，他相信那就是他们之间所有问题的根源所在。

第二纪元　750 年

毋庸置疑，"新法"的这些条款之所以记载得如此详细，是因为它们与后来历代王权更替的历史息息相关；然而遗憾的是，如今关于它几乎没有什么可讲了。

在此后的某年，塔尔－阿勒达瑞安废除了女王必须婚配，否则就退位的法律（这肯定是因为安卡理梅两者都不愿赞成）；但继承人必须与埃尔洛斯一脉的成员联姻这一条，从此以后成为习俗流传下去。[4]

总而言之，向安卡理梅求爱的人很快就出现在埃梅瑞依，这不仅仅是她的地位变化使然，也是因为她的美貌、她的超然与高傲，连同她的奇特教养闻名遐迩，传遍了全国。那段时期，人们谈到她时开始称她为埃梅尔玟·阿兰尼尔，意思是"牧羊女公主"。安卡理梅为了逃避纠缠，在老妇扎敏的帮助下藏到一处农场里，农场位于哈拉斯托尼领主哈尔拉坦的领地边界，她在那里作为牧羊女生活了一段时间。她的父母对她此举反应如何，各版文稿（它们实际上只是潦草的随笔）说法不一。按照一个版本的说法，埃仁迪丝本人知道安卡理梅在哪里，并认同她出走的理由，而阿勒达瑞安不准御前议会搜寻她，因为女儿表现得如此独立正合他意。然而据另一个版本说，安卡理梅的出走令埃仁迪丝忧心，令国王大怒。当时埃仁迪丝试图与阿勒达瑞安至少就安卡理梅一事达成一定的和解，但阿勒达瑞安不为所动，他宣称国王没有妻子，但有一个女儿兼继承人，以及他不信埃仁迪丝不清楚她藏在哪里。

可以确定的是，安卡理梅遇到了一个在同一片地区照料羊群的牧羊人。这个人告诉她，他叫马曼迪尔。安卡理梅过去从不曾与他这样的人相处，他擅长歌唱，而她喜欢听他唱。他给她唱古老岁月里流传下来的歌谣，那还是很久以前伊甸人在埃利阿多放牧，从未遇到埃尔达的时候。就这样，他们在牧场频频相遇，他改了古时情人的歌谣，把埃梅尔玟和马曼迪尔的名字编进歌里，安卡理梅则装作不懂歌词的用意。但他最后向她表白了爱意，她则退缩了，拒绝了他，说她的命运隔在二人之间，因她是国王的继承人。但马曼迪尔并未窘迫，他大笑起来，告诉她，他的真名是哈尔拉卡，是哈拉斯托尼的哈尔拉坦之子，出身埃尔洛斯·塔尔－明雅图尔一脉。他说："求爱的人不这样做，还能怎样找到你？"

安卡理梅大怒，因为他从一开始就知道她是何人，他骗了她，但他答道："那不全是实情。我确实曾经处心积虑，要见那位特立独行到令我满怀好奇、渴望多加了解的公主。但我爱上了埃梅尔玟，现在我不在乎她会是什么身份。不要以为我追求的是你的高贵地位，因为你若只是埃梅尔玟，我会高兴得多。我只庆幸我亦出身埃尔洛斯一脉，因为我认为如果不是这样，我们就无法成婚。"

"只要我当真有心那么做，我们就能，"安卡理梅说，"我可以放弃王权，获得自由。但我若真那么做，我就可

第二纪元　750 年

173

以自由嫁给我想嫁的人，而最合我心意的将是乌奈（意思是'无人'）。"

　　然而安卡理梅最后还是嫁给了哈尔拉卡。一个版本的故事说，哈尔拉卡不顾她的拒绝，坚持追求她，而御前议会敦促她为了王国安定而选择一个丈夫，结果在埃梅瑞依的羊群中初遇之后没过多少年，他们就结婚了。但别处说，她单身的时间太长，以至于她的表兄梭隆托援引新法的条款，要求她交出王位继承权，她随即嫁给了哈尔拉卡，存心要让梭隆托气恼。还有另外一篇简略的介绍暗示，安卡理梅身后若是没有留下儿女，梭隆托便可成为国王，安卡理梅为了断绝梭隆托的指望，在阿勒达瑞安废除了这一条款之后嫁给了哈尔拉卡。

　　无论这场婚姻真相如何，故事清楚表明安卡理梅不渴望爱情，也不想有儿子；她说："我非要变得就像阿尔玛莉安太后一样，溺爱他吗？"她与哈尔拉卡的生活并不美满，她很不情愿地给他生了儿子阿纳瑞安，从此之后两人就摩擦不断。她要求占有他的领地，禁止他生活在那里，想要迫使他臣服，因为她说，她不能让她的丈夫做个农场管家。有关那些龃龉的记载，其中的最后一个故事正是来自那时。事情的起因是，安卡理梅不准她的任何一个使女结婚，大多数人都因畏惧她而屈从了，但她们来自周围的乡野，都有想嫁的情人。而哈尔拉卡秘密安排她们结婚，他宣布要在离家之前在自家举办最后一场宴会。他邀请安卡理梅参加这场宴会，说那是他族人的房子，理应与之礼貌地告别。

安卡理梅来了。她不肯让男人随侍，故她所有的使女都陪她前来。她发现那座房子灯火通明，布置成举办盛宴的样子。家中的男人则身穿盛装，头戴花环，好似要参加婚礼，每人手中都拿着一个为新娘准备的花环。"来！"哈尔拉卡说，"婚礼已筹备完毕，婚房也准备妥当。但是，既然我们万万不能要求王储安卡理梅公主与一个农场管家同床共枕，那么，唉！今夜她就只好孤枕而眠了。"由于骑马回去路途太远，安卡理梅又不肯无人随侍就走，她被迫留在了那里。无论男女，人人都不掩欢笑，安卡理梅却不肯参加宴会，而是躺在床上聆听远处的笑声，认为那都是针对她本人的。次日，她表面冰冷，实则怀着盛怒骑马离开，哈尔拉卡派了三个男人护送她。他就这样达成了报复，因为她再也没回过埃梅瑞依，她觉得那里就连绵羊都在嘲笑她。但她此后一直记恨哈尔拉卡，不肯放过他。

有关埃仁迪丝，据说她上了年纪之后，被安卡理梅冷落，感到孤独不堪，于是再度想念起阿勒达瑞安。她听说他不在努门诺尔，而是在外航海（后来证明那是他最后一次出航），但预计很快就会回来，因而她终于离开

第二纪元　750年

175

埃梅瑞侬,隐姓埋名地去了罗门娜港。似乎她在那里走到了生命的尽头,但这是如何发生的,留下的线索唯有一句:"985年,埃仁迪丝在水中遭遇不测。"

　　关于赋予努门诺尔人的寿命,埃仁迪丝曾说,他们[1]"变成了一种'仿精灵人',男人心中惦记的和想做的都太多,以至于他们总是感觉时间紧迫,因此很少休息或享受当下。幸运的是,他们的妻子冷静而忙碌——但努门诺尔并不适合伟大的爱情"。[5]

1　此处原文是 the women,然而根据《中洲的自然与本质》的原文,埃仁迪丝此处指的并不是女人,而是整体的努门诺尔人,故译文加以修正。——译者注

约 1000 年　　索隆察觉努门诺尔人的威势正在增
　　　　　　　长，于是选择魔多作为根据地，将
　　　　　　　其化为要塞重地。他开始修建巴拉
　　　　　　　督尔。

　　有关［埃瑞吉安的建立，和住在那里的精灵与卡扎
督姆的矮人之间的友谊与工艺共享］的消息传到了索隆
耳中，加深了他的恐惧——努门诺尔人来到林顿及更
靠南的海岸，并与吉尔－加拉德结交，这些已在令他忧
心，此外他还听说，努门诺尔之王塔尔－美尼尔都尔的
儿子阿勒达瑞安如今已成为一位伟大的造船者，带领舰
队南下，抵达了远在哈拉德的港口。因此索隆暂时未加
理会埃利阿多，而是选定了一片土地，用于修建要塞据

点，抵御努门诺尔人登陆地的威胁，那便是后世所称的魔多。[1]

　　索隆选择魔多作为他的要塞据点，多半是基于其地理位置。两道巨大的山脉从三面包围此地，构成大致呈长方形的天然防御墙：北面是埃瑞德砾苏伊，即灰烬山脉；西面和南面是埃斐尔度阿斯，又被称为"阴影山脉"或"外围屏障"，而在这道山脉内侧西北的悬崖下还有一条较低的山脊："边缘参差，犬牙交错，映着背后的红光兀立在眼前，显得一片漆黑——那就是险恶的魔盖，魔多大地的防御内环。"[2]这些强大的屏障从北部和东部几乎完全包围了戈垃洛斯高地——该名源自辛达语单词 gorgor（"恐怖"，"恐惧"）——高耸入云的末日山，即欧洛朱因（"燃烧之山"）[3]，则巍然耸立在这片荒凉的高原上，"一团由灰烬、熔渣和烧焦的岩石堆成的巨物，一座陡峭的圆锥形山体从中拔地而起，高耸入云"。[4]周围的土地都因猛烈的火山爆发而伤痕累累，"这不是索隆造成的，而是漫长的第一纪元中米尔寇所造成的破坏的遗迹"。[5]这种可怕的景象将会持续很多年，直到第三纪元：

努门诺尔的沦亡

[欧洛朱因的]锥形山体周身灰白，山底深处的熔炉不时蓄起高热，汹涌搏动着，从山侧的裂缝中喷吐出一条条岩浆的河流。有些发着炽烈的光，沿着巨大的渠道朝巴拉督尔流去；有些蜿蜒流入岩石遍布的平原，直到冷却，就像受尽折磨的大地吐出了扭曲不动的龙形。[6]

　　索隆选择了埃瑞德砾苏伊南部一道延伸到戈墹洛斯平原北部的长长的山嘴末端，作为"邪黑塔"巴拉督尔堡垒的所在地。在长达 600 年的时间里，索隆避过了埃尔达与伊甸人的耳目，在此建造了雄伟的建筑，一座"庞大的堡垒、兵器库、囚牢兼熔炉……势力惊人……嘲笑阿谀奉承，且决不容忍任何对手，稳恃自身之骄傲与无法估

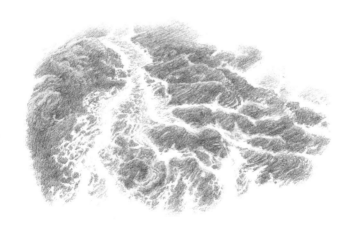

第二纪元　约 1000 年

179

算的力量，只待时机来临"。[7] 在第二纪元和第三纪元，巴拉督尔都代表着"恐怖的威胁来自那黑暗力量，它隐在自己王座周围的黑色帷幔之后等候着，沉浸在幽深的思绪和不眠不休的恶毒当中……像是黑夜之墙从世界尽头迎面压来"。[8]

有关〔努门诺尔的君主〕塔尔-阿勒达瑞安的晚年岁月，如今可说的只有一点：他似乎继续航海前往中洲，不止一次留下安卡理梅摄政监国。他最后一次航海大约在第二纪元的第一个千年之末。[9]

1075 年　塔尔－安卡理梅成为努门诺尔首位女王。

努门诺尔第七代君主：

塔尔－安卡理梅

生于：第二纪元 873 年

殁于：第二纪元 1285 年（412 岁）

统治时期：第二纪元 1075—1280 年（205 年）

　　塔尔－安卡理梅在位了 205 年，统治时间在埃尔洛斯之后的所有君主当中居首……她很长时间都未成婚，但当梭隆托［她表兄］逼迫她退位时，她于 1000 年嫁给了哈尔拉坦之子哈尔拉卡，他是瓦尔达米尔的后代。安卡理梅生下儿子阿纳瑞安后，与哈尔拉卡关系不睦。她为人骄傲任性。阿勒达瑞安死后，她忽视了他的所有政策，不再向吉尔－加拉德提供援助。

　　她的儿子，也就是后来成为努门诺尔第八代君主的阿纳瑞安，先生了两个女儿，但她们对女王又厌又怕，拒绝了王位继承权，始终未婚，因为女王出于报复，不许她们嫁人。[1] 阿纳瑞安的儿子苏瑞安是最后出生的，［后来成为］努门诺尔第九代君主。

努门诺尔的沦亡

1200 年　　索隆竭力诱惑埃尔达。吉尔－加拉德拒
　　　　　　绝与他交涉；埃瑞吉安的能工巧匠却
　　　　　　信服了他。努门诺尔人开始建造永久
　　　　　　港口。

　　随着第二纪元的继续，世事发生了巨大的变化。大
约第二纪元 600 年，努门诺尔人的首批航船出现在中洲
海岸边，但有关这一征兆的流言并未传到遥远的北方。
然而与此同时，索隆也不再隐藏，而是以俊美的形貌现
身。他有很长一段时间根本不理会矮人和人类，一心想
要赢得埃尔达的友谊和信任。但是，慢慢地，他又恢复
了对魔苟斯的忠诚，开始借由武力谋求权力，再次召集、
号令第一纪元的奥克［文稿此处拼作 Orks，即 Orcs］和

其他邪恶之物，并在南方那片山脉围绕的土地上秘密建造他的雄伟堡垒，那地在日后被称为魔多。[1]

索隆发现，大地上所有的种族当中，数人类最容易左右。但他知道首生儿女拥有的力量更强，长久以来一直企图说服精灵为他效力。彼时他的形貌依旧俊美，又有智慧。他遍行各地，混迹精灵当中，唯独林顿不曾涉足，因为吉尔－加拉德和埃尔隆德始终对他的巧言令色抱持怀疑，他们虽不知晓他的真实身份，却仍不准他踏入林顿一步。[2]

1280 年　努门诺尔第八代君主：

塔尔－阿纳瑞安

生于：第二纪元 1003 年

殁于：第二纪元 1404 年（401 岁）

统治时期：第二纪元 1280—1394 年（114 年）

塔尔－阿纳瑞安有两个女儿和一个儿子，女儿的名字没有记载，儿子是苏瑞安，他在两个姐姐拒绝了王权后登基。

1394 年　努门诺尔第九代君主：

塔尔－苏瑞安

生于：第二纪元 1174 年

殁于：第二纪元 1574 年（400 岁）

统治时期：第二纪元 1394—1556 年（162 年）

塔尔－苏瑞安有两个孩子：女儿泰尔佩瑞恩，儿子伊熙尔莫。

约 1500 年　精灵工匠受索隆指导，技艺达到巅
　　　　　峰。他们开始铸造力量之戒。

　　但是，别处〔埃瑞吉安〕的精灵都很欢迎他〔索
隆〕，林顿的使者告诫他们当心，却没有多少人听从，因
为彼时索隆自称"赠礼之主"安那塔，精灵初时从他的
友谊中获利良多。索隆对他们说："唉！伟人的弱点真是
令人惋惜。吉尔－加拉德是强大的君王，埃尔隆德大人博
学睿智，他们却不肯向我的劳作伸出援手，莫非就是不
愿看到别处土地的福乐堪与他们自己的国度比肩？精灵
原本能令中洲美如埃瑞西亚，不，甚至美如维林诺，如
今为何只任它始终荒凉黑暗？既然你们本可以回归彼岸，
却没这么做，我看得出你们深爱着中洲，我也一样。那

努门诺尔的沦亡

么，我们难道不该同心协力将它变得更加富饶美好，让所有漫游于此、未受启蒙的精灵族人掌握力量与知识，达到大海彼岸那些精灵的高度？"[1]

索隆的提议在埃瑞吉安最受欢迎，因为那里的诺多族总是渴望提高自己的技能，增进作品的精妙程度。此外，他们的心境并不平静，因为他们拒绝返回西方，既想留在自己真心热爱的中洲，又想享有那些离去的同族所得的福乐。因此，他们听从索隆之言，从他那里所学甚多，因他知识广博。那段时期，欧斯特-因-埃第尔的工匠技艺精进，作品超越了他们过往的一切发明。他们还斟酌思量，打造了"力量之戒"。由于指导了他们的劳作，索隆对他们所做的一切了如指掌，他的渴望是给精灵套上一道枷锁，将他们置于自己监控之下。[2]

凯勒布林博和他的同好工匠们组建了一个社团或公会，称为格怀斯-伊-弥尔丹，在埃瑞吉安极具影响力。索隆使尽浑身解数争取他们，但都是秘密行事，瞒过了加拉德瑞尔与凯勒博恩。不久，索隆便将珠宝匠公会置于控制之下，因他们起初得到索隆指点技艺奥秘，从中获益良多。[3]

托尔金在写给米尔顿·沃德曼的信中说："索隆找到了他们的弱点，提议只要双方互助，

第二纪元 约 1500 年

便可把中洲西部变得像维林诺一般美丽。这实际上是在煽动精灵尝试建造一个游离独立的乐园，是在粉饰对诸神的攻击。吉尔－加拉德对此类提议一概拒绝，埃尔隆德亦然。但在埃瑞吉安，大型工作开始了，而精灵因此险些就堕入'魔法'和机械之道。依靠索隆学识的帮助，精灵制造了**力量之戒**（'力量'在所有这些传说里，只要不是用于形容诸神，总是一个不祥又险恶的字眼）。

"（所有戒指的）主要力量是一样的，在于预防或减缓**朽坏**（即是说，'变化'被视为令人遗憾之事），保住渴望或挚爱的事物，或其表象副本——这多少算是精灵的动机。但这些戒指也增强了拥有者的与生俱来的力量——因此接近了'魔法'，而这种动机会被轻易腐化成为邪恶，贪恋统治之权。此外，那些戒指还拥有其他力量，更直接地来自索隆（'死灵法师'：《霍比特人》中如此称呼他，他为此书的内容投下了短暂的阴影和不祥之兆），比如能让肉身隐形，让隐形世界中的事物现形。"

1556 年　努门诺尔第十代君主：

塔尔－泰尔佩瑞恩

生于：第二纪元 1320 年

殁于：第二纪元 1731 年（411 岁）

统治时期：第二纪元 1556—1731 年（175 年）

她是努门诺尔第二位女王。她寿命很长（努门诺尔女性的寿命比男性长，或者说，她们更不愿意放弃生命），且不肯嫁人。

在塔尔－泰尔佩瑞恩统治期间，中洲发生了重大事件。

第二纪元　约 1500 年

约 1590 年　三戒在埃瑞吉安铸成。

第三纪元 3018 年春，灰袍甘道夫对弗罗多·巴金斯谈到比尔博的魔戒时，简洁地总结了力量之戒的铸造史："很久以前，精灵在埃瑞吉安制造了许多精灵戒指，就是你们说的魔法戒指；当然，它们是各种各样的，蕴藏的力量有强有弱。那些较弱的戒指只不过是这门技艺还没达到炉火纯青时的试制品，精灵工匠将它们视为小玩意——然而，依我看，它们对凡人来说仍然很危险。而那些主魔戒，也就是那些'力量之戒'，则是危险万分。"[1]

努门诺尔的沦亡

"加拉德瑞尔与凯勒博恩的历史"讲述了这些力量之戒铸成的那段时间：

[第二纪元，索隆撤退到魔多，并开始向埃瑞吉安派遣使者之前的那段时期，[2]]加拉德瑞尔与凯勒博恩的势力也增强了。加拉德瑞尔得益于与墨瑞亚矮人的友情，成功地与迷雾山脉另一侧的南多族国度罗瑞南德[日后称为"罗瑞恩"和"洛丝罗瑞恩"[3]]取得了联系。罗瑞南德的国民是那些当年参加了埃尔达那场始于奎维耶能[4]的伟大旅程，却中途放弃，定居在安都因河谷森林中的精灵；[5]罗瑞南德的领土扩展到大河两岸的森林，那片日后被称为多古尔都的地区也包括在内。这些精灵没有拥立王公君主，在魔苟斯把全部势力都集中到中洲西北部的时期，他们过着无忧无虑的生活。[6]加拉德瑞尔竭力对抗索隆的阴谋，在罗瑞南德取得了成功。而林顿的吉尔-加拉德[已]将索隆的使者乃至索隆本人都拒之门外。然而在埃瑞吉安的诺多族精灵尤其是凯勒布林博那里，索隆交了好运，因凯勒布林博内心渴望自己的技艺和名望能够媲美费艾诺。[7]

索隆在埃瑞吉安冒充维拉的使者，声称自己受他们派遣前来中洲（"因而预期众位伊斯塔尔将会到来"），或奉他们之命留在中洲，以助精灵一臂之力。他立刻察觉，加拉德瑞尔将是自己最大的对手和障碍，因此致力于安

第二纪元　约1590年

抚她，忍受她的鄙夷，表面上报以耐心和礼貌。[8]……索隆对珠宝匠公会的掌握变得越来越牢固，最后竟说服他们起而反抗加拉德瑞尔与凯勒博恩，夺取埃瑞吉安的统治权，这大约发生在第二纪元 1350 至 1400 年之间。此后，加拉德瑞尔带着阿姆洛斯和凯勒布莉安离开了埃瑞吉安，穿过卡扎督姆，去了罗瑞南德。凯勒博恩不愿进入矮人的城邦，留在了埃瑞吉安，受到凯勒布林博漠视。加拉德瑞尔开始领导罗瑞南德，并防备着索隆。[9]

大约在 1500 年，珠宝匠公会开始铸造力量之戒后，索隆自己也离开了埃瑞吉安。[10]

约 1600 年　索隆在欧洛朱因铸造了至尊戒。他建成了巴拉督尔。凯勒布林博察觉了索隆的计划。

　　就这样，精灵制造了很多戒指，但索隆秘密制造了至尊戒以统御众戒，它们的力量都受它束缚，完全臣服于它，而它的存毁也决定了它们的存毁。索隆在阴影之地的烈焰之山中铸造了至尊戒，并将自己的力量与意志大量灌注其中，因精灵诸戒的力量十分强大，想要控制它们就必须造出一个力量凌驾其上之物。他戴上至尊戒时，能知悉借由其他次级戒指所做的一切，并且能了解和控制那些戴着戒指的人的思想。[1]

第二纪元　约 1600 年

在写给米尔顿·沃德曼的信中，托尔金谈到了至尊戒的力量来源和效力：

　　"索隆在魔多境内的火焰之山附近的巨大黑塔巴拉督尔中，运用至尊戒，统治着日益扩张的帝国。

　　"为了做到这点，索隆不得不将自己天生力量（神话和仙境奇谭中常见又非常重要的主题）中极大一部分铸入至尊戒中。当他戴上至尊戒时，他在大地上的力量确实增强了。但即便他不戴戒指，那种力量也还是存在，并与他本人'融洽和睦'——他不会'贬损'。除非，有别人夺得它并占为己有。假如发生这样的事，新的持戒者（如果天生足够强大英勇）就能够挑战索隆，精通掌握索隆从打造至尊戒以来所学所做的一切，从而推翻他并取代他的位置。这个致命弱点，是索隆费了大力要奴役精灵（基本上不成功），渴望稳固控制仆从的心性与意志，故而引入自身境地的。还有一个弱点，那就是万一至尊戒真的被销毁，彻底除灭，那么它的力量将会消散，索隆自身的存在将贬损到几近消失的地步，他将弱化成一个影子，成为恶毒意志的区区一种回忆。但这种可能他从来不曾细想，也不担忧。任何不及他水准的冶金技能都无法打碎魔戒。任何火焰都无法烧熔它，例外的只有地底那铸成它的不熄之火——但那火在魔多，无人能接近。此外，魔戒的贪婪之力极其强大，任何使用它的人都会被它宰制，任何强大的意志（就连他自己）都无法毁坏它、丢弃它，或忽略不顾它。他是这么以为的。何况，戒指就戴在他手上。"

至尊戒上环绕着铭文，[2] 不过只有经过火烧才能显现出来。那些字母是"古老模式的"精灵字母，然而那种语言却是魔多的语言，以通用语来说的话，大致意思是：

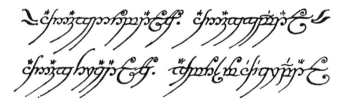

……邪暗深处，
统御余众，魔戒至尊，
罗网余众，魔戒至尊，
禁锢余众，魔戒至尊。

这只是一首诗中的几句，全诗在精灵传说中久为人知：

第二纪元　约1600年

穷苍下，精灵众王得其三，

　　石殿中，矮人诸侯得其七，

尘世间，必死凡人得其九，

魔多翳影，王座乌沉，

　　黑暗魔君执其尊。

魔多翳影，邪暗深处，

　　统御余众，魔戒至尊，

　　罗网余众，魔戒至尊，

　　禁锢余众，魔戒至尊。

　　在第三纪元接近尾声时，甘道夫在袋底洞揭露的惊人真相正是关于这枚戒指的："这就是'主宰戒'，统御众戒的至尊戒。这就是他在漫长岁月以前遗失，令他力量大打折扣的至尊戒。他极其渴望得回它——但是绝对**不能**让他得回它。"

　　六个月后，在幽谷，半精灵埃尔隆德大人在自由子民代表齐聚的会议上，说到了这枚戒指："埃瑞吉安的精灵工匠，他们与墨瑞亚的友谊和对知识的渴切，而索隆正是利用后者诱使他们落入了圈套。因为彼时索隆的外貌尚未显露邪恶，埃瑞吉安的精灵工匠接受了他的帮助，工艺大为精进，而他则学会了他们所有的秘技，并且背叛了他们，在火焰之山中秘密铸造了至尊戒，要主

宰他们。"[3]不过，根据"魔戒与第三纪元"以
及"加拉德瑞尔与凯勒博恩的历史"中的记载，
索隆低估了埃瑞吉安的精灵。

但精灵并不那么容易落入陷阱。索隆一戴上至尊戒，
他们便觉察了他，知道了他是谁，意识到他将会主宰他
们和他们的一切成果，于是他们怀着愤怒与恐惧，摘下
了戒指。[4]

须知，凯勒布林博的心灵和信仰并未堕落，他只是
相信了索隆假冒的角色。最终发现至尊戒的存在之后，
他便起而反抗索隆，前往罗瑞南德，再度与加拉德瑞尔
商讨对策。他们本该那时就将力量之戒悉数销毁，"却力
不从心"。加拉德瑞尔劝告凯勒布林博，精灵三戒必须藏
匿起来，永不使用，并且分散送去远离埃瑞吉安的地方，
因为索隆相信它们都在埃瑞吉安。正是在那时，她从凯
勒布林博手中得到了白戒能雅。罗瑞南德的疆域凭借它
的力量得到了巩固与美化，但它对加拉德瑞尔也施加了
强大且出乎意料的影响，因为它增强了她对大海和对归
返西方的潜在渴望，从而消减了她在中洲的欢悦。凯勒
布林博听从了她的劝告，将气之戒和火之戒送出了埃瑞
吉安，托付给林顿的吉尔－加拉德。[5]

第二纪元　约 1600 年

彼时，那些被索隆奴役的生物在至尊戒力量的帮助下，经过六百年的劳动，终于建成了宏伟的建筑巴拉督尔，这是自第一纪元魔苟斯位于铁山脉深处的堡垒"铁囚牢"（或"铁地狱"）安格班陷落以来，在中洲建起的最宏伟的堡垒。[6]后来，在第三纪元，就在魔戒同盟即将分道扬镳之际，当弗罗多戴着至尊戒坐上阿蒙汉山顶的"观望之椅"，他看见了巴拉督尔那恐怖又雄伟的景象："……他的目光被攫住了：高墙叠着高墙，城垛堆着城垛，漆黑，坚固得无法估量，铁铸的山，钢造的门，坚不可摧的高塔，他看见它了——巴拉督尔，索隆的堡垒。所有的希望都弃他而去。"[7]

也许有人会问，在第二纪元时，为什么精灵和西方人类在识破索隆正在集结与增强兵力之后，没有立刻结成联盟来攻击他，而是等到最后由他挑起了战争。托尔金后来在1970年1月的一篇文稿中提到了这个问题，文稿标题是：

关于吉尔－加拉德和努门诺尔人迟迟未在
索隆集结兵力之前发动进攻的说明[8]

如今认为他们愚蠢，没有像到头来不得不做的那样，迅速集结军力攻击索隆，不但于事无补，而且是不公平的。（见"学者们关于曼威禁令的辩论"及他作为阿尔达之王的作为。）他们不可能有把握地知晓索隆的意图或力量，而索隆的狡计与欺骗的成功之处就在于他们不知道索隆的真正弱点，也不知道索隆需要很长的时间才能集结足够的兵力，攻击精灵与西方人类的联盟。毫无疑问，他会竭尽全力保守他已占领魔多这个秘密，而且从后来的事件中可以看出，他已经确保得到了居住在邻近地区的人类的效忠，就连安都因河西边，也就是后来刚铎所在的埃瑞德宁莱斯山脉和卡伦纳松地区也不例外。但占据安都因河口和莱本宁海岸的努门诺尔人发现了他的诡计，并通知了吉尔–加拉德。然而直到［第二纪元］1600 年，他还在伪装成仁慈的朋友，经常带着很少的随从在埃里阿多随意旅行，因此不能冒险传出任何他在集结军队的流言。此时，他被迫忽略了东方（魔苟斯古时的势力所在）。虽然他的使者们在不断繁衍增多的东方人类部落中忙碌，但他不敢让他们中的任何人进入努门诺尔人或西方人类[1]的视野。

---

1 这些是精灵称为"善意人类"的众多人类部落，他们居住在埃利阿多、卡伦纳松、安都因河谷、大森林和夹在大森林与魔多以及鲁恩内海之间的平原地区。在埃利阿多，其实有一些曾与精灵并肩对抗魔苟斯的人类三大家族的残余。余下的则是他们的亲族，一部分（就像西尔凡精灵一样）从未翻过埃瑞德路因山脉，还有一部分亲缘更远。但几乎所有人都是古时反抗魔苟斯者的后代。（不过也有一些邪恶人类。）

第二纪元　约 1600 年

种类繁多的奥克（魔苟斯的造物）将是他手下数量最庞大、最凶恶的士兵与仆从，然而经过对抗魔苟斯的战争以及贝烈瑞安德陆沉，他们已被大量消灭。有些残存的奥克逃脱，躲进迷雾山脉和灰色山脉北部藏身，如今正再次繁衍壮大。再往东方还有曾受魔苟斯统治的奥克的后代，他们种类更多更强壮，但因魔苟斯据守桑戈洛锥姆而长期无主，所以依然野蛮且无法约束，既互相残杀，也猎杀人类（无论是善是恶）。直到魔多和巴拉督尔建成，索隆才允许这些奥克离开藏身之处。然而，东方的奥克对埃尔达的力量与恐怖，以及伊甸人的勇猛一无所知，并不服从索隆。当他为了欺瞒西方人类和精灵而不得不披上他能造出的最俊美的形貌时，这些奥克鄙视他，嘲笑他。因此，尽管索隆一俟伪装被揭穿，被认出敌对的真面目，就投入全部时间和精力召集、训练大军，还是花了差不多九十年才做好开战的准备。而我们看到他这个"准备就绪"的判断是错误的——米那斯提尔的大军从努门诺尔前来、登陆中洲，最终击败了他。他聚集的大军并非所向披靡，他取得的胜利也远不及他的期望……

努门诺尔的沦亡

第二纪元　约 1600 年

1693 年　精灵与索隆的战争开始。三戒被隐藏。

索隆发现自己意图暴露，精灵却没有上当，不禁怒火满腔。他向他们公开宣战，命令他们交出所有的戒指，因为若无他的渊博知识和传授指导，精灵工匠便做不出这些作品。但精灵闻风而逃，保住了诸戒中的三枚，将它们带走隐藏。

这些便是最后才铸造完成的精灵三戒，它们蕴藏的力量也最强大。它们就是镶着红宝石的"火之戒"纳雅、镶着金刚石的"水之戒"能雅，以及镶着蓝宝石的"气之戒"维雅。精灵诸戒中，索隆最想得到这三枚，因为保有它们的人可以抵挡岁月的侵蚀损毁，延缓世间的疲惫衰老。但索隆找不到它们，因为它们被交到智者手中，藏了起来，只要索隆还握有统御之戒，他们就不会公开使用三戒。因此，精灵三戒始终未被玷污，因为它们是凯勒布林博独力制造的，索隆从不曾染指，然而它们仍然受到至尊戒的宰制。

　　从那时起，索隆与精灵之间的战争就不曾停止……[1]

第二纪元　1693年

1695 年　索隆的大军侵入埃利阿多。吉尔－加拉
德派埃尔隆德前往埃瑞吉安。

　　索隆得知凯勒布林博悔悟反抗，便撕下伪装，勃然
大怒。1695 年，他集结大军，越过卡伦纳松（即洛汗），
入侵埃利阿多。吉尔－加拉德收到消息，派遣半精灵埃
尔隆德领军援助。然而埃尔隆德相距太远，索隆却已挥
师北上，直取埃瑞吉安。索隆的斥候和先锋部队即将兵
临城下，凯勒博恩才领军出击，将其击退，虽然凯勒博
恩成功地与埃尔隆德会师，但他们已无法回到埃瑞吉安，
因索隆的兵力远远超过他们，足以一面挡住他们，一面
重重围困埃瑞吉安。[1]

1697 年　埃瑞吉安沦为废墟。凯勒布林博被杀。
　　　　墨瑞亚诸门关闭。埃尔隆德带领残存
　　　　的诺多精灵撤退，建立了避难所伊姆
　　　　拉缀斯。

　　最终，侵略一方攻进了埃瑞吉安，大肆破坏，并且
拿下了索隆此次进攻的主要目标——珠宝匠公会会所，
其工坊和财物的所在地。凯勒布林博绝望之下，亲自在
公会大门前的台阶上抵挡索隆的攻势，但他被制服并遭
到生擒，公会被洗劫一空。索隆在这里夺取了九戒和珠
宝匠公会的其他次级作品，却找不到七戒和三戒。于是
索隆严刑拷问凯勒布林博，从他口中得知了七戒的所在。
凯勒布林博之所以吐露这一信息，是因为他对七戒和九

戒都不如对三戒那样珍视。七戒和九戒是在索隆的帮助下铸造的，然而三戒乃是凯勒布林博独力制成，蕴含的力量和目的都有所不同。[1] 索隆从凯勒布林博口中得不到任何有关三戒的信息，便处死了他。然而索隆猜到了真相，即三戒已交托给精灵守护者，而那必然意味着加拉德瑞尔与吉尔-加拉德。

索隆怒不可遏，再次开战；他把凯勒布林博插满奥克箭矢的尸身挑在杆头，充作军旗，向埃尔隆德的军队发动了攻击。埃尔隆德虽已集结了埃瑞吉安逃出来的少数精灵，但麾下军力仍无法抵挡索隆的攻势，他眼看就要遭遇大败，幸而索隆的军队从后方受到了攻击。都林从卡扎督姆派出了一支矮人援军，阿姆洛斯率领罗瑞南德的精灵同他们一起前来参战。埃尔隆德成功脱困，却被迫北上，正是在那时，他在伊姆拉缀斯（幽谷）建立了要塞避难所。[2]

第二纪元　1697 年

1699 年　索隆侵占埃利阿多。

　　然而此时索隆企图赢得埃利阿多的统治权，罗瑞南德可以留待日后收拾。在他劫掠各地，残杀或逐走所有小股人类，猎杀残余精灵的同时，也有很多人逃往北方，壮大了埃尔隆德的实力。如今索隆的当务之急是攻取林顿，他相信自己最有可能在那里夺取精灵三戒之一或更多。因此，他集结起分散在各地的兵力，一路劫掠，向西杀向吉尔－加拉德的国度。但索隆不得不留下一支强大的分遣队牵制埃尔隆德，防止他攻击后方，主力部队从而削弱。

　　索隆收兵不再追击埃尔隆德，转去攻击矮人和罗瑞南德的精灵，并将他们击退。但墨瑞亚大门关闭，他无法进入。自此以后，索隆便对墨瑞亚怀恨在心，命令所有奥克只要得隙就去袭扰矮人。[1]

　　尽管矮人目前在城邦中安稳度日，第三纪元里他们对秘银的热切挖掘仍将唤醒一个炎魔。随着矮人被逐出，伟大的卡扎督姆城邦也将沦为索隆手下奥克的巢穴。多年以后，在埃尔隆德的会议上，矮人格罗因回顾了这场灾难："在那里我们挖得太深，惊醒了那不提其名的恐怖。自从都林的儿女逃离，彼处的广大厅堂就久久空置……多少朝代以来，没有哪个矮人胆敢踏进卡扎督姆的大门一步，只有瑟罗尔除外，而他已经遇害。"[2]

　　有一首古老的矮人哀歌讲述了卡扎督姆失落的辉煌：

　　　万物初始，群山新绿，
　　　明月犹然皎洁无瑕，
　　　水泉无名，山石无名，
　　　都林苏醒，踽踽独行。
　　　他赐名山谷与山岗，
　　　他渴饮新泉从未尝，
　　　他俯身细观镜影湖面，
　　　看见群星冠冕映现，

第二纪元　1699年

209

犹如银线络宝石，
高悬在倒影额前。

万物鲜丽，群山高峻，
纳国斯隆德与刚多林
精灵古国伟大君王
犹未陨落西海彼方，
在都林之日，
世界美好如初如常。

雕錾宝座上，都林为王，
山岩殿堂，千柱林立，
黄金为顶，白银铺地，
古奥符文门上护翼。
水晶刻镂，悬灯晶莹，
犹如太阳与月星，
不畏乌云，不畏夜影，
美好灿烂光焰长明。

铁砧大锤敲震响，
尖凿劈，刻刀划，
兵刃锤炼，刀柄铸接，
矿工掘深井，石匠建广厦。

努门诺尔的沦亡

绿玉，珍珠，猫儿眼，
精钢锁甲密如鳞，
圆盾，胸甲，战斧与宝剑，
还有闪亮长矛如山堆。

都林子民，无忧不倦，
山岩深处乐声长，
竖琴响，咏者唱，
殿门启报号角回荡。

如今万物陈旧，群山老去，
煅炉烈火成冷灰，
竖琴声哑，大锤已息，
都林殿堂漆黑无光，
在墨瑞亚，卡扎督姆，
都林坟上暗影沉沉。
只有幽深镜影湖底，
偶尔浮现璀璨星辰，
那是都林冠冕深隐清泓，
只待主人苏醒重临。[3]

第二纪元　1699 年

211

1700 年　塔尔-米那斯提尔从努门诺尔派出一支庞大舰队前往林顿。索隆被击败。[1]

须知，努门诺尔人驾船造访灰港已久，他们在那里向来受到欢迎。吉尔-加拉德开始担忧索隆会公然攻打埃利阿多时，立即向努门诺尔送去了信息；努门诺尔人也开始在林顿海岸备战，准备兵员，储备物资。1695 年，索隆入侵埃利阿多，吉尔-加拉德向努门诺尔求援。国王塔尔-米那斯提尔派出一支强大的舰队前往，然而舰队途中延误，直到 1700 年才抵达中洲海岸。那时索隆已占领了埃利阿多全境，并推进到舒恩河一线，唯有遭到围困的伊姆拉缀斯一地尚未沦陷。他还召集了更多兵力从东南方逼近，甚至已经进入埃奈德地区，到了仅有薄弱防守的沙巴德渡口。吉尔-加拉德与努门诺尔人据守舒恩河沿岸，保卫灰港，就在几近山穷水尽的紧要关头，塔尔-米那斯提尔的大军赶到了，予以索隆的军队重创，令其惨败溃退。努门诺尔舰队统帅奇尔雅图尔［"船长"］派出一部分舰船，去更远的南方登陆。

索隆的部队在萨恩渡口（巴兰都因河的渡口）伤亡惨重，之后被逐向东南。他在沙巴德得到了增援，但突然间又发现后方出现了一支努门诺尔部队，因为奇尔雅图尔已派了一支精兵在格瓦斯罗（灰水河）河口登陆，"那里有一座小型的努门诺尔港口"。［这就是塔尔-阿勒达瑞安建起的温雅泷迪，后来被称为泷德戴尔。］索隆在格瓦斯罗之战中彻底溃败，他本人堪堪得以逃脱。[2]

第二纪元　1700年

1701年　索隆被逐出埃利阿多。西部地区得享一
　　　　段很长时间的安定和平。

　　［索隆］仅剩的小股残部也在卡伦纳松东部遇袭，他
逃到那片日后被称为达戈拉德（战争平原）的地区时，
身边只剩了贴身护卫。他从那里回了魔多，一败涂地、
颜面全无，发誓定要报复努门诺尔。那支围困伊姆拉缀
斯的军队则被埃尔隆德和吉尔－加拉德夹击，全军覆没。
埃利阿多肃清了敌人，但大半地区都满目疮痍。
　　彼时召开了第一次白道会，会上决定在埃利阿多东
部维持一处精灵要塞，地点选在伊姆拉缀斯，而非埃瑞
吉安。也是在那时，吉尔－加拉德将蓝戒维雅交给埃尔
隆德，任命他为自己在埃利阿多的摄政代理人，但亲自

努门诺尔的沦亡

保管着红戒，直到最后联盟时期离开林顿出征时才把它交给奇尔丹。此后多年，西部地区安享和平，得隙治愈创伤。

　　据说，此时加拉德瑞尔心中对大海的渴望变得强烈。

　　她决定离开罗瑞南德，去大海附近居住（不过她认为自己有责任在索隆仍未被推翻时留在中洲）。她将罗瑞南德交托给阿姆洛斯，带着凯勒布莉安又一次穿过墨瑞亚，前往伊姆拉缀斯寻找凯勒博恩。她（似乎）在那里找到了他，他们在那里一同生活了很长时间。就是在那时，埃尔隆德第一次见到了凯勒布莉安，并爱上了她，不过这份爱慕之情他当时没有吐露分毫。

　　白道会会议正是在加拉德瑞尔居住在伊姆拉缀斯期间召开的。但过了一段时间［日期没有标明］，加拉德瑞尔与凯勒博恩带着凯勒布莉安一起离开了伊姆拉缀斯，去了格瓦斯罗河口和埃希尔安都因之间那片几无人烟的地区。他们在贝尔法拉斯的一处地方住下，那里日后被称为多阿姆洛斯。他们的儿子阿姆洛斯时常前来探望，还有南多族精灵从罗瑞南德迁来，壮大了他们的行列。直到第三纪元开始后很久，阿姆洛斯下落不明，罗瑞南德面临危机，加拉德瑞尔才回到罗瑞南德，当时是 1981 年。[1]

第二纪元　1701 年

1731 年　努门诺尔第十一代君主：

塔尔-米那斯提尔

生于：第二纪元 1474 年

殁于：第二纪元 1873 年（399 岁）

统治时期：第二纪元 1731—1869 年（138 年）

他之所以得到这个名号，是因为他在邻近安督尼依和西部海岸的欧洛米特山上建了一座高塔，一生中花了大量时间从塔上向西眺望。因为努门诺尔人心中的渴望变得强烈了。他热爱埃尔达，但嫉妒他们。在第一次对抗索隆的战争中，是他派出一支庞大的舰队去援助吉尔-加拉德。

约 1800 年　　约此时起，努门诺尔人开始在沿海
　　　　　　　地区建立领地。索隆将势力向东扩
　　　　　　　展。魔影降临努门诺尔。

　　努门诺尔人在中洲尝到了权力的滋味，从那时起便开始在西部海岸建起永久居住地，他们变得威势极盛，索隆很久都不敢尝试离开魔多西侵。[1]

　　努门诺尔人当时已成为伟大的航海家，探索着东方一切海域，并开始渴望西方和禁区水域；他们生活得越是幸福快乐，就越是渴望埃尔达的长生不死。[2]

1869 年　努门诺尔第十二代君主:

塔尔-奇尔雅坦

生于:第二纪元 1634 年

殁于:第二纪元 2035 年(401 岁)

统治时期:第二纪元 1869—2029 年(160 年)

日后降临他们身上的魔影,其最早的端倪出现在第十一代国王塔尔-米那斯提尔统治的时期……[3]

[他儿子奇尔雅坦]对父亲的渴望不屑一顾,借着向东、向北、向南的海上航行纾解了心中的浮躁不安,直到登上王位。据说,他在父亲还未心甘情愿逊位的时候,就强迫他从命。(人们认为)由此可以看出,魔影第一次影响了蒙福的努门诺尔。[塔尔-奇尔雅坦]组建了一支庞大的王室舰队,他的臣属带回了大量金属与宝石,并且压迫中洲的人类。[4]

加之,在米那斯提尔之后,诸王甚至开始贪求财富和权力。起初努门诺尔人来到中洲,乃是作为良师益友,教导、帮助遭受索隆折磨的寻常人类；如今他们的海港变成了堡垒，统治着广大海滨地区。[5]

这些事发生在"造船王"塔尔－奇尔雅坦以及他儿子塔尔－阿塔那米尔的时代。他们为人骄傲，渴求财富，要求中洲的人类纳贡，从给予者变成了索取者。[6]

2029 年　努门诺尔第十三代君主：

"霸主"塔尔－阿塔那米尔

生于：第二纪元 1800 年

殁于：第二纪元 2221 年（421 岁）

统治时期：第二纪元 2029—2221 年（192 年）

沦亡后幸存下来的编年史中记载了很多有关这位国王的内容。因为他就像他父亲一样骄傲，贪求财富，为他效力的努门诺尔人从中洲海滨的人类那里征收了大量贡品。在他统治的时期，魔影降临到努门诺尔。国王与追捧国王学说的人公开发言反抗维拉的禁令，他们变得敌视维拉与埃尔达……[7]

第二纪元　约 1800 年

塔尔-阿塔那米尔最先公开反对禁令，并宣称他理应拥有埃尔达的寿命。就这样，魔影加深了，人们的心因顾虑死亡而投向黑暗。[8]

随着时间流逝，[努门诺尔人对西方的渴望]愈来愈强烈，他们开始渴望那座远远望见的不死之城，心里愈来愈想得到永恒的生命，好逃脱死亡，免于欢乐的终止。就在力量与荣光增长的同时，他们的焦虑不满也在加剧。因为维拉虽然奖励给杜内丹人长寿，却不能为他们免去终将到来的那种尘世的疲倦。杜内丹人会死，即便身为埃雅仁迪尔子孙的诸王亦不例外。他们的生命在埃尔达看来十分短暂。因此，有一股阴影降临到他们身上，这或许就是魔苟斯那仍在世间蠢蠢欲动的意志运作的结果。努门诺尔人开始悄悄抱怨，先在心里，继而宣之于口，他们要反抗人类的命运，尤其要反抗那不准他们航向西方的禁令。

他们彼此说："为什么西方主宰可以坐拥没有止境的平安，而我们却必须死亡，离开我们的家园与一切我们所造的事物，去往一个我们一无所知的地方？而埃尔达不会死，连那些反叛过众神的也都活得好好的。既然我们已经征服了所有的海洋，没有什么辽阔的水域和汹涌的波涛是我们的船不能战胜的，为什么我们不能前往阿瓦隆尼去问候我们的朋友？"

努门诺尔的沦亡

还有一些人说："我们为什么不直接去阿门洲，品尝品尝众神的福乐，哪怕一天也好？我们难道不是已经成为阿尔达子民里的强者？"

埃尔达把这些话报告了维拉，曼威看见努门诺尔的盛世上空聚拢了乌云，感到哀伤。他派了使者去见杜内丹人，诚恳地向国王及所有肯听之人进言，论及世界的命运与其运作的方式。

"世界的命运，唯有那位独一的创造者能够改变。"使者说，"就算你们避开一切障碍及陷阱，航行抵达'蒙福之地'阿门洲，这对你们也没有好处。因为并不是曼威的疆域让居住其间者永生不死，而是居住其间的永生不死者使那地成为圣地。你们在那里会像飞蛾处在恒久不变的强光下，只会衰老枯萎得更快。"

但是国王说："可是我的祖先埃雅仁迪尔岂非仍然活着？他难道不是住在阿门洲？"

对此他们答道："你知道他已被裁决归属不死的首生儿女，他的命运有别于你。此外他也被判定，永远不得返回凡人之地。然而你与你的族人却不属于首生儿女，而是如伊露维塔所造，是会死的人类。可是，如今你们似乎想要占尽双方的好处，起兴的时候就驶往维林诺，想家的时候就回来。这是不可能的。而维拉也无权剥夺伊露维塔的礼物。你们说，埃尔达没有受到惩罚，即便那些反叛者也都不死，但对他们而言，不死既非奖赏，也非惩罚，而是天性的体现。他们被束缚于这个世界，不能逃脱，只要世界存在一天，他们就一天不得离开，因为世界的生命就是他们的生命。你们还说，你们是因为自己几未参与的人类反叛，而遭受必须死亡的惩罚。但死亡原本并不是被定为惩罚。你们借由死亡得以逃脱、离开这个世界，无论心怀希望还是充满疲惫，都不受它的束缚。所以，你说到底谁该羡慕谁？"

努门诺尔人答道："我们为什么不该羡慕维拉，或者那些永生不死者中最微不足道的？我们被要求抱持盲目的信任与毫无确据的希望，却对眼前的命运全然不知。况且，我们也热爱大地，不愿失去它。"

于是使者说："维拉确实不知道伊露维塔心中对你们有何计划，祂不曾揭示未来的一切。但我们确信，这里不是你们的家，阿门洲也不是，世界的范围内尽皆不是。人类必须离开的命运最初是伊露维塔赐下的礼物。死亡之所以变成人类的悲伤，只因它是在魔苟斯的阴影笼罩下来临，因此人类面对死亡时感到自己仿佛被极大的黑暗包围，而他们惧怕黑暗，于是有些人变得刚愎又骄傲，不肯顺从接受死亡，直到生命遭到剥夺。我们这些生灵承受的负担随光阴的流逝而加重，并不完全理解死亡一事，但倘若真如你们所说，死亡的悲伤又回来困扰你们了，我们担心那是魔影再度崛起，又在你们心中增长之故。因此，尽管你们是人类当中最优秀的杜内丹人，是

从那古老魔影下逃脱，又英勇抵抗过它的人，我们还是
要对你们说：当心！一如的意愿是不能被否定的。维拉
诚恳地嘱咐你们，你们蒙召唤而信靠，不要拒绝这信靠，
以免它很快又变成枷锁束缚你们。你们最好心怀希望，
相信即使最微不足道的渴望，最终也会有圆满结果。你
们对阿尔达的爱是伊露维塔放在你们心里的，而祂行事
不会毫无目的。然而，在祂的目的揭晓之前，人类可能
还要历经无数世代。到那时，祂不会对维拉，而会对你
们揭晓祂的计划。"

　　曼威的使者在塔尔－阿塔那米尔当政时来到。他是
努门诺尔的第十三代国王，努门诺尔王国传到他手上时，
已经延续超过了两千年，即便威势尚未达到巅峰，福乐
也已达到极点。

　　但使者的进言令阿塔那米尔感到十分不悦，他不予
理会，他的多数子民也都效仿，因为他们还是不想等候什
么希望，只盼望能在这一世就逃脱死亡。阿塔那米尔活到
极长的岁数，在失去一切福乐之后仍苟延残喘，直到昏庸
怯懦之时仍拒绝离世，拒绝把王权交给正当盛年的儿子。
他是第一个这么做的努门诺尔人。须知，努门诺尔王族在
悠长的一生中向来习惯晚婚，他们会在儿子长大成人、心
智成熟之时，交付统治管理之权，然后辞世。[9]

　　[因此，阿塔那米尔]又被称为"不情愿者"，因为
他是第一位拒绝放弃生命或逊位的国王。他一直活到昏

第二纪元　约1800年

庸，死亡强行降临到他身上。[10]

如别处所言，索隆于此纪元又在中洲崛起，势力增强，重操旧业作恶——他于此道曾受魔苟斯栽培，在其麾下成长壮大。早在努门诺尔第十一代国王塔尔－米那斯提尔在位时，索隆就已巩固魔多地区，在那里兴建了巴拉督尔，此后他便一直致力于掌控中洲，要做统治万王之王，成为人类的神。索隆痛恨努门诺尔人，既因他们的祖先曾对抗魔影，立下丰功伟绩，也因他们自古与精灵联盟，效忠维拉。他也念念不忘，过去他铸成至尊魔戒，对住在埃利阿多的精灵发动战争时，塔尔－米那斯提尔援助过吉尔－加拉德。现在，他得知努门诺尔诸王的威势与辉煌又见增长，更加憎恨他们。但他也畏惧他们，怕他们会侵略他的领域，夺取他在东方的统治权。不过，有很长一段时间他远离海岸，避在内陆，不敢挑战那些海国之王。[11]

2251 年　　塔尔－阿塔那米尔死亡。塔尔－安卡理
　　　　　蒙登基。[1] 努门诺尔人的叛乱和分裂
　　　　　开始。约在此时，九戒的奴隶那兹古
　　　　　尔（戒灵）首度出现。

努门诺尔第十四代君主：

塔尔－安卡理蒙

生于：第二纪元 1986 年

殁于：第二纪元 2386 年（400 岁）

统治时期：第二纪元 2221—2386 年（165 年）

此后阿塔那米尔的儿子塔尔－安卡理蒙登基为王，其

第二纪元　2251 年

想法作风正如其父。努门诺尔人在他统治的时代开始分裂。占多数的一边称为"国王派",他们愈来愈骄傲,并且疏远了埃尔达与维拉。占少数的一边称为埃兰迪利,"精灵之友",他们确实仍然效忠国王与埃尔洛斯家族,却希望与埃尔达保持友谊,并听从西方主宰的规劝。然而,就连他们这群自称"忠贞派"的努门诺尔人也没有完全摆脱族人的苦恼,同样为死亡的想法所困扰。

因此,西方之地的福乐开始衰减,但威势与辉煌仍在增长。因诸王与其子民尚未抛弃智慧,他们即便已经不再敬爱维拉,至少还心存畏惧。他们依旧将高桅大船导向东方,不敢公然违背禁令,逾越规定的界线。但他们心中对死亡的恐惧愈来愈强烈,并想尽一切办法拖延它。他们开始为死者兴建巨大的陵墓,与此同时,他们的智者不断努力,竭尽所能想发现召回生命的秘密,或至少找出延长人类寿命的方法。但他们只成功掌握了保存死人尸身不会朽烂的技艺,于是他们遍地修建死寂的坟墓,把死亡之念祀奉在黑暗中。[2]

有些人教导说,有一片魅影之地,充满了他们在尘世所知与所爱之物的幽灵,死者会带着他们拥有之物的影子去到该地的阴影中。[3]

活着的人更热衷于狂欢宴饮,愈发贪求更多的财货。

在塔尔-安卡理蒙统治的时代之后，将初熟的果实献给一如的仪式被忽略，人们几乎不再登上位于全地中央的美尼尔塔玛山顶那处圣地。[4]

国王派有很多人开始弃用精灵语，不再把精灵语教给自己的孩子。但王室头衔仍然用昆雅语来取，并非出于热爱，而是出于古老的习俗，担心颠覆旧日做法会招来噩运。[5]

索隆把其余的力量之戒统统夺到了手，他将这些戒指分发给中洲的其他种族，希望借此支配那些渴求秘密的力量以超越本族极限的人。他将七枚戒指给了矮人，给人类的却有九枚，因为此事乃至其他事务已经证明，人类最容易受他意志左右。[6]

托尔金在写给米尔顿·沃德曼的信中说："第二纪元伊始的整段时期，魔影一直在中洲东方增长，一步步扩大对人类的影响——随着精灵开始衰微，人类却愈发人丁兴旺。"[7]

索隆曾参与铸戒过程，因此他轻易腐化了自己控制的众戒。它们被下了诅咒，所有的戒指最后都出卖了它们的主人。不过事实证明，矮人确实坚韧不拔、难以驯服，他们不能忍受被旁人统治，内心的想法很难测透，

第二纪元　2251 年

他们也无法被转变成幽灵。他们只用戒指来聚敛财富。不过他们内心逐渐燃起了愤怒，以及对黄金的过度贪婪，这引来的邪恶，足够索隆从中渔利。据说，古代矮人王的七座宝库各奠立在一枚黄金戒指上，但那些宝库早就尽数遭到洗劫，被恶龙吞噬，而那七枚戒指，有的被烈焰销毁，有的被索隆收回。

事实证明，人类更容易受到诱骗。那些使用了九枚戒指的人类，在他们的时代里强大起来，成了古代的君王、法师和武士。他们获得了尊荣和大量财富，但这成了他们败坏毁灭的原因。他们看起来仿佛长生不死，但生命对他们而言变得不堪忍受。他们只要愿意，可以在光天化日之下行走，不被凡人肉眼看见。凡人看不见的那些世界，他们也可看见其中事物。但他们往往只看得见索隆的魅影与幻象。取决于他们原本的能力大小和起初的意念是行善还是作恶，他们或早或晚、一个接着一个，落入了自己所戴戒指的奴役，臣服于索隆拥有的至尊戒的支配。他们永久沦为除了统御之戒的持有者外无人可见的幽灵，进入了阴影的国度。他们便是"戒灵"那兹古尔，大敌最可怕的仆役。他们所到之处，黑暗如影随形，他们的号叫就是死亡的声音。[8]

但索隆向来狡诈，据说，他以九戒诱惑到手的人类中，有三名就是努门诺尔的贵族。[9]

努门诺尔的沦亡

托尔金在《魔戒同盟》里创造了戒灵的鲜明形象——在数百年后的第三纪元，他们出现在戴上了至尊戒的弗罗多眼前："那些人影极黑，看上去就像是在他们背后的浓重暗影中戳出的黑洞。弗罗多觉得自己听见了微弱的嘶嘶声，犹如毒蛇的呼吸，并感觉到一股尖锐刺骨的寒冷。……

"尽管别的东西全都跟之前一样昏暗漆黑，那些身影却变得惊人地清晰。他看得透包裹他们的黑衣。……他们惨白的脸上残忍的双眼锐利烁亮，斗篷下穿着灰色的长袍，灰白的头发上戴着银盔，枯槁的手里握着钢剑。他们朝他冲过来时，目光落到他身上，看透了他。"[10]

后来，在《双塔殊途》里，作者又借法拉米尔之口说出了戒灵的来历："据说，这些人类的首领是堕入黑暗与邪恶的努门诺尔人。大敌把力量之戒给了这些首领，从此吞噬了他们：他们变成了活着的鬼魂，恐怖又邪恶。"[11]

第二纪元 2251年

229

2280 年　乌姆巴尔成为努门诺尔的大要塞。

2350 年　佩拉基尔落成。它成为忠贞派努门诺尔
　　　　　人的主要港口。

　　于是，那段时期努门诺尔人首次在古老的中洲大地西岸兴建起规模庞大的移居地，因他们看自己的家乡像是缩小了，在那里得不到满足与安息。如今既然不能前往西方圣土，他们便渴望中洲的财富和统治权。他们兴建了壮观的港口与坚固的高塔，有很多人在那里定居。但他们如今不再是帮助者与教导者，而是成了王侯主宰，聚敛贡品。努门诺尔人的大船乘风东航，满载而归，诸

王的声威与权势都在增长。他们穿金戴银,纵酒宴乐。

　　这一切,精灵之友很少参与。如今只有他们还会前往北方和吉尔－加拉德的王国,与精灵保持友谊,帮助精灵对抗索隆……但国王派却远航至南方。尽管他们建立的王国与堡垒能在人类的传奇故事中找到很多痕迹,埃尔达却对它们一无所知。他们只记得佩拉基尔,精灵之友在安都因大河的河口上游兴建的港口。[1]

　　　　最初前往中洲"寻求财富和统治权"的努门诺尔人,由于索隆无情的野心和乌来力(那兹古尔在昆雅语中的称呼)的到来,不得不在沿海地区建造防御工事。

　　[索隆的]仆从乌来力——即"戒灵"——崛起之后,他的恐怖之力与对人类的统治全都达到惊人的程度,他便开始攻击努门诺尔人建在海边的坚固堡垒。[2]

　　精灵之友主要去西北部,但他们最坚固的根据地是安都因河口上游的佩拉基尔。国王派在乌姆巴尔和哈拉德以及大地海岸边的其他许多地方建立了领地。

　　与此同时,索隆慢慢地将自己的统治扩展到了中洲的大部分地区,但他的势力都向东延伸,因为努门诺尔人将他阻挡在了沿海地区之外。[3]

第二纪元　2350 年

在随后的年月里，努门诺尔人中被称为"国王子民"或"国王派"的人和那些对埃尔达保持着坚定不移的忠诚的"精灵之友"之间，分歧不断加深。

诸王及其追随者们渐渐摒弃了埃尔达语，最终，第二十代国王以努门诺尔语取了封号，自称"阿尔－阿督那霍尔"，"西方主宰"。在忠贞派看来，这是不祥之兆，因为该称号他们此前只用来称呼维拉中的一员，或大君王本人。[4]

于是，索隆的贪婪与骄傲日渐高涨，直到他目空一切，决心要当中洲万物的主宰，消灭精灵，可能的话，甚至还要促成努门诺尔的灭亡。他不能容忍别人拥有自由，更受不了别人与他对立，他自命是"大地的主宰"。彼时他若愿意，仍可戴上面具来欺骗人类的肉眼，让他们觉得他睿智而俊美，但只要武力和恐惧有效，他便倾向于利用这二者来统治。那些察觉到他的阴影在世界上蔓延的人，称他为"黑暗魔君"，给他命名为"大敌"。他再度纠集了所有尚存于世或潜藏地底的魔苟斯时代的邪恶生物，将它们收归自己统御。奥克听命于他，像苍蝇般滋生繁殖。于是，"黑暗年代"开始了，精灵称那段时期是"逃亡的岁月"。那时，很多中洲的精灵逃往林顿，从那里渡海西去，永不复返，还有很多被索隆及其爪牙消灭。但在林顿，吉尔－加拉德的势力仍在，令索隆暂时不敢翻越埃瑞德路因山脉，也不敢袭击海港地区。而且，吉尔－加拉德得到了努门诺尔人的援助。其余各地都沦入索隆统治之下，渴望自由的人躲进林中山里的要塞寻求庇护，而恐惧总是不放过他们。在东方和南方，几乎所有的人类都被索隆统治，他们在那段时期强盛起来，修建了诸多石墙重镇。他们人数众多，作战凶猛，装备铁刃铁甲。对他们而言，索隆是王也是神，他们对他极为畏惧，因为他用烈火环绕他的居处。[5]

2386 年　努门诺尔第十五代君主：

塔尔－泰伦麦提

生于：第二纪元 2136 年

殁于：第二纪元 2526 年（390 岁）

统治时期：第二纪元 2386—2526 年（140 年）

从此以后，国王名义上都是从父亲逝世开始统治，到自己逝世为止，尽管真正的权力往往旁落到儿子或谋

第二纪元　2350 年

臣手中。埃尔洛斯的后代的寿命在魔影下缩短了。据说努门诺尔第十五代君主之所以得名［泰伦麦提］（即"常持银者"），是因为他酷爱银子，"他命令臣属不断搜寻秘银"。[6]

2526 年　努门诺尔第十六代君主：

塔尔-瓦妮美尔德

生于：第二纪元 2277 年

殁于：第二纪元 2637 年（360 岁）

统治时期：第二纪元 2526—2637 年（111 年）

［塔尔-瓦妮美尔德］是第三位女王……她无心治国，更爱音乐和舞蹈，她的丈夫赫茹卡尔莫掌握了权力。他比她年轻，但从塔尔-阿塔那米尔这位祖先算起，亲缘辈分与她相同。

2637 年　努门诺尔的君主［篡位者］：

塔尔－安督卡尔（赫茹卡尔莫）

生于：第二纪元 2286 年

殁于：第二纪元 2657 年（371 岁）

统治时期：（**非法**）第二纪元 2637—2657 年（20 年）

　　赫茹卡尔莫在妻子死后篡夺了王位，自称塔尔－安督卡尔，夺走了儿子阿尔卡林的统治权。然而有人不承认他属于王室一脉中的第十七代国王，认为第十七代国王是阿尔卡林。

2657 年　努门诺尔第十七代君主：

塔尔－阿尔卡林

生于：第二纪元 2406 年

殁于：第二纪元 2737 年（331 岁）

第二纪元　2350 年

统治时期：（法律上）第二纪元 2637—2737 年（100 年）

（事实上）第二纪元 2657—2737 年（80 年）

由于他父亲赫茹卡尔莫（即所谓的塔尔-安督卡尔）
的篡位，塔尔-阿尔卡林只作为国王统治了 80 年。

2737 年　努门诺尔第十八代君主：

塔尔-卡尔马奇尔（阿尔-贝尔扎加尔）

生于：第二纪元 2516 年

殁于：第二纪元 2825 年（309 岁）

统治时期：第二纪元 2737—2825 年（88 年）

他之所以选了［塔尔-卡尔马奇尔］这个名号，是
因为他年轻时是位伟大的船长，在中洲沿海地区赢得了
广阔的土地。他因此引发了索隆的恨意，尽管如此，索
隆还是退却了，在东方远离海岸的地方发展势力，等待
时机。在塔尔-卡尔马奇尔统治的时期，人们首次用阿督
耐克语称呼国王的名号，他被国王派称为阿尔-贝尔扎
加尔。

2825 年　努门诺尔第十九代君主：

塔尔－阿尔达明（阿尔－阿巴塔里克）

生于：第二纪元 2618 年

殁于：第二纪元 2899 年（281 岁）

统治时期：第二纪元 2825—2899 年（74 年）

塔尔－阿尔达明是最后一位在登基时采用昆雅语名号的国王。[7]

第二纪元　2350 年

2899 年　阿尔－阿督那霍尔登基。

2899 年　努门诺尔第二十代君主：

阿尔－阿督那霍尔（塔尔－赫茹努门）

生于：第二纪元 2709 年

殁于：第二纪元 2962 年（253 岁）

统治时期：第二纪元 2899—2962 年（63 年）

在那段岁月里，笼罩努门诺尔的魔影变得更加深浓。

努门诺尔的沦亡

埃尔洛斯家族的诸王因着反叛，寿命开始缩短，但他们愈发铁了心要反抗维拉。第二十代国王继承先祖的权杖时，他以"西方主宰"阿督那霍尔的名号登基，抛弃了精灵语，并禁止众人在他面前说精灵语。但在《诸王史卷》中，他的名字仍以高等精灵语书写为赫茹努门，因为这是他们自古以来的传统，历代君主都不敢彻底打破这项规矩，以免招来厄运。然而他这个名号乃是维拉的头衔，在忠贞派看来太过骄傲。这一小群人的心在忠于埃尔洛斯家族与敬畏钦定大能者之间挣扎，矛盾不堪。但还有更糟糕的事等着他们。[1]

在他统治的时期，精灵语不再被人使用，也不准教学，但被忠贞派秘密保留下来，从此以后，很少有船从埃瑞西亚前来努门诺尔西岸，即便来也是秘密行动。[2]

而阿尔-阿督那霍尔果然开始迫害忠贞派，惩罚那些公开使用精灵语的人；埃尔达也不再前来努门诺尔。

尽管如此，努门诺尔人的威势与财富依然继续增长，然而随着他们对死亡的恐惧愈发加深，他们的寿命却愈发缩短，欢乐也离他们而去。[3]

第二纪元　2899 年

2962 年　努门诺尔第二十一代君主：

阿尔－辛拉松（塔尔－霍斯塔米尔）

生于：第二纪元 2798 年

殁于：第二纪元 3033 年（235 岁）

统治时期：第二纪元 2962—3033 年（71 年）

3033 年　努门诺尔第二十二代君主：

阿尔－萨卡索尔（塔尔－法拉斯西安）

生于：第二纪元 2876 年

殁于：第二纪元 3102 年（226 岁）

统治时期：第二纪元 3033—3102 年（69 年）

3102 年　努门诺尔第二十三代君主：

阿尔－基密佐尔（塔尔－泰伦纳）

生于：第二纪元 2960 年

殁于：第二纪元 3175 年（215 岁）

统治时期：第二纪元 3102—3175 年（73 年）[4]

[第二十三代] 国王阿尔－基密佐尔是忠贞派的死敌。在他统治的年代，白树无人照顾，开始凋零。他完全禁止人们使用精灵语，惩罚那些欢迎埃瑞西亚来船的人，当时精灵仍会悄悄前来努门诺尔的西岸。[5]

他什么也不尊崇，从不前往一如的圣地。[6]

如今，埃兰迪利多半住在努门诺尔的西部地区，但阿尔－基密佐尔把他能查获的忠贞派尽数强制由西迁到东边居住，并派人监视。因此，后期忠贞派主要居住在罗门娜港口附近，有很多人从那里航行前往中洲，目标是北方海岸，在那里他们仍然可与吉尔－加拉德王国中的埃尔达交谈。国王们对此心中有数，但只要埃兰迪利一去不归，他们也不加妨碍。他们称埃瑞西亚的埃尔达是维拉的奸细，希望子民跟埃尔达断绝一切友谊来往，冀望自己的作为与图谋能瞒过西方主宰。但曼威清楚他们所做的一切，众维拉对努门诺尔的君主们大为愤怒，从此再也不给他们建议与佑护。埃瑞西亚的船再不曾从日落的方向驶来，安督尼依的海港遭到弃置，一片荒凉。

王室之外的贵族当中，以安督尼依亲王地位最高，因为他们出身埃尔洛斯一脉，始自努门诺尔第四代君主塔尔－埃兰迪尔的女儿熙尔玛莉恩。历代亲王都效忠并且尊重国王，安督尼依亲王一直都是国王最主要的顾问之一。但是，他们也从一开始就对埃尔达怀有特别的爱，并尊崇维拉。魔影增长时，他们竭尽所能帮助忠贞派。但很长一段时间他们都未公开言明立场，而是宁可用更贤明的建议来导正掌权诸王的心意。

基密佐尔国王娶了印齐尔贝丝为妻。印齐尔贝丝以美貌闻名，她母亲林朵瑞依是埃雅仁都尔的妹妹，而埃雅仁都尔是阿尔－基密佐尔的父亲阿尔－萨卡索尔在位期间的安督尼依亲王。印齐尔贝丝对缔结这桩婚姻并不情愿，她因母亲的教导，内心其实是一位忠贞派，但国王及其儿子们已经变得骄傲，容不得任何人违逆心意。阿尔－基密佐尔和王后之间没有爱，两个儿子之间也无手足之情。长子印齐拉顿外貌与内心都像母亲，但幼子基密卡德却像父亲，论起骄傲与刚愎更是有过之而无不及。假如法律许可，阿尔－基密佐尔就会把王位传给幼子而不是长子。[7]

3175 年　塔尔－帕蓝提尔痛悔前非。努门诺尔发
　　　　　生内战。

努门诺尔第二十四代君主：

塔尔－帕蓝提尔（阿尔－印齐拉顿[1]）

生于：第二纪元 3035 年

殁于：第二纪元 3255 年（220 岁）

统治时期：第二纪元 3175—3255 年（80 年）[2]

印齐拉顿登基后，循旧例为自己取了精灵语名

号——塔尔-帕蓝提尔,因他的目力与心智都堪称"远见",就连恨他的人也怕他那含有真知灼见的言语。[3]

塔尔-帕蓝提尔后悔之前诸王的所作所为,本来会欣然重拾与埃尔达和西方主宰的友谊。[4]

他让忠贞派过了一段平安的日子,并再度按着时节前往美尼尔塔玛山上一如的圣地献祭,此举是阿尔-基密佐尔弃置不行的。他也再次怀着敬意照顾白树,同时预言道:一旦白树死去,诸王的血脉亦将断绝。但他的悔悟已经太迟,无法平息维拉因其父祖的冒渎而生的愤怒,并且他的国民多数也未忏悔。此外,基密卡德[国王的弟弟]强壮又蛮横,他[沿袭阿尔-基密佐尔的举措]率领那群向来被称为"国王派"的人,尽可能大胆公开地反对兄长,私下里做得就更多。因此,塔尔-帕蓝提尔心怀哀伤,郁郁寡欢,他会花很多时间待在西边,经常登上国王米那斯提尔在安督尼依附近的欧洛米特山上所建的古老高塔,从那里渴切地向西凝视,盼望或许可以见到海上有船驶来。但再也没有任何船只从西方前来努门诺尔,阿瓦隆尼也被云雾遮蔽。[5]

此外,他一生中有很长时间在安督尼依度过,因为他的外祖母林朵瑞依是亲王家族出身,实际上就是第十五代亲王埃雅仁都尔的妹妹。在塔尔－帕蓝提尔统治的时期，安督尼依亲王是他的表亲努门迪尔，而埃雅仁都尔是努门迪尔的祖父。[6]

［塔尔－帕蓝提尔的弟弟］基密卡德在还差两年就满两百岁时去世（这即便在埃尔洛斯一脉渐渐衰落的年代里也要算早死），但他的死并未给国王带来安宁。基密卡德之子法拉宗［国王的侄子］已经变得比父亲更浮躁，也更贪求财富与权力。[7]

［阿尔－法拉宗］是个酷似初期君主形象的人，既俊美又高大强壮。他年轻的时候，在心智上与古代的伊甸人也确实没有不同，不过，正如后来显示的，当他被父亲的意见和人民的赞誉腐化时，他有强大的［勇气和］意志，却没有智慧。他早年与后来成为安督尼依亲王的阿门迪尔结为挚友，他也很喜欢与他有亲戚关系的维蓝迪尔家族（即他祖母印齐尔贝丝的家族）。他经常去他们那里做客，他的表姐辛拉斐尔［精灵语名字是弥瑞尔］也会来，她是后来成为国王塔尔－帕蓝提尔的印齐拉顿的女儿。[8]

辛拉斐尔……是一位非常美丽的女子，她［？身材］比岛国的大多数女人都娇小，双眼明亮有神……她比法拉宗大一岁，但看起来比他年轻……

第二纪元　3175 年

245

阿门迪尔的弟弟埃兰提尔爱慕［弥瑞尔］，但是，她第一次看见法拉宗时……他年轻气盛，风华正茂……法拉宗在屋前的台阶上受到众人的问候欢迎……她的目光和心思都转向了他，因为他的俊美，也因为他的财富。

［法拉宗］离去，［弥瑞尔］依旧未婚。[9]

［法拉宗］经常出海，领导努门诺尔人攻打中洲的海滨地区，寻求扩张统治人类的范围。他由此称雄海陆两方，赢得了卓著声名。因此，他听闻父亲的死讯，回到努门诺尔，便成为人心所向，因他带回了大量的财富，彼时慷慨非常。[10]

塔尔－帕蓝提尔因哀伤而心力交瘁，终于崩殂。他［结婚很晚］没有儿子，只有一个女儿［于3117年出生］，他用精灵语为她取名弥瑞尔。按照努门诺尔的法律，她理当继承王位。但法拉宗强娶了她。此举之恶有二：一是违背了她的意愿，二是违反了国法——努门诺尔的法律禁止二亲等内通婚，王室也不例外。他们结婚之后，法拉宗将权杖夺到自己手中，取名号为阿尔－法拉宗（精灵语是塔尔－卡理安），并将王后改名为阿尔－辛拉斐尔。[11]

3255 年　黄金之王阿尔-法拉宗夺取王权登基。

努门诺尔的君主：

塔尔-弥瑞尔（阿尔-辛拉斐尔）

生于：第二纪元 3117 年

殁于沦亡：第二纪元 3319 年（202 岁）

统治时期：她理当成为努门诺尔的第二十五代君主，但她没有继承她父亲传下来的王位，因为她将王位交给了阿尔-法拉宗。

第二纪元　3255 年

在第二纪元 3319 年，从阿尔-法拉宗开始
进攻维林诺到努门诺尔最终陆沉的这段短暂时间
里，她应担任摄政女王。

3255 年　努门诺尔第二十五代君主：

阿尔-法拉宗（塔尔-卡理安）

生于：第二纪元 3118 年

殁于沦亡：第二纪元 3319 年（201 岁）

统治时期：（篡位）第二纪元 3255—3319 年（64 年）

自努门诺尔立国以来，历代掌握海国之王权杖的国
王当中，"黄金之王"阿尔-法拉宗是权势最大也最骄傲
的一位；在他之前共有二十四位男女君王统治过努门诺
尔，他们如今躺在黄金棺床上，长眠在美尼尔塔玛山下
深处的王陵中。[1]

他所渴望的，是至少也要统治世界的权力。[2]

只有埃兰迪利["精灵之友"，"忠贞派"]不屈从

[阿尔-法拉宗],还敢开口反对他的意愿。那时,他们的领袖是安督尼依亲王阿门迪尔这件事虽未公开宣布,但变得尽人皆知。因此,阿尔-法拉宗迫害忠贞派,剥夺他们所拥有的一切财富,他还剥夺了维蓝迪尔家族继承人的贵族身份。[3]

接着他霸占了安督尼依,使其成为国王船只的主要港口,又命令阿门迪尔亲王住到罗门娜去。不过他没有在其他方面骚扰阿门迪尔,也没有把阿门迪尔从他的议会中开除。因为在他年轻的时候(在他父亲腐化他以前),阿门迪尔曾是他的挚友。[4]并且,阿门迪尔也受到许多并非埃兰迪利的人的爱戴。[5]

托尔金在 1951 年写给米尔顿·沃德曼的信中描述了降临到努门诺尔人身上的变化:[6]

努门诺尔在历代长寿的伟大国王领导下,财富、智慧和荣光都不断增长。努门诺尔诸王是埃雅仁迪尔之子、埃尔隆德的兄弟埃尔洛斯的正支子孙。"努门诺尔的沦亡"便是人类(或者说是复兴的人类,但仍是凡人)的第二次堕落,并带来了毁灭性的结局。这不仅是第二纪元的结束,还是古代世界——传奇中的太初世界(设想为有边界的平面世界)——的结束。随后,第三

第二纪元 3255 年

纪元开始，这是一个微光中的纪元，一个"中间纪元"（Medium Aevum），崩坏并被改变的世界首度登场。拥有可见的完整肉身的精灵，他们残留的领域最后一次存世，邪恶也最后一次以单一的肉身形体现身统治。

［后来］**沦亡**的原因，部分在于人类内在的弱点——你可以说，这是第一次**堕落**（这些传说中并未记载）的必然结果，他们忏悔了，最后却未得彻底恢复。对人类来说，尘世中的奖赏比惩罚更危险！索隆狡猾地利用了这个弱点，促成了人类的堕落。它的中心主题是一道禁令，或一个禁忌（我想，这在人类的故事里不可避免）。

从努门诺尔人的居住地，可远远眺望到"不死之地"埃瑞西亚岛的最东端。努门诺尔人身为唯一会说精灵语的人类（这种语言他们在结盟的岁月里习得），与古时的朋友和盟友——既来自蒙福的埃瑞西亚，也来自中洲海滨的吉尔－加拉德的王国——都保持着联系。因此，他们不只是外表，就连心智的力量都变得与精灵几乎不相上下——但他们尽管被奖赏了三倍或三倍以上的寿命，仍是必死的。这项奖赏导致了他们的沦亡——或者说，成了诱惑他们的途径。长寿令他们在艺术和智慧上成就非凡，但也让他们萌生了占有这些事物的态度，唤醒了盼有更多时间享受的渴望。部分预见到这一点的诸神，在一开始就给努门诺尔人设下一条禁令：他们永不可航行前往埃瑞西亚，也不可向西航行到看不见自己土地的地方。其他任何方向他们都可随意而行。他们绝不可涉足"不死之地",以免违背他们的法则,也就是伊露维塔(造物主)赐给他们的特殊命运或礼物,迷恋上(尘世中的)不朽不死。事实上,他们天生的本质无法承受不朽不死。[1]

他们从恩典中堕落的过程分三个阶段。先是默认,虽然不全然理解,但心甘情愿地自由顺从。接下来很长一段时间,他们心不甘情不愿地服从,但越来越公开地抱怨。最后,他们反叛了——国王派和反叛者跟一小批受迫害的忠贞派之间产生了嫌隙。

第一个阶段,他们是爱好和平的人类,将勇气投注在航海上。身为埃雅仁迪尔的后裔,他们成为无与伦比的水手,由于被禁止往西,他们便航向极北、极南和极东。他们最常去中洲的西岸,在那里帮助精灵和人类对抗索隆,也招致索隆无穷无尽的憎恨。在那段时期,他们去到"野蛮人类"当中,是几近神明的施恩者,带去了艺术和知识作为礼物,然后再次离去——在身后留下诸多从日落之处而来的君王与神明的传奇。

---

1 这个观点(后来以拥有魔戒一段时间的霍比特人为例,清楚重现)认为,每个"物种"有其天生的寿命,与其生理和精神的本质浑然一体。这种天生的寿命无论质还是量都无法真正**增加**,因此延长存活时间就像将一段金属丝不断拉长,或"把黄油越抹越薄",这会变成无法忍受的折磨。

第二个阶段，是骄傲、荣光、对禁令百般不满的年代，他们不再追求福乐，而是开始追求财富。逃避死亡的渴望催生了死亡的祭仪，他们将大量的财富与技艺挥霍在坟墓和纪念碑上。他们那时在中洲西部海岸建立了定居地，然而这些定居地其实变成了谋求财富的贵族的堡垒和"工厂"，努门诺尔人成了税吏，用他们的大船运走越来越多的财物，渡海而去。努门诺尔人也开始铸造武器和机械。

　　这一阶段结束后，最后一个阶段来临，它以埃尔洛斯一脉的［第二十五代］君主、黄金之王塔尔－卡理安［阿尔－法拉宗］登上王位开始。诸王当中，以他为最强大、最傲慢。

3261 年　阿尔-法拉宗出海远航，在乌姆巴尔登陆。

如今索隆知道了努门诺尔的分裂，考虑着如何利用这一点来实现自己的复仇。因此，他开始袭击努门诺尔人的港口和堡垒，并入侵他们统治下的海岸地区。如他所料，此举激得国王勃然大怒，决心向强大的索隆挑战，争夺中洲的霸主地位。[1]

努门诺尔的水手带回了有关索隆的传言。有人说他是比努门诺尔的王更伟大的君王；有人说他是诸神之一，或是他们的子孙，被派来统治中洲。少数人报告说，他是邪恶的神灵，也许就是魔苟斯本人归来。但这被认为只是野蛮人类的无稽之谈……诸神给国王传讯，并通过智者之口劝说他不要出行。因为他们说，索隆如果前来，就将作恶。[2]

[阿尔-法拉宗]坐在阿美尼洛斯城中精雕细刻的宝座上，威势显赫，心中却阴郁筹谋，想着战事，因他在中洲时已经得知索隆王国的势力及索隆对西方之地的憎恨。

如今，那些从东方回来的船主与船长觐见他，报告说自从阿尔-法拉宗离开中洲，索隆便放开手脚，步步逼近沿海的城镇。索隆现在自封为"人类之王"，宣称要把努门诺尔人赶下海去，只要可能，连努门诺尔王国也一并摧毁。

阿尔-法拉宗闻讯大怒；他既密谋日久，已是满心渴望不受限制的权力，意欲独自一统天下。他没有征询维拉的意见，也不依靠他人的智慧，而是自作主张，决定"人类之王"的称号非他莫属，并要迫使索隆臣服于他。因他骄傲自大，认定任何王者的声威都不应壮大到堪与埃雅仁迪尔的继承人一争高下。因此，那时他开始制造大批兵器，建造诸多战舰，上面载满武器。[阿尔-法拉宗准备了五年，]待到一切准备停当，他便亲自率领大军航向东方。

沿海的人看见从日落之处驶来[阿尔-法拉宗的]如染朱赤之色、闪烁金红之光的舰队，恐惧之下，纷纷远逃。舰队最后在名为乌姆巴尔的地方靠岸，它是属于

努门诺尔的沦亡

努门诺尔人的庞大天然海港。[3]海国之王率军在中洲行进，所经之地一律杳无人迹，鸦雀无声。法拉宗旗帜招展、号声不断地行军七日，来到一座山丘，他上到山头，将自己的行营和王座安设于此。他坐镇这片土地的中央，大军的营帐围绕着他四散排开，有蓝、有金、有白，仿佛一片茎秆修长的花朵。接着他派出传令使者，命令索隆前来对他宣誓效忠。

索隆来了。他从雄伟的巴拉督尔高塔前来，无意开战。因为他看出海国之王的威势与力量超过一切传言，就算派出手下最厉害的仆役，恐怕也是凶多吉少，他意识到，收拾杜内丹人的时机未到。他非常狡猾，明白要赢得想要的，不能力敌时可以智取，而他精于此道。于是他恭顺地来到阿尔－法拉宗面前，花言巧语一番。众人无不惊奇，因他所言竟似字字珠玑又博学厚理。

不过，阿尔－法拉宗尚未受骗，他心中起念，觉得为了更好监管索隆，确保他发誓效忠有效，应当把他带回努门诺尔做人质，如此便可既扣住他，也扣住他在中洲的全部仆从。索隆表面像是被迫答应，暗地里却乐不可支，因为国王此举正中他下怀。[4]

"如此判决着实难以接受，"索隆说，"但是伟大的君王自当遂心如意。"他表现得像是被迫服从，掩饰着自己的喜悦，因为事情已经按照他的构想发展了。[5]

第二纪元 3261 年

3262 年　索隆作为阶下囚，被带回努门诺尔。
　　　　 3262—3310 年间，索隆蛊惑国王，引
　　　　 诱努门诺尔人堕落。

　　心知力敌无望而想智取的索隆于是暂离中洲[1]……
索隆渡海来到努门诺尔，见到了繁荣时期的阿美尼洛斯
城，他大为震惊，内心的嫉妒与憎恨愈发强烈。

　　然而，索隆心思狡诈，言语巧妙，他那秘密图谋的
力量也十分惊人，不到三年，他已成为国王最亲近的机
密重臣，因他谄媚阿谀的甜言蜜语不绝于口，又知晓许
多人类尚未见识的事物。[2]

　　索隆极具智慧，知识渊博，他可以想出貌似有理的

努门诺尔的沦亡

话语来说服所有的人，只有最警惕的人才会提防他。彼时他只要愿意，仍可以俊美的容貌显现……

"伟大的君王自当遂心如意"——这是他所有建言的主旨。他说，国王无论想要什么都是他的权利，并且他还制订了计划，使国王能获得这些权利。[3]

所有的顾问看见索隆受国王宠信，都开始巴结奉承索隆，唯独安督尼依亲王阿门迪尔不为所动。于是，整个国家慢慢发生了变化，精灵之友的内心十分痛苦，他们当中有很多人因恐惧而离开，留下的尽管仍自称忠贞派，但对头却称他们是叛徒。因为如今已抓住众人注意力的索隆，运用各种诡辩来否定维拉的一切教导。他让人们以为，在世界的东方甚至西方，还有很多蕴藏着无数财富的海洋与大地等着他们去征服。即便他们最后真的行遍了大地与海洋，在那之外还有"古老的黑暗"。"世界就是从这古老的黑暗中创造出来的。唯独黑暗值得崇拜，其主宰或许还会创造其他的世界，赐给那些侍奉他的人，如此他们的权势就将永无穷尽地增长下去。"

阿尔-法拉宗问："谁是黑暗的主宰？"

于是，索隆在重门深锁后向国王进言，谎称道："如今无人提起他的名号。因维拉在有关他的事上欺骗了你们，他们抛出一如的名字，那是他们存心捏造出来的幻影，谋求以此捆绑人类做他们的奴隶——他们就是这位

第二纪元　3262 年

257

一如的圣使，而这位一如说的尽是他们自己的意思。但那位黑暗的主宰才是他们的主人，他终将取胜，把你们从那幻影中解救出来。他名叫米尔寇，'万物的主宰'、'赐予自由者'，他将把你们变得比维拉更强。"

于是，阿尔-法拉宗转身崇拜黑暗，以及黑暗的主宰米尔寇；起初他还秘密行事，但没多久就当着臣民的面公开进行。于是，大多数人起而效仿。但是，如前所述，国中仍有一些残余的忠贞派，他们居住在罗门娜及其近郊，还有少数散居全国各地。这些人当中，为首的是国王的顾问阿门迪尔亲王以及他儿子埃兰迪尔，他们是邪恶年代中众人的榜样与勇气来源。埃兰迪尔有两个儿子，伊熙尔杜与阿纳瑞安，按那时努门诺尔的标准，他们还是年轻人。阿门迪尔与埃兰迪尔都是伟大的船长；他们是埃尔洛斯·塔尔-明雅图尔的后代，不过不属于阿美尼洛斯城中王冠与宝座所属的执政家族。阿门迪尔和法拉宗二人在年少时曾经十分亲近，尽管阿门迪尔是精灵之友，但他在索隆到来之前一直都是国王的顾问。如今他遭到了罢黜，因索隆在全努门诺尔中最恨的就是他。由于他出身十分高贵，又曾是大有能力的船长，仍受很多子民的尊崇，才使国王和索隆尚不敢对他下手。

因此，阿门迪尔退隐到罗门娜，将自己依旧信任的忠贞派全都秘密召唤到该处，他担心今后邪恶将会急速增长，所有的精灵之友都已身处险境。果然，这事迅速应验。在那段时期，美尼尔塔玛山彻底被遗弃。虽然就连索隆也不敢去玷污那处高地，但国王禁止任何人上山，连那些心系伊露维塔的忠贞派也不行，违令就要处死。索隆还催促国王砍倒生长在王宫庭院中的白树——"玉树"宁洛丝，因那树是对埃尔达与维林诺之光的纪念。

国王起初不同意，因他相信王室的运势就如塔尔-帕蓝提尔所预言的，跟白树息息相关。因此他如今明明痛恨埃尔达与维拉，却仍愚蠢地徒然死抱着努门诺尔昔日忠诚的幽影不放。但阿门迪尔风闻索隆的邪恶企图，痛感锥心之余，知道索隆最后一定会得逞。于是，他回想维林诺双圣树的故事，将它讲给儿子埃兰迪尔与两个孙子听。伊熙尔杜什么也没说，但在夜里出去立下了一件日后名闻遐迩的功绩。他乔装掩饰后独自前往阿美尼洛斯，去到如今禁止忠贞派接近的王宫庭院，潜至索隆下令禁止任何人靠近的白树所在，那树现在日夜都有听命索隆的卫士看守。那时正值深秋，宁洛丝十分黯淡，没有开花，它的寒冬也已临近。伊熙尔杜躲过守卫，从白树枝头摘下一颗果实，转身就走。然而他被惊动的守卫群起围攻，杀出重围，一身是伤。他逃了出来，又因改装未被识破，所以无人知晓染指白树的是谁。伊熙尔杜最后勉力回到罗门娜，将果实交到阿门迪尔手里，便倒地不起。于是，果实被秘密种下，并且受到阿门迪尔的祝福。春天来临时，它开始生长发芽。当它长出第一片

第二纪元　3262年

259

叶子，久卧病床、性命垂危的伊熙尔杜也起了身，不再受伤痛折磨。

这件事做得可谓及时。因攻击事件后，国王听从了索隆的要求，砍倒白树，完全背弃了先祖的忠诚。又按索隆的主张，在努门诺尔的金色王城阿美尼洛斯中央的山丘上，建起了巨大的神庙；神庙的基座是圆的，直径五百呎，墙厚五十呎，高五百呎，上方建成一个巨大的圆顶。整个圆顶覆银，在阳光下闪烁生辉，远远就可望见。但那光芒很快就黯淡了，银子也变黑了。因为在神庙中央有一座燃烧的祭坛，在圆顶中央最高处开有天窗，大股浓烟由此冒出。索隆在祭坛上点燃的第一把火，就是被砍下的宁洛丝，白树在噼啪声中化为灰烬。刺鼻的浓烟令众人吃惊不已，全地笼罩在这团烟云中长达七日，直到它慢慢飘去了西方。

此后坛上的火与烟再未停止，因索隆的力量日益增强，众人在神庙里以血腥、酷刑与极邪恶的方式向米尔寇献祭，求他拯救他们脱离死亡。他们最常从忠贞派中挑选牺牲者，但控告的罪名从不明说是他们不拜"赐予自由者"米尔寇，而是他们恨恶国王、阴谋叛国，或散布谎言与毒计谋害同胞。这些罪名大多数是捏造的。在那些苦难的年日里，仇恨引发了更多的仇恨。

但死亡并未因这一切而离开这片土地，反而以各种狰狞的形貌来得更快更频繁。从前人们是慢慢老去，最后

厌倦世界时便躺下长眠，但现在他们遭到疯狂与疾病的侵袭。然而他们还是恐惧死亡，害怕进入他们选认的主宰所统辖的黑暗，他们在痛苦中诅咒自己。那段时期，人们变得敏感易怒，随时携械在身，为了琐碎缘故互相砍杀。而索隆和那些被他拉拢的人前往各地，挑起人和人之间的争端。于是民众发牢骚抱怨国王和领主，乃至任何拥有他们没有之物的人，而当权者则予以残忍的报复。

尽管如此，仍有很长一段时间，努门诺尔人觉得本国兴旺繁荣，他们即便没变得更幸福，至少变得更强盛，富人变得越来越富。因为在索隆的帮助与建议下，他们拥有的财富倍增，他们发明了机械，造的船也越来越大。如今他们全副武装航向中洲，不再带去礼物，甚至也不再谋求统治，而是凶狠地发动战争。他们追杀中洲的人类，抢夺货财，奴役他们，还把很多人残酷地宰杀在祭坛上。因那段时期他们在自己的堡垒中也建起了神庙与巨大的陵墓。中洲的人类惧怕他们，有关古代仁慈君王的记忆被诸多恐怖的传说抹杀，从这片大地上褪逝了。

于是，"星引之地"的国王阿尔－法拉宗成了世间继魔苟斯之后威势最强的暴君，然而背后其实是索隆在统治一切。[4]

他对岛国绝大多数人心的影响力极大，乃至若他愿意，或可亲自登基称王，但他一心只想给努门诺尔带来

第二纪元　3262 年

毁灭。因此，他对国王说："现在您只差一样东西就能成为世界上最伟大的君王，就是永生不死，西方那些骗人的大能者出于恐惧和嫉妒而扣留了它。但是，伟大的君王当夺回他们的权利。"阿尔-法拉宗思量着这些话，但他很长时间都因恐惧而踌躇不决。[5]

但是，岁月流逝，国王年事渐长，开始感到死亡的阴影逼近，内心充满了恐惧与愤怒。索隆筹谋并等候多年的时机终于来临了。他向国王进言，说国王的力量如今极其强大，到了可以随心所欲支配一切，不必听从任何命令或禁令的地步。

索隆说："维拉基于自己的贪婪，占据着那块不死之地，欺骗你们有关那地的事，竭力隐藏它，害怕人中王者会从他们手中夺取那地，取代他们统治世界。不过，长生不老这项礼物肯定不是人人能得，而是只给那些有价值的人，那些家世高贵、强大自豪的大人物。但是，连万王之王，大地上有史以来最伟大的人类子孙，只有曼威差可比较的阿尔-法拉宗，也没有得到这个他当得的礼物，这违反了一切正义。不过，伟大的君王不会容忍拒绝，而是该拿的就拿。"

于是，因着昏庸，因着死亡阴影临头、寿数将尽，阿尔-法拉宗听从了索隆。他心里开始盘算如何兴兵攻打维拉。[6]

努门诺尔的沦亡

3310 年　阿尔－法拉宗开始组建无敌舰队。[1]

[阿尔－法拉宗]开始为进攻维林诺准备庞大的舰队，规模远超他前往乌姆巴尔时带去的舰队，就像努门诺尔的大型帆船远胜过渔民的小船。[2]

这计划他暗暗预备了很长时间，但无法瞒过所有的人。阿门迪尔察觉了国王的意图，震惊之余心中充满了极大的恐惧，他知道人类不可能以战争征服维拉，如果不阻止这场战事，世界必遭毁灭。因此，他召来儿子埃兰迪尔，对他说：

"时局昏暗，人类已经没有希望，因忠贞派所剩无几。因此，我决定尝试一次我们的祖先埃雅仁迪尔在古时采用的策略，不顾禁令驾船航向西方，向维拉陈情，如果可能，甚至向曼威本人恳求，求他在一切不可挽回之前伸出援手。"[3]

"如此一来，你岂不就背叛了国王？"埃兰迪尔说，"你明知他们指控我们是背叛者与奸细，但直到如今那都还是捏造的。"

"我若真以为曼威需要报信的使者，就会背叛国王。"阿门迪尔答道，"唯有一种忠诚是无论何故都必须坚守于心，不可推诿的。但我只是要去恳求维拉怜悯人类，将人类从'欺骗者'索隆手中拯救出来。毕竟，人类当中还有一些保持了忠诚。至于破坏禁令，我个人会承担一切惩罚，以免我的子民都沦入罪中。"

"但是，我父啊，万一此举被人知悉，你可想过这将为你留在身后的家人招来何等的祸患？"

"绝不能走漏风声。"阿门迪尔说，"离去之事我会秘密准备，先向东航行，前往平日离港船只所去之处，然后，等到风向与机会许可，我会掉头，经由北方或南方绕回西方，找寻我要找的。我儿，关于你与你的子民，我建议你准备好你们的船，将你们心里割舍不下的一切都装上船去。船都预备好之后，你要停泊在罗门娜港，向众人说明你的目的，等你认为时机到了，就跟随我航向东方。对我们那位坐在王座上的亲戚而言，阿门迪尔已经不那么重要了，如果我们想离去，无论是暂时还是永远，他都不会难过的。但别让他觉得你打算带走很多人，否则他会不满，因为他正计划发动的那场战争会需要一切他能召聚的兵力。你要找出那些仍是真正忠心的忠贞派，如果他们愿意跟你走，就让他们秘密加入你的行动，参与你的计划。"

"什么样的计划？"埃兰迪尔问。

"袖手旁观，切勿插足战事。"阿门迪尔答道，"在我归来之前，我也没有别的建议了。但你们很可能会在无星引导的情况下逃离星引之地，因这地已被玷污。如此一来，你们将失去所爱的一切，在人生中预先尝到死亡，在他乡找寻流亡的落脚处。但那地在东在西，唯独维拉知道。"

于是，阿门迪尔如同一个将死之人向所有的家人道别。他说："因为你们很可能再也见不到我了。我也不可能像很久以前埃雅仁迪尔那样，向你们显示什么预兆。但你们要随时准备好动身，我们熟悉的这个世界，末日已是近在眼前。"

据说，阿门迪尔带着三个最贴心的仆人，在夜间驾着一艘小船出发，先航向东，然后掉头往西驶去。从此，这世上再无他们的音讯，也没有任何故事或猜测提到他们的命运。人类不可能第二次借由这样的使者获救。努门诺尔的背叛，无法轻易被赦免。

另一方面，埃兰迪尔做了父亲吩咐的一切，他的船

第二纪元 3310 年

都停在那地的东岸。忠贞派将他们的妻子、儿女、传家宝和大批货物都送上了船。货物中有很多美丽又具有力量之物，是努门诺尔人在其智慧年代中发明创作的，包括器具与珠宝，用红墨与黑墨记载着各种学问的卷轴。他们还有埃尔达所赠的"七晶石"，伊熙尔杜的船上守护着玉树宁洛丝的后裔，那棵小白树。就这样，埃兰迪尔随时准备动身，不跟那些日子里的邪恶行径有任何牵扯。他一直在寻找预兆，却始终不见它显现。于是，他偷偷前往西边海岸，眺望大海，因他深爱父亲，内心充满了悲伤与渴望。但是，除了阿尔－法拉宗集结在西边各处海港的舰队，他什么也没看见。

过去，努门诺尔岛的天气总是适合人类的需要和喜好：雨水适时，不多不少，阳光普照，不冷不热，和风徐徐，来自大海。风从西方吹来时，很多人觉得其中盈满飘忽但甜美的芳香，沁人心脾，仿佛来自常青不枯的草地上那些永远盛开的花朵，它们在人间没有名字。但如今一切都变了：天空变得阴沉，那段日子常有暴雨、冰雹和狂风。努门诺尔的大船不时沉没，不得归港，自埃雅仁迪尔之星升起以来，还是首次发生这样的惨剧。在傍晚时分，西方不时飘来形如鹰隼的庞大乌云，双翼伸展直抵南北，它会缓慢逼近，遮蔽落日，随后漆黑的夜晚便会笼罩努门诺尔。有些大鹰的翅膀底下挟着闪电，雷声回荡在大海与乌云之间。

努门诺尔的沦亡

于是，人们开始害怕了，大声喊道："看啊！西方主宰的大鹰！曼威的大鹰来袭击努门诺尔了！"他们都吓得伏倒在地。

那时有少数人暂时懊悔了，但大多数则是铁了心肠，他们对空挥拳，说："西方主宰已经密谋对付我们，还率先出手。接下来就该我们还击了！"国王自己就作此言，但背后的策划者是索隆。

如今，频繁的闪电打死在山丘、田野以及城中街道上的人。一道充满火光的霹雳劈在神庙的圆顶上，圆顶碎裂，被烈火围裹，但神庙本身不动分毫。索隆站在山顶，不惧闪电，并且毫发无伤。在那一刻，人们异口同声称他为神，听命行他一切意欲之事。因此，当最后一个恶兆来临，无人予以理会。大地在他们脚下震动、呻吟，如同地底传出闷雷，又夹着大海翻腾的怒吼，美尼尔塔玛山顶冒出了浓烟。然而阿尔－法拉宗愈发加紧整军备战。

第二纪元　3310 年

3319 年　阿尔－法拉宗进攻维林诺。努门诺尔沦亡。埃兰迪尔偕同两个儿子逃脱。[1]

　　彼时，努门诺尔的舰队黑压压地覆满了岛国西边的海域，仿佛成千上万的小岛组成的群岛。根根桅杆犹如群山之上的森林，片片风帆好似铺满天空的云朵，旗帜是金黑两色。万事俱备，只等阿尔－法拉宗一声令下。索隆退入神庙最内层的中心，人们已为他带来火焚献祭的牺牲者。

　　西方主宰的大鹰在日暮时分来临，它们列阵在天，仿佛预备开战，前进的行列远不见尾，翅膀随着飞近越张越宽，攫住了天空。整个西方在群鹰背后燃烧得一片赤红，它们在天空下闪着炽烈的光芒，仿佛一团团狂怒的火焰，努门诺尔全境像是被闷烧的火照亮。人们望向同伴的面孔，只见他们似乎个个怒得满脸通红。

于是，阿尔－法拉宗铁了心肠，登上巨舰"海上城堡"阿尔卡龙达斯。这条金黑两色的船拥有诸多划桨与桅杆，船上设有阿尔－法拉宗的宝座。他穿上全副盔甲，戴上王冠，命人升起旗帜，下令全军拔锚开航。努门诺尔的号角在这一刻万声齐发，胜过雷响。

就这样，努门诺尔的舰队顶着西方的威胁出发了。海上几乎无风，但他们挥舞着皮鞭，驱使众多强壮的奴隶奋力划桨。太阳完全沉落，天地间一片死寂。黑暗笼罩了陆地，大海静止，与此同时，世界等候着未知的命运降临。舰队慢慢驶出了港边观望者的视野，船上的灯火一一逝去，黑夜吞噬了他们。到了早晨，他们已经不见踪影。因夜里一阵从东方刮来的强风将他们往前吹送，他们打破了维拉的禁令，驶入了禁止的海域，向永生不死者宣战，要从维拉手中夺过世界范围之内的永恒生命。

阿尔－法拉宗的舰队横过汪洋深海，包围了阿瓦隆尼与埃瑞西亚全岛，埃尔达感到悲伤，因努门诺尔的船舰遮断了落日的光辉。最后，阿尔－法拉宗直抵"蒙福之地"阿门洲与维林诺的海岸。天地仍然一片死寂，命运悬于一线。因为，阿尔－法拉宗到头来心生动摇，几乎就

第二纪元　3319 年

要调头回去。他望向那片寂然无声的海岸，看见闪亮的塔尼魁提尔山，比雪更白，比死更冷，沉默，不变，可畏如同伊露维塔光芒的投影，那时，他内心升起了疑虑。但是，骄傲如今主宰了他，他终于还是下船，踏上海岸，宣布如果没人敢来迎战，这块地就属于他了。一支威武的努门诺尔大军开到图娜山丘周围扎营，彼时埃尔达已经全部逃走了。

于是，曼威在塔尼魁提尔高山上呼求伊露维塔，众维拉在这一刻放下了他们对阿尔达的治理权。伊露维塔展现了祂的力量，改变了世界的面貌。努门诺尔与不死之地之间的大海裂开了一道庞大的缝隙，海水急泻而下，这片巨大瀑布所形成的喧嚣与迷雾直冲上天，世界为之震动。努门诺尔的整支舰队都坠入深渊，尽数淹没，永远被吞灭了。踏上阿门洲的国王阿尔-法拉宗与他麾下的凡人将士则被崩塌的山峦活埋，据说他们被囚在那里的"被遗忘者之穴"中，直到"末日决战"与"审判之日"来临。

同时，阿门洲和埃尔达生活的埃瑞西亚岛都被永远挪往人类无法到达之处。而"赠礼之地"安多尔，诸王统治的努门诺尔，埃雅仁迪尔之星的埃兰娜，也被彻底毁灭了。因它就在那道庞大的裂罅以东，地基崩塌，坠入黑暗，永远消失。对那段未沾染邪恶的时光的回忆，如今在大地上不复存在了。伊露维塔将中洲西边的大海与东边的"空旷之地"弯转，另外又有许多新地新海被造出来。但世界缩小了，因为维林诺与埃瑞西亚被挪出世界，移入了隐藏事物之域。

这场劫难在众人未曾料到的时刻来临，那时舰队已经离港三十九天。突然间，美尼尔塔玛山喷出大火，狂风大作，大地怒吼，天空摇晃，群山滑动，努门诺尔与其上所有的孩童、妇人、少女以及高傲的贵族女子，一同沉入大海，它所有的花园、殿堂、高塔、陵墓与财富，绘画与雕塑，珠宝与绫罗绸缎，音乐与欢声笑语，以及智慧与学问，全都永远消失了。最后，碧绿冰冷的如山巨浪喷吐着白沫攀上大地，吞噬了比白银、象牙、珍珠更美的王后塔尔－弥瑞尔。她拼命想要爬上陡峭的美尼尔塔玛山前往圣地，但是太迟了，大水追赶上来漫过她，她的惨叫消失在呼啸的狂风中。

但是，无论阿门迪尔是否真的抵达了维林诺，曼威是否倾听了他的祈求，埃兰迪尔跟他两个儿子和他们的子民都因着维拉的恩典，逃过了那日的毁灭。埃兰迪尔拒绝了国王发兵参战的召唤，一直待在罗门娜。他也逃过了索隆派来捉拿他的士兵，躲过了被拉到神庙去烧死的命运。他上了船，远离海岸，泊在大海上等待。当大海裂开将一切吞落深渊，他因隔着努门诺尔岛而逃过了第一场巨变，接着，他又躲过了第一波猛烈的风暴。但是，当滔天巨浪涌上陆地，努门诺尔岛崩塌，他本来可

第二纪元　3319 年

能也被淹没，并且觉得死去反倒不那么悲伤，因死亡的悲伤绝不可能比那天的失落与深切哀痛更加辛酸苦涩。但一阵从西方呼啸而来的狂风吹向他，猛烈程度超过任何人类所知，他的船队被扫去了远方。狂风撕裂了他们的帆，折断了他们的桅杆，这群不幸的人像大水中的稻草一般，被狂风驱逐。

他们一共有九艘船：四艘属于埃兰迪尔，三艘属于伊熙尔杜，两艘属于阿纳瑞安。他们逃离了劫难尾声的黑色暴风，落入了世界的黑暗。深海在船下暴怒翻腾，排山倒海的巨浪顶着大团纠结的白沫，将他们连同团团残骸碎片举起，过了多日才将他们抛上中洲的海岸。当时整片西边海岸和临海地区，都遭到极大的破坏与改变。海水倒灌淹没了陆地，海岸坍塌，古老的海岛沉没，新的海岛升起。山川移位，河流改道。

"紧随沦亡之后的狂风巨浪"所带来的改变，
只记载在"第二纪元编年史略"这一份文稿中：

……在一些地方，海水冲上陆地，在另一些地方，新的海岸被堆积起来。因此，在林顿遭受巨大损失的同时，贝尔法拉斯湾的东部和南部被大面积填平，以至于原本离海只有几哩的佩拉基尔变得深入内陆，安都因河则开辟出一条经由诸多河口注入海湾的新河道。但是托

尔法拉斯岛几乎全毁，结果就像一座荒芜的孤山那样坐落在离大河的河口不远的水中。[2]

面对维拉的震怒和一如予以海洋和陆地的判决，索隆恐惧万分。这比他期望的任何后果都严重得多，他只想要所有的努门诺尔人送命，要他们骄傲的国王失败而已。当索隆听见阿尔－法拉宗吹响出战的号角，他坐在神庙中心的黑色大椅上哈哈大笑；当他听见风暴发出的如雷巨响，他再度哈哈大笑；而第三次，就在他春风得意，想着自己已经永远除掉了伊甸人，思索接下来要在世间如何作为，为自己的盘算哈哈大笑之际，他连人带椅带神庙一同坠入了深渊。不过，索隆不是血肉凡躯，尽管他已经被剥夺了曾借以行大恶的形体，从此再也无法以俊美的面貌示人，但他的灵体从深渊中拔升出来，像一团阴影与黑风，掠过大海……

但这些事都未记载在"努门诺尔之沉没"这个故事里，故事至此叙述完毕。就连那片土地的名称都湮灭了。从此之后，人类不再说起埃兰娜，不再讲到被取走的"赠礼之地"安多尔，也不再提及位于世界边界的努门诺尔。但那些住在大海岸边的流亡者，因着内心的渴望会转向西方，那时他们还会谈起那片被巨浪吞没的土地玛－努－法尔玛，也就是"沉沦之地"阿卡拉贝斯，精灵语称为亚特兰提。[3]

第二纪元 3319 年

努门诺尔的辉煌就此终结。[4]

流亡者中有很多人相信，"穹苍之柱"美尼尔塔玛山的峰顶并未永远沉没，而是又从波涛中升起，变成大海上一座渺茫的孤岛，因它曾被封为圣地，即便在索隆得势的日子里，也不曾被任何人玷污过。日后有些埃雅仁迪尔的后裔找寻过它，因为学者们传言，古时目光敏锐之人可从美尼尔塔玛山上瞥见不死之地的隐约微光。纵使经过了灾难毁灭，杜内丹人的心也依然朝向西方。他们明知世界已经改变，还是说："阿瓦隆尼已自大地上消失，阿门洲已被移走，当今这个黑暗的世界里再也找不到了。但它们曾经一度存在，因此它们现在仍然存在，就如起初被设计成的那样，真实地存在于形貌完整的世界中。"

因为杜内丹人相信，即使是必死的凡人，只要真有福缘，也可能瞥见今生之外的某个时空。他们始终渴望摆脱流亡的阴影，以某种方式望见那不灭之光，因那思及死亡所唤起的悲伤，仍越过深海追赶着他们。因此他们当中那些伟大的水手仍会在茫茫的大海上不断搜索，希望能登上美尼尔塔玛岛，并从那里望见曾经存在之物的景象。但他们一直没有找到。那些航行到远方的人只来到了新大陆，并发现一切都跟旧大陆一样，要屈服于死亡。而那些航行最远的人，发现他们只不过是在大地上绕了一圈，最终身心俱疲地回到了当初出发之处。于是他们说："现在所有的航道都变弯了。"

因此，人中王者们日后靠着航海经验、观星技艺和知识学问，知道世界确实变圆了。但埃尔达只要愿意，仍被允许离开凡世，前往古老的西方和阿瓦隆尼。因此，人类的学者说，一定仍有一条"笔直航道"存在，只有那些获准的人可以找到。他们教导说，当新世界被抛在身后，那条古老的航道、西方记忆之路，仍继续向前，仿佛一座看不见的大桥穿越可供呼吸飞翔的天空（因为世界已被弯转，所以天空现在也随着弯转了），然后穿过不受保护的肉身凡躯无法承受的伊尔门，直达"孤岛"托尔埃瑞西亚，甚至更远的维林诺，众维拉仍然居住在该处，观看世事演变。于是各样的故事与传说在沿海一带流传，提到那些孤独徜徉在大海上的水手或常人，靠着运气或维拉的恩典垂青，曾经驶上笔直航道，看见世界的面庞沉落到下方，就这样来到了灯火辉煌的阿瓦隆尼码头，或真正抵达了阿门洲边界那片最外围的海岸。在那里，在死前，他们得以瞻仰那座美丽又可畏的雪白高山。[5]

作者在《魔戒同盟》出版之前三年写给米尔顿·沃德曼的信中描述了这场灾难："位于鳞隙边缘的努门诺尔本岛倾覆沉没，带着它所有的荣

第二纪元　3319 年

光永远消失在深渊中。从此以后，尘世中再也见不到神圣者和不朽者的居所，维林诺（或乐园）乃至埃瑞西亚都被移走，仅存在于尘世的回忆里。如今人类可以向西航行了，只要愿意，航行多远都行，却再也到不了维林诺或蒙福之地，而是返回东方，再次回到原地。因为世界变圆了，变得有限，变成一个除了死亡无法逃脱的循环。唯有那些'不朽者'，也就是逗留的精灵例外。他们只要愿意，在厌倦了世界的限制之后，仍然可以乘船离去，找到'笔直航道'，回到古时或'真正的'西方，安宁度日。"[6]

埃兰迪尔和流亡者在沦亡之后的逃亡之旅，有一首关于高大君王和他们的九艘高桅大船的歌谣纪念它。当甘道夫带着皮平骑着捷影向米那斯提力斯进发时，他想到了那首歌谣：

高桅大船，高大君王
三乘三，
航越洪波，带来何物
来自陆沉故国？
七颗明星，七颗晶石
还有一棵白树。[7]

努门诺尔的沦亡

沦亡带来的种种灾难性事件，将长远存留在中洲各民族的记忆里。在第三纪元，当所有人都在等待魔戒大战的最终结果时，法拉米尔和伊奥温站在刚铎王城米那斯提力斯的城墙上，远眺东方和魔多：

在他们看来，远方群山的山脊上方升起了另一座庞大的黑暗高山，如大浪堆叠，要把世界吞没，闪电在它四周明灭不停。接着，一阵震颤传过大地，他们感觉连白城的城墙都在颤抖。周围的整片大地都腾起一个如同叹息的声音，他们的心跳突然间又恢复了。

"这让我想起了努门诺尔。"法拉米尔说，惊讶于竟会听见自己开口。

"努门诺尔？"伊奥温说。

"对，"法拉米尔说，"那片沉没的西方之地。黑色的巨浪高涨，吞没了绿地，漫过了山岭，吞噬了一切。无法逃离的黑暗。我常梦到它。"[8]

第二纪元　3319 年

277

3320 年　努门诺尔人建立两个流亡王国——阿
　　　　尔诺和刚铎。七晶石被分开。索隆返
　　　　回魔多。

　　第二纪元就这样在一场毁灭性的大灾难中步向尾声，
但还没有完全结束。大灾难有幸存者……[1]

　　忠贞派最后的领袖埃兰迪尔和他的两个儿子，驾着
九艘船逃离了沦亡。他们的船上载着宁洛丝的小树苗，
以及七颗真知晶石（这是埃尔达赠给他们家族的礼物）。
他们被大风暴裹挟而去，抛上了中洲的海岸。[2]

　　Et Eärello Endorenna utúlien. Sinome maruvan ar

努门诺尔的沦亡

Hildinyar tenn' Ambar-metta!

　　这句话，乃是埃兰迪尔乘着风之翼渡海而来，踏上岸时所说："我越过大海，来到中洲。我与我的子孙后嗣将在此地居住，直到世界终结。"[3]

流亡的努门诺尔君主：

努门诺尔的埃兰迪尔，刚铎与阿尔诺的至高王[4]

生于：第二纪元 3119 年

殁于：第二纪元 3441 年（322 岁）

统治时期：第二纪元 3320—3441 年（121 年）

　　就如《努门诺尔沦亡史》所记载的，那时幸免于难的努门诺尔人向东逃去。领导他们的是"长身"埃兰迪尔和他两个儿子，伊熙尔杜与阿纳瑞安。他们是国王的亲戚，也是埃尔洛斯的后代子孙，但他们不愿听从索隆，并且拒绝向西方主宰宣战。他们带着忠贞派尚存的所有人，在毁灭降临之前驾船离开，放弃了努门诺尔岛。他们都是强大之人，舰船也坚固高大，但暴风雨追上了他们，他们被滔天巨浪托上云霄，落回中洲时犹如风暴中

第二纪元　3320 年

落难的鸟儿。

埃兰迪尔被大浪冲上林顿的海岸，得到了吉尔－加拉德友善的援手。随后他顺舒恩河而上，在埃瑞德路因山脉的另一边建立了王国。他的族人沿着舒恩河与巴兰都因河，散居在埃利阿多各地，都城安努米那斯位于能微奥湖畔。另外在北岗的佛诺斯特，以及卡多蓝和鲁道尔丘陵，也都有努门诺尔人居住。他们在埃敏贝莱德和阿蒙苏尔两处建起了雄伟的瞭望塔，那些地方至今仍有很多古冢和已成废墟的建筑，但埃敏贝莱德上的高塔依然望向大海。

伊熙尔杜和阿纳瑞安被大浪打往南边，他们最后驾船溯安都因大河而上，这条河流发源于罗瓦尼安，在贝尔法拉斯湾注入西边大海。他们在这片地区建立了日后称为刚铎的王国，而北方的王国称为阿尔诺。努门诺尔的水手早在很久以前王国兴盛的年代，就在安都因河口建港筑城，尽管索隆就在紧邻的东方黑暗之地。到了后来，这处港口只有努门诺尔的忠贞派会来，故那片地区沿海一带的居民，很多都或多或少与精灵之友和埃兰迪尔的子民有亲缘关系。因此，他们欢迎他两个儿子的到来。这个南方王国的都城是欧斯吉利亚斯，安都因大河穿城而过，努门诺尔人建造了一座跨河巨桥，桥上有壮观的高塔与石屋，来自海上的大船也在城中的码头停泊。他们在桥的两端也兴建了雄伟坚固的城堡：位于东边阴影山脉山肩上的是"升月之塔"米那斯伊希尔，威慑魔多；位于西边明多路因山脚下的是"落日之塔"米那斯阿诺尔，抵御谷地的野蛮人。伊熙尔杜居于米那斯伊希尔，阿纳瑞安居于米那斯阿诺尔，但他们一同治理王国，两人的王座并排设立在欧斯吉利亚斯的大殿里。这些城市便是努门诺尔人在刚铎的主要居住地，但在随后国势昌盛的年代，他们也在其他地区兴建了壮观坚固的工程，如阿刚那斯、阿格拉隆德及埃瑞赫。他们还在安格瑞诺斯特，也就是人类称为艾森加德的环场内，以坚不可摧的磐石筑成了欧尔桑克尖塔。

流亡者从努门诺尔带出了诸多财物与非凡的传家宝，[5]它们奇妙又各具效用，其中最著名的就是七晶石与白树。孕育出这棵白树的果实，来自曾生长在阿美尼洛斯的王宫庭院中，后来被索隆焚毁的"玉树"宁洛丝。而宁洛丝本身则是源自提力安城中的白树，那棵白树是仿了雅凡娜在维拉之地培育的"万树之长"银圣树泰尔佩瑞安的模样。白树作为对埃尔达精灵与维林诺之光的纪念，被种在米那斯伊希尔，伊熙尔杜的王宫前，因为是他自毁灭中抢救出了那颗果实。[6]但七晶石分散在各处。

埃兰迪尔、伊熙尔杜和阿纳瑞安分取了七晶石：

埃兰迪尔取了三颗晶石，他两个儿子则各有两颗。

第二纪元 3320 年

埃兰迪尔的三颗晶石分别安置在埃敏贝莱德的高塔上、阿蒙苏尔的瞭望台中，以及安努米那斯城内。他儿子们拥有的晶石分别安置在米那斯伊希尔和米那斯阿诺尔，还有欧尔桑克塔和欧斯吉利亚斯城。这些晶石的用处在于，那些望向晶石内部的人，可以看见发生在久远之时或遥远之地的事。大部分时候，它们显示的都只是另一颗同类晶石附近发生的事，因晶石们能互相呼应。但是，意志坚定、心智强大的人，能学会将目光投向任何他们想看之处。因此，努门诺尔人探知了很多敌人想要隐藏的事物，在他们强盛的时日里，几乎没有什么逃得过他们的警惕监视。

据说，埃敏贝莱德丘陵上的高塔，其实并非流亡的努门诺尔人所造，而是吉尔-加拉德为他的朋友埃兰迪尔而建。埃敏贝莱德的真知晶石，就安放在众塔之中最高的埃洛斯提力安上。埃兰迪尔时常前往该地，当他心中涌动思乡之情，他会透过晶石，朝隔离之海的彼岸遥望。人们相信，他有时甚至可以望见遥远的托尔埃瑞西亚岛上阿瓦隆尼港的高塔，那是主晶石曾经安放、至今仍然安放之处。这些晶石是埃尔达送给埃兰迪尔的父亲阿门迪尔的礼物，在那段索隆的阴影笼罩努门诺尔，精灵不能再来该岛的黑暗时期里，聊以慰藉那片土地上的忠贞派。这些晶石被称为帕蓝提尔，意思是"远望之物"，不过所有被携至中洲的晶石，都在很久之前失落了。[7]

努门诺尔的沦亡

论到真知晶石，甘道夫说："**帕蓝提尔**来自比西方之地更远的埃尔达玛，是诺多精灵的造物，也许正是出自费艾诺本人之手，当时还是远古时代，早得时间还不能用年来计算。不过，索隆能把万物都转为邪恶的用途……那些比我们自身所具有的能力更加高深精妙的器物，对所有的人都是危险的。"[8]

在第二纪元的末期，"努门诺尔的流亡者建立了阿尔诺和刚铎两个王国。但没过多少年，事态就表明，他们的大敌索隆也回来了"。[9]

［努门诺尔毁灭］的恐怖超出了索隆的预期，他忘了西方主宰震怒的威势是何等强大。[10]

［流亡者］相信，毁灭带来的后果至少有一点是好的，那就是索隆也覆灭了。

然而，事实并非如此。努门诺尔的毁灭确实殃及索隆，毁去了他长久以来借以行走人世的肉身形体，但他满怀憎恨的灵魂乘着一阵黑风，逃回了中洲。他再也化不成人类眼中的美貌形体，而是变得黑暗丑恶，从此只能通过恐怖行使力量。[11]

第二纪元　3320 年

如前所述，他秘密回到了他的古老王国魔多，此地位于"阴影山脉"埃斐尔度阿斯以东，并与刚铎东方边境接壤。在那里的戈垇洛斯谷地上方，他建起了巨大坚固的要塞"邪黑塔"巴拉督尔。那地还有一座精灵称为欧洛朱因的火山。其实正是因为这座火山，索隆才会在多年以前定居该地，因他利用那里自地心喷出的火焰修炼妖术，从事锻造活动。他在魔多之地的心脏地带铸成了统御之戒。如今他蛰伏在黑暗里，直到为自己修炼出一个新的形体。这新貌十分恐怖，因为他在努门诺尔沉没之际被抛入深渊，俊美外形也一去不返。他重新戴上了主魔戒，以力量武装自己。就连精灵与人类中的佼佼者，都很少有人能抵挡"索隆之眼"的恶意。[12]

　　当［索隆］得知他最憎恨的埃兰迪尔不但逃脱，而且正在自家门口经营国度，不禁大为震怒。[13]

　　如今，索隆开始准备向埃尔达和西方之地的人类开战，火山再度苏醒活跃。努门诺尔人远远看见欧洛朱因冒出浓烟，意识到索隆已经归来，便将那座火山重新取名为阿蒙阿马斯，意为"末日山"。索隆从东方和南方纠集了大批仆从，其中不少都出身于高贵的努门诺尔人一族。这是因为，在索隆旅居努门诺尔的那段时期，那地几乎所有国民的心都转向了黑暗，因此在那时向东航行，筑堡定居在沿海地带的人中，有很多早已服从他的意志，在中洲依旧甘心为他效力。但是，由于吉尔－加拉德的威势，这些强大又邪恶的叛变贵族大多远远避居在南方。其中，赫茹墨与富伊努尔两人在哈拉德人中掌握了大权，那是一支人数庞大、性情残酷的民族，他们居住在安都因河口对岸，魔多以南的广阔大地上。[14]

第二纪元　3320 年

3429 年　　索隆进攻刚铎，攻下米那斯伊希尔，烧
　　　　　　毁白树。伊熙尔杜沿安都因河南下逃
　　　　　　脱，投奔了北方的埃兰迪尔。阿纳瑞安
　　　　　　守住了米那斯阿诺尔和欧斯吉利亚斯。

　　因此，索隆见时机成熟，便发动大军侵袭刚铎这个新王国，攻下米那斯伊希尔，毁掉了长在城中的伊熙尔杜的白树。但伊熙尔杜得以脱逃，他随身带走一棵白树的幼苗，携妻儿乘船沿安都因河而下，从河口出海去寻找埃兰迪尔。与此同时，阿纳瑞安面对大敌的攻势守住了欧斯吉利亚斯，并且在那时将其势力逐入山中。但索隆重整旗鼓，阿纳瑞安知道这次若无援军，自己的王国必不久长。[1]

努门诺尔的沦亡

正如日后甘道夫告诉弗罗多的："很久以前，精灵抵挡他的力量要更强大；并且不是所有的人类都与精灵疏远。西方之地的人类曾经援助过他们。那是古老历史中值得回忆的一章：尽管那时也有悲伤，有聚拢的黑暗，但还有非凡的英勇，和并未全然成空的伟大功绩。"[2]

第二纪元　3429 年

3430 年　精灵与人类的最后联盟建立。

埃兰迪尔和吉尔－加拉德共商对策，他们意识到，索隆将变得极其强大，若不联合对抗，索隆将把他们各个击破。因此，他们组成了史称"最后联盟"的联合大军。[1]

在霍比特人前往幽谷的旅途中，大步佬在谈到风云顶时简短提及了埃兰迪尔、吉尔－加拉德和他们的联盟。风云顶是北埃利阿多的风云丘陵中最高、最靠南的地方，俯瞰矮人修筑的东大路：

"在北方王国建立的初期，西方人类在他们称为阿蒙苏尔的风云顶山上建了一座巨大的瞭望塔。那座塔被烧毁坍塌了，如今只余一圈残垣，就像一顶戴在这古老山头上的粗糙王冠。然而它曾经美丽高拔。据说，在'最后联盟'的年代，埃兰迪尔曾站在这塔上，等候吉尔－加拉德从西方前来。"[2]

第二纪元　3430 年

3431 年　　吉尔－加拉德和埃兰迪尔向东行军，
　　　　　　来到伊姆拉缀斯。

吉尔－加拉德和埃兰迪尔一路召聚大批精灵与人类，向东挺进中洲。在伊姆拉缀斯，他们暂作休整。据说，集合在那里的大军，军容壮美之极，在中洲已成绝响，自维拉的大军讨伐桑戈洛锥姆以来，再不曾集结起比这更盛大的阵容。[1]

多年后，在埃尔隆德会议上，幽谷的主人回忆了那场集结：

"'长身'埃兰迪尔和他两个杰出的儿子——伊熙尔杜和阿纳瑞安——都成了伟大的君主；他

们建立了北方王国阿尔诺，还有安都因河口上游的南方王国刚铎。但是，魔多的索隆向他们发动了攻击，于是他们组建起精灵与人类的'最后联盟'，吉尔-加拉德和埃兰迪尔的大军在阿尔诺集结。"

说到这里，埃尔隆德沉默片刻，叹了口气："他们那灿烂鲜明的旗帜，我记忆犹新。如此众多的伟大王侯与将领齐聚，让我回想起远古时代的荣光与贝烈瑞安德的大军；然而纵是那样的人数与容姿，仍比不上桑戈洛锥姆崩毁之际——那时精灵以为邪恶已永远终结，但事实并非如此。"[2]

第二纪元　3431 年

3434 年　联盟的大军越过迷雾山脉。达戈拉德之战发生，索隆被击败。巴拉督尔围城战开始。

索隆做好了迎击的准备。索隆备战的结果之一就是，恩特婆从中洲消失了，她们是"百树的牧人"恩特的伴侣，而在第三纪元中，恩特将在攻占艾森加德一役中扮演至关重要的角色。托尔金在 1954 年的一封信中写道：

我认为，恩特婆其实已经永远消失了，在最后联盟大战（第二纪元 3429—3441 年）与她们的花园一起被毁灭了，当时索隆实行焦土政策，烧毁了她们的土地，以阻挡联盟大军沿安都因河而下。当然，有些可能往东逃亡，甚至沦为奴隶：即使在这样的故事里，暴君对自己的士兵和铁匠也必须有经济与农业的基本安排。假如真有恩特婆这样幸存下来，也必然会与恩特疏远，难以重修旧好——除非工业化与军事化农业的经历把她们变得不那么喜欢秩序。我希望是这样。我不知道。[1]

联盟大军在伊姆拉缀斯驻扎了三年，无疑是在为即将到来的大战制订作战计划，整顿装备。

他们自伊姆拉缀斯出发，经由多条山路翻过迷雾山脉，沿安都因大河而下，最后来到黑暗之地大门前的"战争平原"达戈拉德，与索隆的大军开战。[2]

达戈拉德之战发生在一片尘土飞扬、地貌没有特色的广阔平原上，这是第二纪元中最大的一场战争，参战的军队代表了中洲的大多数种族。

那日，但凡活物都分裂成两派，每种生物在双方阵营中都能找到，连鸟兽也包括在内。唯独精灵例外，他们不曾分裂，一致追随吉尔－加拉德。两边参战的矮人都很少，不过墨瑞亚的都林一族加入了对抗索隆的一方。[3]

第二纪元　3434 年

在加入联盟的势力中，有两支精灵军队长期以来一直选择保持距离，也因此"默默无闻地安享了多年的和平……直到努门诺尔的沦亡，索隆突然回归中洲"：他们就是罗瑞恩的精灵和大绿林北部的西尔凡精灵。[4]

在墨瑞亚的矮人流亡而来之后，恶龙入侵之前，［西尔凡精灵］的王国曾经扩展到围绕孤山和沿着长湖西岸生长的森林。这个王国里的精灵居民是从南方迁来的，与罗瑞恩的精灵既是亲族又是近邻，但他们过去一直生活在安都因河东岸的大绿林里。第二纪元，他们的国王欧洛斐尔［瑟兰杜伊的父亲，莱戈拉斯的祖父］撤到了金莺尾沼地以北。他这样做，是为了使他的领土免受墨瑞亚矮人的势力侵犯——当时墨瑞亚已发展壮大，成为史上记载的最伟大的矮人城邦。此外，凯勒博恩与加拉德瑞尔不速而入罗瑞恩一事也令他耿耿于怀。但那时，大绿林和迷雾山脉之间依然没有危险，欧洛斐尔的子民经常与河对岸的亲族来往，直到最后联盟大战。

尽管西尔凡精灵丝毫不愿卷入诺多族、辛达族，乃至矮人、人类或奥克等任何其他种族的事务，但欧洛斐尔的智慧足以使他预见到，要想重获和平，唯有击败索隆一途。因此，他集结起当时已经人数众多的本国子民，组成了一支大军。罗瑞恩的瑁加拉德也组织了一支阵容

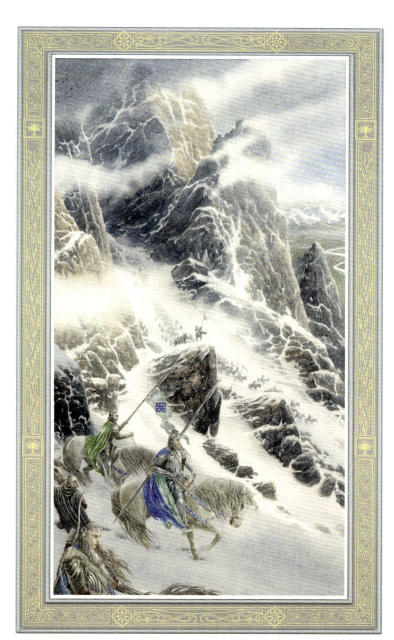

稍逊的军队，两军会合后，欧洛斐尔率领西尔凡精灵的军队前去参战。西尔凡精灵坚毅又英勇，但与西部地区的埃尔达相比，配备的铠甲和武器都颇有不足，而且他们独立行动，不愿服从吉尔－加拉德的最高指挥。为此，他们付出了惨痛的代价，而即便在那场可怕的大战里，他们本来也可以避免如此严重的伤亡。珥加拉德和超过半数的部下在达戈拉德大战中阵亡，敌人将他们与主力部队隔断，赶进了死亡沼泽。欧洛斐尔牺牲在首次进攻魔多的战斗中，他不等吉尔－加拉德发出进军的信号，便身先士卒，率领麾下最勇敢的战士冲锋向前。他的儿子瑟兰杜伊活了下来，但等到战斗结束，索隆被杀（貌似如此），瑟兰杜伊带回家乡的军队人数还不足出征时的三分之一。[5]

　　据说，达戈拉德之战是一场漫长的苦战，阵亡者人数极多，遗体陷入了死亡沼泽。三千多年后，这片沼泽仍是葬身在此的战死者作祟之地，弗罗多和山姆在咕噜的带领下穿过沼泽前往魔多的途中就撞见了异状，他们被死水上飘忽腾挪，宛如烛光的朦胧光点所迷惑："那一张张苍白的脸，"［弗罗多说，］"他们躺在每一个水塘里，在黑水的幽深之处。我看见了他们：狰狞的面孔很邪恶，高贵的面孔很悲伤。有许多高傲美丽的面

第二纪元　3434 年

孔，他们银色的头发缠满水草。但是，他们全都腐臭、朽烂，全都死了。他们全都发着邪光。"

［对此咕噜回应说：］"是的，是的。……很大一场战斗。高大的人类拿着长剑，还有可怕的精灵，还有嚎叫的奥克。他们在黑门前的平原上厮杀了一天又一天，一月又一月。从那之后沼泽就开始扩大，吞没了坟墓，不断地向外蔓延、蔓延。"[6]

尽管达戈拉德之战历时漫长，伤亡众多，联盟最后还是取得了胜利：

吉尔－加拉德和埃兰迪尔的大军获得了胜利，因为精灵的威势在那段时期依旧强大，而努门诺尔人高大强壮，发怒时更是十分骇人。吉尔－加拉德之矛艾格洛斯所向披靡，埃兰迪尔之剑纳熙尔闪耀着日月光华，令奥克与其他人类丧胆。[7]

后来，埃尔隆德回忆说："当时我是吉尔－加拉德的传令官，随他的大军一同出征。我参加了魔多黑门前的达戈拉德之战，那次我军取得了胜利：吉尔－加拉德的长矛艾格洛斯和埃兰迪尔的长剑纳熙尔，皆是万夫莫当。"[8]

随着这场战斗的胜利，联盟攻入了埃瑞德砾

努门诺尔的沦亡

苏伊与埃斐尔度阿斯两道山脉包围的戈埚洛斯高地，打算围攻索隆的强大堡垒巴拉督尔，从而最终击败索隆。

于是，吉尔－加拉德和埃兰迪尔领军攻入魔多，包围了索隆的要塞。他们围城长达七年，因大敌的火焰及飞镖箭矢而伤亡惨重，并且，索隆还派出许多部队突围。[9]

3440 年　阿纳瑞安被杀。

　　埃兰迪尔的儿子阿纳瑞安和其他很多人都阵亡在戈坞洛斯谷地中。[1]

　　在别处有记载:

　　[后来] 刚铎的王冠则源自努门诺尔头盔的形状。起初,它就是一顶头盔,据说正是伊熙尔杜在达戈拉德之战中戴的那一顶(阿纳瑞安死于巴拉督尔抛出的巨石,他的头盔当时被击毁)。[2]

3441 年　埃兰迪尔与吉尔-加拉德联手推翻索
　　　　隆，二人为此牺牲。伊熙尔杜将至尊戒
　　　　据为己有。索隆销声匿迹，戒灵没入阴
　　　　影。第二纪元结束。

　　到了最后，因为围困极紧，索隆不得不亲自出马。
他跟吉尔-加拉德以及埃兰迪尔缠斗，终至二人双双被
杀，埃兰迪尔之剑也在主人倒下时折断。[1]

　　　　精灵王吉尔-加拉德的陨落被长久铭记在传
　　说和歌谣中：

　　　　精灵王吉尔-加拉德，

诗琴仍为他把哀歌传唱：

他的王国东起高山，西至海洋，

最后的乐土任人徜徉。

他的佩剑锐长，枪矛锋利，

他的战盔醒目闪亮，

他的银盾映照

穹宇无垠群星煌煌。

多年前他纵马出征，

如今何在无人能明；

他的命星陨落，

落入魔多翳影掩蔽。[2]

很多精灵，很多努门诺尔人和同盟的人类，都在达戈拉德平原之战与巴拉督尔围城战中牺牲。"长身"埃兰迪尔与至高王吉尔-加拉德也已逝去。从此世间再也集结不起那样的大军，也再未建起那样的精灵与人类的联盟。因为自埃兰迪尔时代之后，这两支亲族日渐疏远。[3]

吉尔-加拉德和埃兰迪尔在欧洛朱因山坡上与索隆的战斗中丧生，这对联盟大军是悲剧性的

努门诺尔的沦亡

300

重大打击，但对他们的敌人来说，索隆的胜利也十分短暂：

但索隆也被掼倒在地，伊熙尔杜握住纳熙尔断剑的剑柄，从索隆手上斩下了统御之戒，将它据为己有。于是，索隆在那时被击败了，他抛弃了肉身，灵魂远远逃离，躲在荒凉之地。漫长年岁过去，他都没有再取可见的形体。[4]

正如《魔戒同盟》中所述，在这场不只导致索隆式微，也导致吉尔－加拉德和埃兰迪尔逝去的战斗之后很久，半精灵埃尔隆德在幽谷会议上说到了那段年日："刚才我说'最后联盟'的胜利是徒劳无功——其实也不尽然，但这场胜利确实没能达到目标。索隆虽已式微，但并未被消灭；他的魔戒失踪了，但并未被销毁；邪黑塔倒塌了，但根基并未被铲除，因为它们是以魔戒之力建成，只要魔戒尚存，它们就得以延续。众多的精灵，众多的强大人类，以及众多他们的盟友，都死在那场战争中。阿纳瑞安被杀，伊熙尔杜丧命；吉尔－加拉德和埃兰迪尔也都已逝去。世间再也不会重现精灵和人类的如斯联盟，因为人类人口增加，首生儿女却日渐凋零，两支亲族

第二纪元　3441 年

渐行渐远。自从那日开始，努门诺尔一族开始衰落，他们的寿命也在缩短。"[5]

努门诺尔的沦亡

尾 声

流亡的努门诺尔君主：

伊熙尔杜，刚铎与阿尔诺的至高王

生于：第二纪元 3209 年

殁于：第三纪元 2 年（234 岁）

统治时期：第二纪元 3441 年—第三纪元 2 年（2 年）

在那个纪元，就连智者也忘却了统御之戒，但它并未被销毁，当时伊熙尔杜不肯将戒指交给一旁的埃尔隆德和奇尔丹。他们劝他将至尊戒掷入近在眼前的欧洛朱因火山，它在该处铸造，故能在该处销毁，索隆也将永远丧失力量，从此只是个飘荡在荒野中的怨毒幽灵。但伊熙尔杜拒绝了这个建议，说："我要将这枚戒指当作对我父亲与弟弟之死的偿命金。难道不是我给了大敌致命的一击？"他觉得手中的魔戒看上去超乎寻常的美丽，不能容忍它被毁掉。因此，他带着戒指先回到米那斯阿诺尔，在那里种下白树以纪念弟弟阿纳瑞安。[1]

保存在刚铎之城的学识档案中"累积的经卷和书籍"里，有"许多古时的记载"，"就连博学之士也很少有人能读懂了，因为那些文字和语言对后世人类而言，已是艰深晦涩"。在米那斯提力斯的这些书卷中，有一卷是关于至尊戒的，由伊熙尔杜在魔多战后、前往北方之前亲笔写下：

从今时起，主魔戒将成为北方王国的传家之宝；但刚铎亦居住着埃兰迪尔的子孙，有关主魔戒的记载当留在此地，以免有朝一日这些重大事件遭到淡忘。

在这些话之后，伊熙尔杜描述了他得到魔戒

时的情况：

　　我刚刚拾起它时，它还很烫，烫如炽煤，并
灼伤了我的手，让我怀疑我是否永远无法摆脱它
带来的疼痛。然而，就在我书写时，它已变冷，
似乎还缩小了，其美丽与形状却依旧未变。它上
面的文字，起初清晰如红焰，现已开始褪淡，难
以辨认。那行字以埃瑞吉安的精灵文刻成，因为
魔多没有文字堪当如此细致的工艺；但那种语言
我并不懂得。我认为它是一种黑暗之地的语言，
因为它难听又粗野。我不知道它说的是什么邪恶
内容，只在此临摹一份，以免它褪淡不见。或许，
魔戒仍在怀念索隆之手的热度，他的手漆黑，却
如火般炽热，吉尔-加拉德便是死在这双手上。
或许，若是将这金戒烧热，字迹就会重新出现。
但我个人决不会冒任何损伤此物的风险——它是
索隆全部造物中唯一的美丽之物。它对我来说乃
是宝贝，我付出了深重痛苦才得到它。[2]

　　但［伊熙尔杜］很快就动身离开。出发前他向阿纳
瑞安之子美尼尔迪尔做好交代，并将南方王国托付给他，
然后带走了魔戒，打算将它当作自己家族的传家宝。他
沿着当初埃兰迪尔前来的路线自刚铎北上，放弃了南方

尾　声

王国，计划去接手他父亲的王国，那是在远离黑暗之地阴影的埃利阿多。

未料，伊熙尔杜一行人被一支埋伏在迷雾山脉中的奥克大军击败了。他们趁他不备，突袭了他设在大河与大绿林之间的营地，那里邻近"金鸢尾沼地"洛埃格·宁格罗隆，因他以为所有的敌人都已经被消灭，便掉以轻心，未设警戒。随他同行的人几乎尽数被杀，其中包括他三个年长的儿子，埃兰都尔、阿拉坦和奇尔扬。不过他在奔赴战场前将妻子与幺子维蓝迪尔留在了伊姆拉缀斯。伊熙尔杜本人借着魔戒之力得以逃脱，因他戴上它时便隐去身形，无人能见。但奥克循着气味与足迹追踪他，直到他来到大河边跳下水去。在河中，魔戒背叛了他，为自己的创造者报了仇。它在伊熙尔杜游泳时自他指上滑脱，沉落到水底。于是，奥克发现了正在河中奋力泅水的伊熙尔杜，后者身中多箭，就此丧命。[3]

努门诺尔的沦亡

附 录

附录一

中洲第三纪元简史^[1]

[伊熙尔杜]一行人中，只有三人在流浪许久后翻越山脉返回，他们当中有一位是伊熙尔杜的侍从欧赫塔，埃兰迪尔之剑的碎片便是交托给他保管。

就这样，纳熙尔剑及时交到了身在伊姆拉缀斯的维蓝迪尔手中，他成了伊熙尔杜的继承人，然而剑身已断，剑上光芒已灭，并且它未被重铸。埃尔隆德大人预言，除非统御之戒失而复得，索隆再度归返，否则纳熙尔剑就不会重铸，然而精灵与人类都希望这些事永远不会发生。

维蓝迪尔定居在安努米那斯，但他的族人已经式微，很多人在达戈拉德、魔多和金鸢尾沼地战死，如今努门诺尔人和埃利阿多的人类数量太少，甚至不足以住满整片土地，或维持当年埃兰迪尔兴建的所有城镇。维蓝迪尔之后第七代国王是埃雅仁都尔，过了他统治的时期[第三纪元 777—861 年]，西方之地的人类，也就是北方的杜内丹人，又分裂成几个小王国，各拥其主，继而被他们的敌人逐一吞灭。年复一年，他们人丁凋落，直到荣光消逝，仅余荒草中一堆堆青冢。最后得以留存的，只有一支在荒野中隐秘游荡的奇异民族，其他人类不知道他们家乡在何处，旅行的目的何在。唯有伊姆拉缀斯的埃尔隆德之家中，还有人记得他们承自何人。然而，世世代代以来，伊熙尔杜的诸位继承人一直珍藏着纳熙尔剑的碎片。他们的血脉自父及子，代代未绝。

在南方，刚铎王国存立下来，有段时间国力增长，其威势与财富直追衰落之前的努门诺尔。刚铎的国民兴建了高塔与坚固的城池，以及可以容纳很多船只进出的港口。戴着有翼王冠的历代人类之王受到来自各地、说各种语言的人们的敬畏。种在米那斯阿诺尔王宫前的白树，茂盛生长了很多年。那棵树的种子是伊熙尔杜越过汪洋深水自努门诺尔带出来的，而努门诺尔白树的种子来自阿瓦隆尼，阿瓦隆尼的白树则来自上古时期的维林诺，彼时世界初创，万物衔新。

但是，中洲时光飞逝，岁月消磨，刚铎还是衰颓了，阿纳瑞安之子美尼尔迪尔的血脉终至断绝。因努门诺尔人与其他人类种族广泛通婚，以至于血统混杂，他们的力量和智慧衰减，寿数缩短，对魔多的监视也松懈了。美尼尔迪尔一脉的第二十三代国王泰伦纳在位期间[第三纪元1634—1636年]，一场瘟疫乘着黑风自东方来，国王及其子女无一幸免，刚铎很多国民也因此丧生。于是，设立在魔多边境上的各处碉堡都被废弃，米那斯伊希尔人去城空，邪恶再度秘密潜回黑暗之地，戈埚洛斯的遍野灰烬如遇阴风般瑟瑟扰动，黑暗的阴影在那地聚集。据说，那其实就是索隆称为"那兹古尔"的乌来力——九戒灵。他们隐藏了许久，如今回来为主人的计划做准备，因为索隆的力量已经又开始壮大。

埃雅尼尔在位期间[第三纪元1945—2043年]，戒灵发动了第一次攻击。他们趁夜离开魔多，越过阴影山脉，占领米那斯伊希尔作为据点。他们将它变得极其恐怖，无人敢多望一眼。从此之后，那城改名为"妖术之塔"米那斯魔古尔，它与西方的米那斯阿诺尔争战不止。接着，因人口大量减少而废弃已久的欧斯吉利亚斯也变成了废墟之地、幽灵之城。不过米那斯阿诺尔存留下来，改名为"守卫之塔"米那斯提力斯，因国王命人在城中兴建了一座白塔，它极高极美，可监视大片土地。米那斯提力斯始终傲然矗立，坚不可摧，白树也依然在城中的王宫前盛开了一段时日。残存的努门诺尔人仍然在那里把守过河的通道，抵挡米那斯魔古尔的恐怖侵袭，以及奥克、怪物与邪恶人类等一切西方之敌的攻击。因此，在他们背后，安都因河以西的土地得到了保护，免受战乱毁坏。

　　埃雅尼尔之子埃雅努尔是刚铎末代国王，他的统治［第三纪元 2043—2050 年］结束之后，米那斯提力斯依然挺立。埃雅努尔单枪匹马来到米那斯魔古尔门前，迎接魔古尔之王的挑战。他要与对方一对一决斗，然而他被那兹古尔所骗，活捉入城折磨，从此再没有活人见过。埃雅努尔没有子嗣，然而列王血脉既已断绝，忠诚者马迪尔的家族作为宰相，便统治起米那斯提力斯城与范围不断缩小的王国。而北方的驭马民族洛希尔人迁居到了洛汗的绿地，这片土地原名卡伦纳松，是刚铎王国的一部分，白城宰相们在战事中得到了洛希尔人的援助。在北方，过了涝洛斯瀑布与阿刚那斯之门，还有另外一些防御，那是更为古老的力量，人类所知甚少。在时机成熟，黑暗魔君索隆卷土重来之前，邪恶的生物对那些力量十分忌惮，不敢侵犯。

　　同样，自埃雅尼尔时代之后，戒灵在索隆卷土重来之前再也不敢越过大河，或以人类可见的形貌出城。

　　吉尔－加拉德陨落之后，整个第三纪元，埃尔隆德大人都生活在伊姆拉缀斯。他在那里召聚了许多精灵，以及中洲所有种族中既有智慧又有力量的子民。在历经人类多个世代的岁月里，他保存着对往昔一切美好事物的回忆。埃尔隆德的居所隔绝疲倦与压迫之苦，荟萃良善之见与智慧之识。伊熙尔杜的历代继承人在童年与老年时期都托庇于此地，因为他们与埃尔隆德本人是血亲。埃尔隆德靠着智慧得知，这条血脉中将有一人，注定在这个纪元最后的伟绩中扮演举足轻重的角色。在那日来临之前，当杜内丹人没落成一支漂泊无定的民族之时，埃兰迪尔之剑的碎片就托给了埃尔隆德保管。

伊姆拉缀斯是埃利阿多地区最主要的高等精灵居住地，但在林顿的灰港，也有精灵王吉尔－加拉德残存的子民。他们不时会游荡到埃利阿多来，不过绝大多数还是居住在海滨，建造与维修精灵船。那些厌倦了世界的首生儿女就乘着这些船扬帆启航，前往极西之地。造船者奇尔丹是海港之主，亦是智者中大有能力的一位。

那三枚精灵保存下来未遭玷污的戒指，智者之间从未公开提及，即便埃尔达也几乎无人知道它们被授予何人。不过，索隆失败之后，三戒的力量一直在运作，所在之处欢笑长存，万物不受时间流逝的摧残。因此，在第三纪元结束前，精灵意识到，"蓝宝石之戒"在美丽的山谷——幽谷中，由埃尔隆德保管，穹苍中的群星照耀着他的居所，光辉分外明亮。"金刚石之戒"则在加拉德瑞尔夫人居住的罗瑞恩之地。她是森林精灵的女王，是多瑞亚斯的凯勒博恩的妻子，但她本人出身诺多一族，仍记得上古时期的维林诺，她是留驻中洲的精灵中最强大也最美丽的一位。但"红宝石之戒"依然隐藏，尘埃落定之前，除了埃尔隆德、加拉德瑞尔与奇尔丹三位，无人知晓它被托付何人。

因此，第三纪元尚存时，精灵的福乐与美好在两处地区依旧存续不衰：一为伊姆拉缀斯，一为洛丝罗瑞恩。洛丝罗瑞恩是位于凯勒布兰特河与安都因大河之间的一片隐匿之地，那里的树木盛开金色花朵，从来没有任何奥克或邪恶之物胆敢踏入一步。但很多精灵都预感到：倘若索隆卷土重来，要么是他找到失落的统御之戒，要么是他的对手有幸捷足先登并将之摧毁，但无论如何，届时精灵三戒都必然失去力量，所有依靠三戒之力维系的事物，也必要凋零衰残，于是精灵将消逝于微光中，人类的统治将会到来。

……彼时尘世之地仍可见到诺多族的身影，他们是世界的儿女中最强大也最美丽的一群，他们的语言凡人仍可听闻。彼时大地上仍存有许多美丽奇妙的事物，不过也有许多邪恶恐怖的事物并存：有奥克、食人妖、恶龙和凶残的野兽，森林里还有一群古老又充满智慧的奇怪生物，他们的名字已被遗忘。矮人依旧在山中忙碌，以耐心的技艺打造金属，雕凿岩石，做出如今世间无人能及的作品。但人类的统治已是大势所趋，万物都在改变，直到黑暗魔君终于在黑森林中再度崛起。

那座森林在古时称为"大绿林"，林中空间广阔，林间小径无数，有很多野兽与歌声欢快的鸟儿出没，精灵王瑟兰杜伊在橡树与山毛榉树下建立了王国。多年以后，当那个纪元已经过去将近三分之一，有片黑暗从南面慢慢潜入了森林，恐怖在该处阴暗的林间空地中蔓延，凶猛的野兽出来狩猎，残酷又邪恶的生物也在林中设下了陷阱。

于是森林改了名字，称为"黑森林"，因林中夜影深浓，几乎无人胆敢通行，只余北部可走，那边瑟兰杜伊的子民仍把邪恶阻挡在外。没人知道那片黑暗来自何处，就连智者也过了很久才发现。那是索隆的魔影，也是他东山再起的征兆。他从东方的荒野而来，驻留在森林的南部，在那里缓缓成长壮大，再度凝聚了形体。他定居在一座黑暗的山丘上，并于此地修炼妖术，众人皆怕"多古尔都的死灵法师"，但他们起初并不知道自己面临多大的危险。

就在黑森林首次出现阴影时，中洲西部也出现了伊斯塔尔，人类称他们为巫师。彼时除了灰港的奇尔丹，无人知晓他们来自何方，而奇尔丹也只向埃尔隆德和加拉德瑞尔吐露，他们来自大海彼岸。日后，精灵当中流传，他们是西方主宰派来对抗索隆势力的使者，倘若索隆再度崛起，他们就要促使精灵、人类，以及一切善良的生灵达成英勇功绩。他们以人类的模样出现，年老却精力旺盛。尽管肩负重担，他们却历经岁月而几乎外貌不改，衰老得十分缓慢。他们拥有极深的智慧，头脑与双手拥有多种力量。他们长年累月四处旅行，深入精灵与人类当中，甚至也同飞禽走兽交谈。中洲的各族子民给他们取了许多名字，因为他们不曾揭示自己的真名。他们当中为首的两位，精灵称为米斯兰迪尔和库茹尼尔，不过北方的人类称他们为甘道夫与萨茹曼。这些伊斯塔尔当中，最年长也最先来到的是库茹尼尔，随后来的是米斯兰迪尔和拉达加斯特，后来的伊斯塔尔则进入中洲的东方，没有记载在这些故事中。拉达加斯特与所有的飞禽走兽为友，但库茹尼尔最常与人类来往，他精于言辞，擅长一切冶金锻造之术。米斯兰迪尔与埃尔隆德和精灵往来磋商最为紧密，他远游深入北方与西方，从不在任何地方长住。库茹尼尔则旅行去了东方，归来后定居在艾森加德环场中央的欧尔桑克高塔中，它是努门诺尔人在全盛时期所兴建的。

米斯兰迪尔一向最警惕，也最疑心黑森林中那片黑暗。虽然许多人认为那是戒灵作怪，但他担心那其实是索隆卷土重来的征兆。于是他去了多古尔都，死灵法师闻风而逃，世间有了很长一段时日的警戒和平。不过魔影终于还是回来了，而且力量大增。智者的议会在那段时期成立，它被称为"白道会"，成员有埃尔隆德、加拉德瑞尔、奇尔丹，以及其他埃尔达贵族，此外还有米斯兰迪尔和库茹尼尔。库茹尼尔（也就是白袍萨茹曼）被选为他们的领袖，因为他对古时索隆的策略研究最深。

事实上，加拉德瑞尔原本属意的议会领袖是米斯兰迪尔，萨茹曼对他二人暗妒在心，因他的骄傲及统御的欲望已变得极其强烈。不料米斯兰迪尔拒绝了这项任命，因为除了差他来者之外，他不欲效忠旁人、另受约束，宁愿居无定所，不服从任何召唤。然而如今萨茹曼开始研究有关力量之戒的学识，包括它们的铸造过程与历史。

魔影愈发壮大，埃尔隆德与米斯兰迪尔心中也愈发忧虑。于是，米斯兰迪尔再次冒着奇险前往多古尔都，探索死灵法师的地穴，他发现了自己所惧的真相，逃了出来。他回来对埃尔隆德说：

"唉！我们猜对了。它不是长久以来众人以为的乌来力之一，而是索隆本人再度凝聚成形，如今正在急速壮大。他正再度将所有的戒指收集到手中，并且不断打探至尊戒与伊熙尔杜继承人的消息，如果他们还活在世间的话。"

埃尔隆德答道："伊熙尔杜取得魔戒又不肯交出的那一刻，就注定了这个结局——索隆必会东山再起。"

"但至尊戒下落不明，"米斯兰迪尔说，"只要我们在它仍然隐藏的时候聚集力量，不要耽延过久，我们就能控制大敌。"

白道会随即召开，米斯兰迪尔催促他们尽快采取行动，但库茹尼尔发言反对，劝众人继续等候观察。

"因为我相信中洲再也找不到至尊戒了。"他说，"它落入了安都因河，我认为它在很久以前就被冲入了大海。它将留在海中直到终结，直到整个世界崩毁、深渊不复存在之时。"

因此，他们当时没有采取任何行动，但埃尔隆德心中担忧，他对米斯兰迪尔说："尽管如此，我却预感至尊戒将被寻获，然后战乱再起，这个纪元将在那场战争中结束。事实上，它将以第二度黑暗收尾，除非有某种我尚不能看见的奇异机缘解救我们。"

"世间奇异机缘众多，"米斯兰迪尔说，"当智者兀自犹疑不决，援助往往来自弱者之手。"

就这样，智者心存不安，不过还没有人看出库茹尼尔的心思已经投向黑暗，心中已经选择背叛：他渴望自己而不是他人能找到主魔戒，这样他便能亲自驾驭戒指，号令全世界顺从他的意志。长久以来，他研究索隆的谋略手段，希望击败他，但如今他非但不恨索隆的所作所为，反把他当作对手嫉羡。他还认为，索隆的至尊戒会在索隆再次现身时找寻主人，但索隆要是再次被驱除，它就将隐匿不出。因此，他愿意铤而走险，放任索隆壮大，希望凭着自己的机巧，在魔戒出现时，抢在朋友和大敌之前得到它。

他在金鸢尾沼地设下监视，很快便发现多古尔都的爪牙正在搜索大河在那片地区的全部流域。于是，他意识到索隆也已经知道伊熙尔杜的下场。他心生恐惧，退回艾森加德，加强防卫，并且愈来愈深入探究力量之戒的学问及铸造之法。但他对白道会只字不提此事，仍然希望自己会是第一个得知至尊戒下落的人。他召聚了一大批密探，其中很多都是飞鸟，因为拉达加斯特对他的背叛一无所知，给了他援助，以为这只不过是监视大敌的措施之一。

然而，黑森林中的阴影愈来愈浓重，邪物自世间一切黑暗之地前去多古尔都。他们再度联合，服从同一个意志，他们的恶意被引去针对精灵和努门诺尔的幸存者。因此，白道会终于再度召开，详加讨论有关魔戒的学识；米斯兰迪尔向议会成员进言道：

"至尊戒不是非找到不可，只要它还存于世间尚未销毁，它所蕴含的力量就仍将存活，索隆就将继续壮大，有望重来。如今精灵与精灵之友的威势早已不如古时，哪怕他没有主魔戒，也很快就会远远强过你们，因为他统御着九戒，七戒他也收复了三枚。我们必须进攻。"

当时库茹尼尔同意这项建议，他希望索隆能被逐出多古尔都，因那地靠近大河，如此一来，索隆就无法在河边自由搜索。因此，他最后一次帮助了议会，他们集力出击，进攻多古尔都，将索隆逐出了他的要塞，黑森林再次获得了短暂的安康。

但是，他们的攻击为时已晚。因为黑暗魔君已经料到此举，并且早就准备好一切对策。乌来力，也就是他的九位仆从，已经先他一步离去，预备他的归来。因此，他的败逃只不过是伪装，很快就卷土重来，并且不等智者来得及防备，他就重新入主他在魔多的王国，再次建起巴拉督尔的诸多黑塔。那一年，白道会召开了最后一次会议，而库茹尼尔隐入艾森加德，师心自用，不与旁人商讨。

奥克正在集结成军，远至东方和南方的野蛮人也开始经武备战。恐惧日渐高涨，战争谣言风传，而埃尔隆德的预感就在这期间成真，至尊戒确实又被找到了，其机缘巧合之奇，连米斯兰迪尔都未曾料到，库茹尼尔和索隆则全然不知。因为早在众人展开搜寻之前，它就已被人从安都因河中捞起，彼时刚铎王室的血脉尚未断绝。拾获者出身于一支住在河边、打鱼为生的体型较小的种族，他将魔戒带入群山根基底下的黑暗隐蔽处，无人能找到。它就待在那里，直到进攻多古尔都那年，它才又被一个遭到奥克追捕，逃入地底深处的旅人拾得，继而被携往遥远的他乡，最后到了埃利阿多西部，"小种人"或"半身人"佩瑞安族生活的地方。到那天为止，精灵与人类都不曾重视过他们，而除了米斯兰迪尔，智者全都不曾将他们纳入任何筹谋，索隆亦然。

米斯兰迪尔靠着运气和警惕，在索隆听到风声之前，先得知了魔戒的下落，不过他震惊之余，也举棋不定。因此物的邪恶力量大到任何智者都无法驾驭，除非他像库茹尼尔那样，希望自己也成为暴君和黑暗魔君。但它既不能被永远藏匿，不令索隆得知，也无法以精灵的本领摧毁。于是，米斯兰迪尔依靠北方杜内丹人的协助，在佩瑞安族的土地上设下了警戒岗哨，等候时机。但索隆耳目众多，很快就得知了他最渴望的至尊戒的下落，于是他派出那兹古尔前去抢夺。战火随后燃起，第三纪元以对抗索隆的大战开始，也以对抗索隆的大战结束。

《魔戒》中讲述了故事的后续

附录二

《失落之路》中有关努门诺尔的章节

托尔金未完成的小说《失落之路》动笔于1937 年之前的某个时期，其手稿中有许多关于努门诺尔沦亡主题的铺垫，后来在他的作品中得以呈现。在第二章中有一段从盎格鲁－撒克逊语翻译过来的诗，清楚地描述了类似于努门诺尔和蒙福之地的地方，以及人类对西方的向往：

"在西方之地有许多人类不知的事物，有种种奇观和奇特的生灵，那片土地美好可爱，是精灵的故乡，诸神的福地。人不知他所渴望为何，他在年老时被切断了归途。"

在别处还出现了"努门诺尔""索隆""魔苟

斯""米尔寇"[米尔寇]和"埃雅仁德尔"[埃雅仁迪尔]这些名字。这个多重的"时间旅行"设计十分复杂,无疑是小说被放弃的原因,正如托尔金后来所说,事实证明,这条路绕得太远,无法抵达我真正想要创作的目标。

1987年,克里斯托弗·托尔金在《中洲历史》卷五——《失落之路与其他作品》中出版了他父亲残留的手稿,并将他称为"努门诺尔章节"的内容归为一个独立的部分,在考虑文本时给予了合理的重视。

虽然这些章节不容易纳入本书采用的编年体形式,但值得收录在这里,因为它们包含了对第一纪元、努门诺尔的创建、索隆崛起和魔影来临的精辟总结,以苏格拉底式对话的形式呈现,并以托尔金最雄伟壮丽的史诗风格加以美化润色。

若要为它在编年史上找到位置,那么最合适的时间点就是"努门诺尔沦亡史"中的这个时期:阿尔-法拉宗正在公布他进攻蒙福之地的计划,而忠贞派的国王顾问阿门迪尔离开了罗门娜的家,扬帆前往西方,以恳求维拉的帮助,留下他的儿子埃兰迪尔等候并盼望父亲的归来。

在这个版本中,承担这项任务的是欧隆托(Orontor),而不是阿门迪尔。埃兰迪尔的儿子在这里被取名为"赫仁迪尔"（而不是托尔金后来选择的伊熙尔杜），而埃兰迪尔被说成是"维蓝迪尔"而非"阿门迪尔"的儿子——托尔金后来把维蓝迪尔这个名字给了伊熙尔杜最小的儿子。阿尔－法拉宗在这里被称为"塔尔卡理安"（Tarkalion），这是他的昆雅语名字"塔尔－卡理安"的早期版本。

努门诺尔章节

克里斯托弗·托尔金撰写了以下介绍：

家父在 1964 年关于这个问题的信中说："在我的故事中，当努门诺尔沦落到索隆统治之下时，**我们终于讲到了**忠贞派的领袖人物阿门迪尔和埃兰迪尔。"然而，显而易见的是，他是在现存的叙事写完大半**之后**，甚至是写到被放弃的地方时，才有了这个构想的。在第二章的结尾，努门诺尔的故事显然刚开始，而这些努门诺尔章节原本是与开篇的章节连续编号的。另一方面，当《失落之路》于 1937 年 11 月交给艾伦与昂温出版社时，他就已经决定推迟努门诺尔的故事，将其作为全书的结尾和高潮。

由于这个努门诺尔的插曲没有写完，所以我们可以在此顺便提及一条有趣的注释，估计是家父在创作过程中写的。注释说，当第一次"冒险"（即努门诺尔）结束时，"阿尔波因仍牢牢地坐在椅子上，而奥杜因刚刚关上了门"。[这指的是《失落之路与其他作品》中发表的前述章节。]

随着努门诺尔故事的推迟，章节编号也被改动了，但这并不重要，因此我将这些章节编号为"第三章"和"第四章"。它们没有标题。在这种情况下，我发现用编号批注来注释文本是最方便的。

第三章

埃兰迪尔在自家的花园中散步，却对暮色里的园中美景视而不见。他心烦意乱，心事重重。在他背后，他家的洁白塔楼和金黄屋顶披着夕照，熠熠生辉，但他双眼只盯着脚下的小路。他要下到海边，到花园尽头那处小海湾的碧蓝水塘中沐浴，他习惯在这时候沐浴。他还想在那里找到儿子赫仁迪尔。是时候必须跟他谈谈了。

他终于来到了拉瓦尔阿勒达[1]长成的大树篱前，它将花园低处的西侧尽头围了起来。这是一幅熟悉的景象，然而岁月的消磨也不能使它的美丽黯然失色。自从他在婚前规划花园时亲手种下这棵树，已经过去了八十四年[2]，他为自己的好运深感庆幸。因为这些种子来自遥远西方的埃瑞西亚，在那段年日里就已经很少有船从那里来，如今更是绝了踪迹。但是那片蒙福之地及其美丽子民的精神，仍然存留在那些种子长成的树木当中：它们长长的绿色叶片背面是金色的，被拂过水面的微风吹动时，会发出众多柔和的声音，并像阳光照在荡漾的水波上一样闪闪发光。这树开着素白又带一点黄晕的花，就像阳光下的白雪般厚厚地盖满了枝头，花的香气幽淡却清新，充盈着整个低层的花园。古代的水手们说，远在看见埃瑞西亚的陆地之前，就能在空气中先闻到拉瓦尔阿勒达的幽香，那香气使他们渴望休息，并给他们带来巨大的满足。他曾见这些树日复一日地开花，因为它们不开花的间歇十分罕见。但这会儿当他经过时，突然间，那香气扑鼻而至，令他感到既熟悉又全然陌生。有那么一会儿，他觉得自己似乎从来没闻过这种香气：它刺穿了他心中的烦恼，令他困惑，带来的不是熟悉的满足感，而是新的不安。

"埃瑞西亚，埃瑞西亚！"他说，"我真盼望自己就在那里，而不是命定要居住在两个世界之间的努门诺尔[3]。尤其是在这迷惘混乱的年日里！"

他从闪亮叶片搭成的拱道下走过，快步走下岩石凿成的台阶，踏上洁白的海滩。埃兰迪尔环顾四周，但没看见他儿子。他脑海中浮现出一个画面——赫仁迪尔白皙、强壮、健美，刚步入成年的身躯划开水面，或躺在沙滩上，在阳光下闪光。但是赫仁迪尔不在那里，海滩显得异乎寻常地空荡。

埃兰迪尔站定，再次打量那片海湾和环抱它的岩壁。目光移动间，他无意中抬眼望见了自家的房子，它坐落在海岸上方的山坡上，掩映在树木和鲜花间，白与金二色在夕阳的余晖中闪耀。他停伫目光，凝视着：因为突然间，那房子立在那里，就像既真实又虚幻的事物，像另一个时代和传说里的事物，美丽、备受钟爱，却又陌生，唤起了渴望，仿佛它属于一个仍然隐藏着的玄虚谜团。他说不清这种感觉。

他叹了口气。"我想，是战争的威胁使我对美好的事物感到如此不安。"他想，"恐惧的阴影挡在我们和太阳之间，万物看似都已经失落。但这样看去，它们却又美得出奇。我不知道。我真想知道。努门诺瑞啊！我希望在未来的岁月里，你山丘上的树木会像此时一样盛开繁花；你的塔楼会在月光下雪白，在阳光下金黄。我真盼望这不只是希望，而是确信——那种我们在魔影降临之前所拥有的确信。但是赫仁迪尔在哪里？我必须找到他和他谈谈，要谈得比之前更清楚。趁现在还来得及。快要来不及了。"

努门诺尔的沦亡

他喊道："赫仁迪尔！"他的声音在空旷的海岸上回响，盖过了轻柔的海浪，"赫仁迪尔！"

就在他呼喊时，他似乎听见了自己的声音，并注意到那声音既洪亮，又异样地悠扬悦耳。"赫仁迪尔！"他又喊道。

终于，有人回应了呼喊：一个年轻、非常清晰的声音从远处传来——就像深深的洞穴中传来的钟声。

'Man-ie, atto, man-ie?'

有那么短短一刻，埃兰迪尔觉得这话很怪。"Man-ie, atto？什么事，父亲？"随即，那种怪异的感觉消失了。

"你在哪里？"

"这里！"

"我看不见你啊。"

"我在岩壁上面，正俯视着你。"

埃兰迪尔抬头张望，然后迅速爬上小海湾北端的另一段石阶。他上到一处平坦的地方，那是一块向外凸出的岩石顶端，修整得光滑平坦。这里有足够的地方，可以躺在阳光下，也可以坐在一条背靠悬崖的宽阔石凳上，崖壁上垂下一串串的枝条，上面缀满了蓝色和银色的花环。有个年轻人双手托着下巴，平趴在石地上。他正眺望着大海，在他父亲走过来坐在石凳上时也没回过头。

"赫仁迪尔，你在做什么梦，竟生了耳朵也听不见？"

"我在思考，不是做梦。我不是小孩子了。"

"我知道你不是，"埃兰迪尔说，"所以我想找到你，和你谈谈。这些日子你总是在外游荡，很少在家。"

他垂目看着面前那具白皙的身躯，它很美，对他而言珍贵无比。赫仁迪尔赤裸着身子，因为他一直习惯从高处跳水——他是个勇敢的跳水者，并为自己的技术感到自豪。埃兰迪尔突然觉得这孩子在一夜之间长大了，几乎是在不知不觉之间。

"你长得多好啊！"他说，"你有成为伟人的素质，而且差不多已经长成了。"

"你干吗嘲笑我呢？"男孩说，"你明知道我是黑头发，个子还比大多数同龄人要小。这让我很困扰啊。我才勉强到阿尔玛瑞尔的肩膀那么高，她跟我同龄，是个姑娘，还有一头闪亮的金发。我们认为我们有诸王的血脉，但我告诉你，你朋友的儿子们都取笑我，叫我'泰仁都尔'[4]——又瘦又黑；他们说我有埃瑞西亚民的血脉，或者说我有一半是诺多。这话在当今的日子里可不是什么善称爱语。被叫作半诺姆族，距离被说成敬畏神只有一步之遥；而那可危险得很。"[5]

埃兰迪尔叹了口气。"那么，身为名叫**埃兰迪尔**之人的儿子，也一定已经变得很危险了，因为这个名字指向'神之友'维蓝迪尔，他是你的祖父。"[6]

一阵沉寂。最后，赫仁迪尔再度开口："你说，我们的国王塔尔卡理安是谁的后裔？"

"是图奥之子航海家埃雅仁德尔的后裔，而伟大的图奥就是在这片海域中失踪的。"[7]

"那么，国王为何不能效法他的先祖埃雅仁德尔呢？他们说他应该追随他，完成他的大业。"

"你认为他们说的是什么意思？他该往哪里去，去完成什么大业？"

"你知道的。埃雅仁德尔岂不是航行到了极西之地，踏上了那块禁止我们涉足的大地？他可没死，起码歌谣里是这么说的。"

"你怎么形容死呢？他并未归来。在踏上那片海岸之前，他抛下了他所爱的所有人。[8]他以失去亲族的方式拯救了他们。"

"诸神因他动怒了吗？"

"谁知道呢？他并没有归来。但他胆敢冒险立此功绩，不是为了服侍米尔寇，而是为了击败他；是为了拯救人类摆脱米尔寇，而不是摆脱诸神；是为我们赢回大地，而不是夺取诸神之地。诸神听了他的祈求，起来讨伐米尔寇。因此大地才是我们的。"

"他们现在说的是，传说被埃瑞西亚民篡改了，而埃瑞西亚民是诸神的奴隶。真相是，埃雅仁德尔是位探险家，他给我们指明了路途，为此诸神把他抓了囚禁起来。他的大业显然尚未完成。因此，我们的国王，埃雅仁德尔的子孙，应该去完成它。他们想要去做那长久以来被搁置未竟之事。"

"那是什么事？"

"你知道的：踏上遥远的西方之地，再不撤离。为我们的种族征服新的疆域，缓解这个人口稠密的岛屿的压力，这里的每条路都已被踏实，每棵树和每片草叶都是有数的。要得到解放，要成为世界的主人。要摆脱千篇一律和死亡末日的阴影。我们要让我们的国王成为西方主宰：Nuaran Númenóren。[9] 在这里，死亡来得缓慢，也来得稀少，但它还是会来。这片土地只不过是个看似天堂的镀金牢笼。"

"不错，我也听别人这么说过。"埃兰迪尔说，"不过，你对天堂了解多少呢？看哪，我们漫无目的的闲聊，竟也达到了我的目的。不过，发现你的心情是这个样子，我很难过，虽然我早就担心会是这样。你是我唯一的儿子，我最心爱的孩子，我很希望我们在所有的选择上都是一致的。但无论如何，我们都必须选择，你和我都不例外——因为你在过完上个生日以后，已经成为军队的一员，有义务为国王效力。我们必须在索隆和诸神（或至高者）之间做出选择。我想，你知道努门诺尔的人心不是全都投向索隆的吧？"

"我知道。即使是在努门诺尔，也有傻瓜。"赫仁迪尔压低声音说，"但是为什么要在这个无遮无蔽的地方谈论这类事情？你是想给我招灾引祸吗？"

"我没想招灾引祸。"埃兰迪尔说，"灾祸是强加给我们的：在灾祸之间做出选择——这是战争的第一批恶果。但是你看，赫仁迪尔！我们的家族崇尚智慧，守护学识，并且长久以来为此备受尊敬。我追随了父亲，因为我做得到。你追随我吗？你对努门诺尔或世界的历史了解多少呢？你才四十八岁[10]，索隆来的时候你还是个孩童。你不知道在那之前的日子是怎样的。你不能无知地做出选择。"

"但是其他比我或你更年长、知识更渊博的人已经做出选择了。"赫仁迪尔说，"他们说历史证实了他们的说法，而索隆给历史带来了新的启示。索隆知道历史，所有的历史。"

"索隆确实知道，但他歪曲了所知之事。索隆就是个骗子！"埃兰迪尔越说越愤怒，不自觉提高了嗓门。这些话就像挑战一样冲口而出。

"你疯了！"他儿子说，终于侧过身来面对埃兰迪尔，眼里充满了恐惧，"别对我说这种话！他们可能，他们可能……"

"**他们**是谁？他们可能会做什么？"埃兰迪尔问，但有一股冰冷的恐惧从他儿子的眼中传到了他自己的心里。

"别问了！也别说——说得那么大声！"赫仁迪尔转过身去，趴在地上把脸埋进双手里，"你知道这对我们所有人都很危险。不管索隆是什么，他都非常强大，而且耳目众多。我害怕囚牢。我爱你，我爱你。Atarinya tye-meláne。"

Atarinya tye-meláne，我的父亲，我爱你——这句话听起来很奇怪，却那么悦耳，它打动了埃兰迪尔的心。"A yonya inye tye-méla：我也是，我的儿子，我爱你。"他说，感觉每个音节都很奇怪，但说出口时又很鲜活，"不过，让我们回屋里去吧！这会儿游泳已经太晚了。太阳就快彻底消逝了。西方诸神的花园还很明亮，但暮色和黑暗正朝这里聚拢，而黑暗在这片土地上已不再无害了。我们回家吧。今晚我必须告诉你很多事，也会问你很多事——关起门来说，也许你会觉得更安全一点。"他望向他所热爱的大海，渴望把自己的身体沉浸其中，仿佛那样就能洗去疲惫和忧虑。但是夜幕即将降临。

太阳已经降至天际，正迅速沉入海里。

远处的波涛上有火光，但是一闪就熄了。一阵寒风突然间从西方吹来，吹皱了岸边橙黄的海水。火光照亮的海天相接之处，上空有乌云密布翻腾；它们伸出巨大的翅膀，从南到北，似乎在威胁这片陆地。

埃兰迪尔打了个寒战，喃喃说道："看哪，西方主宰的大鹰，带着威胁临到努门诺尔了。"

"你说什么？"赫仁迪尔问，"不是有命令要称努门诺尔的王为西方主宰吗？"

"国王的确下了命令，但那并不能使其成真。"埃兰迪尔回答，"但我不想大声说出我心中的预感。我们走吧！"

光线在他们穿过花园的小径时迅速暗淡下来，园里的花在暮色中变得苍白，微微发光。树木散发着甜美的暗香。一只罗美林迪［夜莺］在水池边开始了激动人心的鸣唱。

他们家的房子就耸立在上方。它的白墙熠熠生辉，仿佛将月光囚禁其中，但此时月亮尚未升起，只有漫射的清冷光辉，投不出影子。微小的星星射出白焰般的星光，穿透了宛如易碎玻璃的晴朗天空。有个声音从一扇高窗里传出来，像银珠落玉盘般撒在他们走过的暮色里。埃兰迪尔认得这个声音，那是他家中的一个姑娘，欧隆托的女儿费瑞尔。他的心沉了下去，因为费瑞尔住到他家里来，只因欧隆托已经走了。人们说他去了一趟长途远航。还有人说他是为了躲避国王的不满。埃兰迪尔知道他是去执行一项任务，可能永远回不来了，或者回来也太迟了。[11] 他爱欧隆托，而费瑞尔很美。

这时她正用埃瑞西亚的语言唱一首傍晚之歌，不过这歌是很久以前人类所作的。夜莺停止了鸣唱。埃兰迪尔停下脚步，静静聆听。那些遥远而奇异的词句向他飘来，就像人类刚开始在这世界上展开旅程时，在一个被遗忘的黄昏里用古老的语言悲伤地吟唱着某种旋律。

> Ilu Ilúvatar en káre eldain a fírimoin
>
> ar antaróta mannar Valion: númessier ...

> 天父为精灵与凡人创造了世界，祂将它交付
> 诸神之手，他们居于西方。

费瑞尔就这样在高处唱着，直到她的歌声悲伤地落到那首歌结尾的发问：man táre antáva nin Ilúvatar, Ilúvatar, enyáre tar i tyel íre Anarinya qeluva? 伊露维塔啊，在终结到来之后，当我的太阳消逝，伊露维塔会赐予我什么？[12]

"E man antaváro？祂到底会赐予什么呢？"埃兰迪尔说，伫立在那里沉思。

"她不应该在窗前唱那首歌让人听见。"赫仁迪尔打破沉默说，"他们现在不这么唱了。他们说，米尔寇会回来，而国王会给我们永不消逝的太阳。"

"我知道他们说什么。"埃兰迪尔说，"不要对你父亲说这种话，更不要在他家中说。"他从一扇深色的门走进屋去，赫仁迪尔耸耸肩，跟着他进屋去了。

第四章

赫仁迪尔伸展开身体，头枕着双手，仰躺在父亲脚边的地毯上，地毯上编织着金色的鸟儿和开着蓝色花朵的藤蔓。他父亲坐在雕花椅子上，双手搁在椅子扶手上一动不动，眼睛望着壁炉里熊熊燃烧的炉火。天气并不冷，但被称为"房子的心脏"[13]的炉火在这房间里始终燃烧着。此外，它还抵御着黑夜的侵袭，因为人们已经开始惧怕黑夜了。

但凉爽的空气从窗外涌入，清新，带着花香。透过窗户可以看到，越过静止树木的重重黑暗树梢，西边的大海在月光下泛着银光，此时正跟随着太阳，迅速涌去诸神的花园。夜深人静，埃兰迪尔的话音轻轻地落了下来。他边说边听，仿佛在听另一个人讲述一个早已被遗忘的故事。[14]

"始有[15]伊露维塔，'独一之神'；并有众大能者，其中伊露维塔最早构思的，乃是光芒闪耀的阿尔卡。[16]另外，大地上还有首生的儿女埃尔达，只要世界尚存，他们就不会消亡；以及次生的儿女，就是必死的凡人。他们都是伊露维塔的儿女，但是都受到诸神的管辖。伊露维塔筹划了世界，并向众大能者揭示了祂的设计；他将一些大能者任命为维拉，即世界的主宰与世间万物的统治者。但是阿尔卡在世界诞生之前就独自在空虚之境中旅行，寻求自由，渴望世界成为他自己的专属王国。于是，他像一团坠落的烈火一般降入其中，又向他的兄弟手足，也就是诸神，发动战争。但是诸神在西方的维林诺建立了自己的宫殿，将他拒于门外。他们在北方与他交战，并将他束缚起来，于是世界获得了和平，变得无比美好。

"过了漫长的年岁，阿尔卡请求赦免。他向众大能者的领袖曼威臣服，于是获释得了自由。但他密谋反对他的兄弟手足，欺骗了居住在维林诺的首生儿女，于是有许多人起来反叛，并被逐出了蒙福之地流亡。阿尔卡摧毁了维林诺的光源，逃进了黑夜。从此他变成一个黑暗又可怕的神灵，被称为魔苟斯，他在中洲建立了自己统治的疆域。然而，维拉为首生儿女创造了月亮，为人类创造了太阳，用以对抗大敌的黑暗。就在太阳首次升起之时，次生儿女，也就是人类，出现在世界的东方，但是他们落到了大敌的魔影之下。在那些日子里，那些流亡的首生儿女向魔苟斯开战，而人类先祖有三支家族加入了首生儿女的阵营，他们就是贝奥家族、哈烈丝家族与哈多家族。因为这些家族不屈从魔苟斯。但是魔苟斯取得了胜利，毁了一切。

"埃雅仁德尔是图奥的儿子，图奥的父亲是胡奥，胡奥的父亲是古姆林，古姆林的父亲是哈多；埃雅仁德尔的母亲则属于首生儿女，是流亡者最后一位国王图尔巩的女儿。他出发航向大海，最终抵达了诸神的疆域和西方的山脉。他在那里宣布放弃他所爱的一切——他的妻他的儿，他所有的亲族，无论是首生儿女还是人类；他剥除了一切牵挂束缚。[17]他向西方主宰曼威称臣，他在曼威面前俯伏在地祈求。于是他被带走了，从此再未返回人世。但是诸神施予怜悯，派出了大军，北方战火重燃，大地就此破碎。但是魔苟斯被推翻了。诸神将他推入了世界之外的空虚之境。

"他们召回流亡的首生儿女，赦免了他们，而那些返回的人从此幸福地居住在'孤岛'埃瑞西亚，也就是阿瓦隆，因为从那里可以望见维林诺与蒙福之地的光明。他们在中洲以西的大海中央为那三支家族的人类建造了'新大陆'温雅，将其命名为安多尔，即'赠礼之地'。他们赋予了这片土地和生活在其上的万物远远超过其他凡世之地的美好。但是，在中洲住着寻常人类，他们不知道诸神与首生儿女，只听过传言；其中有些人曾在古时服侍过魔苟斯，是可憎的。那时世间还有邪恶的东西，是魔苟斯在他统治的时期造出来的，有魔鬼、恶龙，以及对伊露维塔所造生灵的拙劣模仿。[18]那里也隐藏着许多魔苟斯的仆从，他们是邪灵，虽然他不在他们当中，但他的意志仍然支配着他们。这些邪灵当中为首的是索隆，他的力量与日俱增。因此，中洲人类命运多舛，因为留在他们中间的首生儿女要么褪隐，要么启程去往西方，而他们的亲族努门诺尔人却距离遥远，只能乘坐横渡大海的船只来到他们的海岸。但索隆听说了安多尔来的船，他惧怕他们，惧怕那群自由之人成为中洲的统治者，解放他们的亲族。在魔苟斯的意志驱使下，索隆密谋摧毁安多尔，（若是可能）还要毁灭阿瓦隆和维林诺。[19]

"但我们为什么要受骗，成为他意志的工具？赋予我们丰饶富裕的不是他，而是英明俊美的西方主宰曼威。我们的智慧来自诸神，来自亲眼见过他们的首生儿女。我们已经成长得比我们种族的其他人类——那些古时侍奉魔苟斯的人类——更高贵、更伟大。我们拥有比他们更强大的知识、力量和生命。我们还没有堕落。因此，世界的统治权是我们的，或者说将是我们的，从埃瑞西亚到东方。凡人不可能拥有更多了。"

"除了摆脱死亡。"赫仁迪尔抬起脸对着父亲说，"还有摆脱千篇一律。他们说，诸神居住的维林诺，没有任何限制。"

"他们说的不是真的。因为世上万物皆有终局，因为世界本身是有限的，由此才不会是空虚之境。但死亡不是诸神颁布的天条，它乃是独一之神的赠礼，这赠礼随着时间的流逝，纵使西方主宰也会嫉羡。[20]古时的智者就是这么说的。虽然我们可能不再理解死亡一词，但至少我们有足够的智慧知道我们无法摆脱死亡，否则就会迎来更悲惨的命运。"

"但是，有明令规定，我们努门诺尔人不得踏上不朽者的海岸，也不得在他们的土地上行走——可这只是曼威和他的兄弟们颁布的禁令。我们为什么不能去？他们说，那里的空气能让人长生不死。"

"或许如此，"埃兰迪尔说，"或许那是已经拥有长生者才需要的空气。对我们而言，或许吸了就死，或许吸了就疯。"

"可是我们为什么不该试试？埃瑞西亚民会到那里去，古时候我们的水手也常在埃瑞西亚逗留[1]，并未受到伤害。"

"埃瑞西亚民和我们不一样。他们并未获得死亡这项赠礼。但是，争论世界该归谁治理有什么用呢？所有的确定性都失去了。不是有歌谣唱道，大地是为我们造的，但我们无法毁掉它，如果我们不喜欢它，我们也许可以记住，我们将会离开它。首生儿女岂不是称我们为访客吗？看看这种不安分的风气已经造成了什么结果。我年轻的时候，这里没有邪恶的心思。死亡来得很晚，除了疲倦，没有其他的痛苦。我们从埃瑞西亚民那里得到了极多美丽的事物，我们的土地变得几乎和他们的一样美丽；也许，对凡人的心而言更加美丽。据说，古时，诸

1　此处允许努门诺尔人踏上埃瑞西亚岛的设定与出版的《精灵宝钻》相背，是早期的构想，见《中洲历史》卷五第 20 页。——译者注

附录二

341

神不时会在我们以他们的名字命名的花园里散步。在那些花园里，我们安置了他们的塑像，是由见过他们的埃瑞西亚民塑造的，就像我们所爱的朋友的画像一样。

"过去这片土地上没有神庙。但我们在圣山上向没有塑像的独一之神祈愿。那是一处圣地，凡人的工艺从不曾碰触。然后索隆来了。我们早就从那些自东方归来的水手那里听说过他的传闻。传说各不相同：有人说他是比努门诺尔的王更伟大的君王；有人说他是大能者之一，或是他们的后裔，被派来统治中洲。少数人报告说，他是邪恶的神灵，也许就是归来的魔苟斯；但我们对这些说法都一笑了之。[21]

"他似乎也听说了我们的事。他来到这里的时间不算长——四十四年而已[22]——但感觉上似乎已经很多年了。你那时还小，还不知道在这片土地的东边，在远离我们西边家宅的地方，发生了什么事。国王塔尔卡理安被有关索隆的传闻触动，于是派遣使团去查明水手们的传说是否属实。许多谋士都劝阻他。我父亲告诉我，他也是劝阻人之一，那些最睿智、最了解西方的人，都从诸神那里收到消息，警告他们要小心。因为诸神说，索隆会行邪恶之事；但是他除非获得召唤，否则就不能涉足这地。[23]塔尔卡理安越来越骄傲，他不容中洲有比他更强大的力量。因此，他派出舰队，召唤索隆前来朝拜。

"卫兵被派往岛国东边礁岩乌黑的墨瑞昂迪港，[24]

遵照国王的命令，昼夜不懈地守望舰队的归返。当时是夜晚，但月光明亮。卫兵看见远处有船，虽然几乎没有风，但那些船似乎正向西航行，速度比风暴更快。突然间，大海翻起波涛，海浪升得山一样高，翻滚着扑上陆地。那些船被浪举起，远远抛入内陆，躺在田野里。在那艘被抛得最高、完全离水搁在山丘顶上的船上，有一个人，或者说，是个具有凡人形貌的存在，但身材甚至比任何一个努门诺尔种族的人都要高大。

"他站在岩石上[25]，说：'之所以这么做，是为了展示力量。因为我是强大的索隆，是**强者**的仆人。'（他这话说得十分隐晦）'我来了。努门诺尔的众人啊，你们当欣喜才是，因为我会奉你们的王为我的王，世界必交到他手中。'

"在场的人觉得索隆看起来十分伟大，尽管他们惧怕他眼中的光芒。在许多人眼里，他容貌俊美，在另一些人眼里，他模样可怕，但有些人觉得他很邪恶。不过，他们将他带到了国王面前，他在塔尔卡理安面前很谦卑。

"看吧，此后一步接一步，都发生了什么事。起初，他只透露工艺的秘密，教人制造许多强大而奇妙的东西，那些东西似乎都很不错。我们的船如今无风也能航行，许多船都是以金属制成，能切穿暗礁，无论风平浪静还是狂风暴雨都不会沉没，但它们的外观不再美丽。我们的塔楼越盖越坚固，越盖越高，但它们却将美丽抛在尘泥当中。我们这些没有敌人的人，却建起坚不可摧的堡垒——而且大多在西方——将自己包围起来。我们的武器倍增，仿佛要打一场旷日持久的战争，人们也不再热衷于制作其他东西来使用或自娱。但是，我们的盾牌坚不可破，我们的刀剑无人能敌，我们的箭矢如同雷霆，数里格外也精准无误。可是，我们的敌人在哪里？我们已经开始自相残杀。因为，努门诺尔从前本是开阔无比，如今却显得只余方寸。因此，人们便觊觎其他家族长久以来拥有的土地。他们焦虑不安，就像身陷囹圄。

"因此，索隆宣扬救赎。他要求我们的国王更进一步，建立帝国。昨日它的权势笼罩东方。明日——它将笼罩西方。

"从前我们没有神庙。但是，现在圣山被洗劫一空。山上的树木遭到砍伐，山光秃秃地耸立，并且山顶上盖了一座神庙。它由大理石、黄金、玻璃和钢铁建造，神奇但又恐怖。没有人去那里祈祷。它在等待。长久以来，索隆都没有直呼他主人的名字，因为那个名字自古以来在此地便受到诅咒。起初索隆称他是'强大者'，是最古老的大能者，是主君。但是，现在他公开提起阿尔卡，[26] 提起魔苟斯。他预言他会回归。那座神庙将是他的殿堂。努门诺尔将成为世界统治的中心。与此同

努门诺尔的沦亡

时，索隆住在神庙里。他从圣山上俯瞰我们的土地，他把自己抬得比国王更高，就连骄傲的塔尔卡理安也不例外，即便塔尔卡理安乃是埃雅仁德尔的后裔，是诸神选中的血脉。

"魔苟斯并没有来。但他的阴影来了。它笼罩了人们的心灵与思想。它横亘在他们与太阳之间，遮蔽太阳底下的一切。"

"阴影存在吗？"赫仁迪尔说，"我没看到。不过我听过别人谈论它。他们说那是死亡的阴影。可那不是索隆带来的。他保证会拯救我们脱离死亡的阴影。"

"阴影存在，但那是惧怕死亡的阴影，以及贪婪的阴影。但同时还有更黑暗邪恶的阴影。我们不再见到我们的国王。他对人们发怒，他们就销声匿迹。他们晚上还在，到了早上却不见踪影。开阔的地方不安全，有墙遮挡则很危险。奸细可能就坐在房子的心脏边。监狱设立了，地下密室也有了。还有酷刑折磨，以及邪恶的仪式。夜晚的树林曾经十分美丽——当你还是个婴孩时，人们会为了享受而在林中漫步和安睡——现在林中却充满了恐怖。太阳落山后，就连我们的花园也不完全干净了。如今，即使是白天，神庙里也会冒出烟气。烟气所落之处，花草纷纷枯萎。古老的歌谣不是被遗忘就是被篡改，扭曲成其他的含义。"

"是的，那是人人天天都会学到的。"赫仁迪尔说，

"但有些新歌铿锵有力，振奋人心。我听说有人劝我们抛弃古老的语言。他们说我们应当摆脱埃瑞西亚语，恢复人类祖先的语言。索隆教这种语言。至少在这方面，我认为他做得不好。"

"索隆这是对我们双重的欺骗。因为人类学的是首生儿女的语言，因此，如果我们真的要回到最初，那么，我们发现的不会是野人支离破碎的方言，也不会是我们祖先的简单语言，而是首生儿女的语言。而且，埃瑞西亚语是所有首生儿女的语言中最优美的，他们用它与诸神交谈，它也将他们不同的宗族联系在一起，将他们与我们联系在一起。如果我们抛弃这语言，我们就会与他们分离，变得匮乏无知。[27] 毫无疑问，这就是索隆的意图。但他的恶意是无止境的。听着，赫仁迪尔，并牢牢记住。若不将这一切邪恶斩草除根，那么它结出苦果的时候就快到了。我们是要等到果实成熟吗，还是赶紧把树砍了丢进火里？"

赫仁迪尔突然站起身来，走到窗前。"天很冷，父亲。"他说，"月亮不见了。我相信花园里没有人。树长得离房子太近了。"他把窗前厚厚的绣花窗帘拉上，然后回来窝在火炉边上，仿佛突然被寒意侵身似的。

埃兰迪尔坐在椅子上倾身向前，压低了声音继续说："国王和王后都老了，不过大家都不知道这一点，因为他们很少露面。他们问索隆，在他们给魔苟斯兴建神庙后，索隆之前承诺他们的不死生命在哪里？神庙建好了，他们却变老了。但索隆预见了这一点，我听说（已经悄悄传开了）他宣称诸神拦下了魔苟斯的赏赐，只要诸神挡道，承诺就无法兑现。为了长生不死，塔尔卡理安必须战胜西方。[28] 现在，我们懂了那些塔楼和武器的目的。人们已经开始谈论战争，尽管他们还没有明说敌人的名字。但我告诉你：很多人都知道，这场战争将是向西攻打埃瑞西亚，以及过了埃瑞西亚再往西之地。这下你意识到我们有多危险，国王有多疯狂了吗？然而这场厄运正在迅速逼近。我们的船只从世界各个［？角落］被召回。你难道没注意到也没感到奇怪吗？那么多的人，尤其是年轻人，都不见了，而在我们岛国的南部和西部，工作和消遣都在衰减。有可靠的信使向我报告，在北方的一个秘密港口，兴建了造船场和锻造场。"

"向你报告？父亲，你这话是什么意思？"赫仁迪尔似是惊恐地问。

"就是我话里的意思。你为什么如此怪异地看着我？你以为维兰迪尔之子，努门诺尔的智者之首，会被魔苟斯仆人的谎言所欺骗？我不会背叛国王，也不会设计伤害他。在我有生之年，我会效忠埃雅仁德尔家族。但是，如果我必须在索隆与曼威之间做出选择，那么其他一切都必须退居其次。我不会向索隆低头，也不会向他的主人低头。"

"可是，你说得就好像你是这件事的领袖——惨啊，因为我爱你；虽然你宣誓过效忠，但这并不能使你免于叛国的危险。即使诋毁索隆也被认为是叛国啊。"

"我确实是领袖之一，儿子。我已经为自己，为你，为所有我爱的人，考虑过风险了。我所做的是正确的，也是我有权去做的，但我不能再瞒着你了。你必须在你父亲和索隆之间做出选择。但我给你选择的自由，如果我没有说服你的头脑和心灵，我不会以父亲的身份要求你服从。你有去留的自由，甚至可以随你所愿，去举报我所说的一切。但是，如果你留下来，了解更多的事，那就将涉及更隐秘的商议和除我之外的其他〔？人名〕，那么，无论发生什么事，你都必须以荣誉为重，保持沉默。你愿意留下来吗？"

"Atarinya tye-meláne，"赫仁迪尔突然说，抱住父亲的双膝，把〔？头〕埋在那里哭泣。他父亲将手放在他的头上说："这真是个邪恶的时刻，要〔？逼迫〕你做这样的选择。但命运会召唤一些人在合适的时刻成为男子汉。你决定了吗？"

"我会留下，父亲。"

克里斯托弗·托尔金写道："叙述到此结束。没有理由认为他还写过更多内容。手稿在接近结尾时越写越快，最后变成了潦草的字迹。"接

着，他对他父亲当时计划的故事后续情节进行了
评价：

家父写有好几页笔记，从中可以看出停笔后——在
某个阶段——他对接续情节的想法。这些笔记有些地方
难以辨认，而且，不管从哪方面看，它们都是构思迅速
变化的产物，是思绪的残片，而不是成形概念的表述。
更重要的是，这些笔记中至少有一些显然写在真正写成
的叙事之前，并被纳入了叙事，或者被不同的内容取代。
很可能所有的笔记都是这样，就连那些提到从没写出来
的后半部分故事的笔记也不例外。不过，这些笔记非常
清楚地表明，家父最关心的是父亲与儿子之间的关系，
这一点至关重要。他在努门诺尔的故事里创造了这种父
子之间有可能发生激烈痛苦的冲突的局面，这与埃罗尔
一家在开始及结束时经历的宁静和谐完全不相称。[埃罗
尔家族，包括祖先和后裔，是《失落之路》要写的故事
里的核心主角。]埃兰迪尔和赫仁迪尔的关系受到了严重
的威胁。这场冲突在已知事件——向维林诺发动进攻和
努门诺尔的沦亡——的框架中可能遇到很多叙事上的问
题，家父在这些笔记中只是勾勒出了一些解决方案，没
有对任何一个方案再做发展或回顾。
　　一个明显的小问题是"西方主宰的大鹰"这个说法：
这是什么意思？要如何安置在故事里？他似乎和阿尔波

因·埃罗尔在说这话时一样感到困惑（[《中洲历史》卷五]第38页和第47页）。他质疑"西方主宰"是指努门诺尔的国王还是指曼威，或者这是曼威的正当头衔，却被国王出于对他的轻蔑而使用了；最后的结论是"很可能是后者"。接下来是一个"场景"，曼威派来众鹰之王梭隆图尔，梭隆图尔飞翔的身影遮蔽阳光，在地面上投下了巨大的阴影。埃兰迪尔就是在那时说出了这话，但是被人偷听到了，遭到举报，并被带到塔尔卡理安面前，塔尔卡理安宣布这个头衔属于他。在实际写下的故事中，当埃兰迪尔看见傍晚的天空中乌云从西方升起，伸展出"巨大的翅膀"时，他对赫仁迪尔说了这句话（[《中洲历史》卷五]第62页[本书第334页]）——同样的景象令阿尔波因·埃罗尔以及"努门诺尔沦亡史"（《精灵宝钻》第346页[本书第267页]）中努门诺尔的人也说了这话；而赫仁迪尔回答说，已经有令，这个头衔属于国王。笔记中没有写明埃兰迪尔被捕的后果，但据说赫仁迪尔被派去指挥其中一艘船，埃兰迪尔本人也加入了这趟伟大的远征，因为他跟随赫仁迪尔同去。当他们到达维林诺时，塔尔卡理安把埃兰迪尔作为人质押在他儿子的船上，等他们在维林诺的海岸登陆后，赫仁迪尔被击倒了。埃兰迪尔救了他，把他送上船，"在塔尔卡理安的箭雨追击下"，他们向东返航。"就在他们接近努门诺尔的时候，世界弯转了，他们看见岛国向他们滑来"；埃兰迪尔落入深渊，被淹死了。[1] 这组笔记最后提到努门诺尔人来到中洲，以及"后来的故事"；"飞行的船"，"有彩绘的洞穴"，"精灵之友如何走上笔直航道"。

其他笔记提到，"反索隆者"制定了袭击神庙的计划，但赫仁迪尔出卖了这个计划，"条件是放过埃兰迪尔"；袭击失败，埃兰迪尔被俘。与此相关或截然不同的说法是，被逮捕并囚禁在索隆的地牢里的是赫仁迪尔，而埃兰迪尔为了救儿子，背弃了诸神。

我的猜测是，所有这些在真正写下故事时都被舍弃了，而赫仁迪尔在结尾处所说的话表明，家父当时心里想的是某种十分独特的解决方案，在这个解决方案里，埃兰迪尔和他儿子无论面对什么事情，都保持团结一心[2]。

早期叙事中，没有指明努门诺尔王国从建立到毁灭延续了多长时间，指明名号的国王也只有一位。埃兰

---

1 有一则单独潦草写就的笔记晦涩得令人心痒，尚不清楚是不是指这个略见一斑的故事："如果任何一方辜负了对方，他们就会身死，不得归返。因此，在最后一刻，埃兰迪尔必须说服赫仁迪尔按兵不动，否则他们就会身死。在那一刻，他发现自己是阿尔波因，并意识到埃兰迪尔和赫仁迪尔都已经死了。"

2 我曾提出（[《中洲历史》卷五]第31页），由于努门诺尔的埃兰迪尔以贝烈瑞安德之王的身份出现在"沦亡二稿"第14段（[《中洲历史》卷五第28页]）中，那么他一定没有参加塔尔卡理安的远征，而是"在岛国的东岸，待在他们的船上"（"沦亡"第9段［《中洲历史》卷五第27—28页]）。

迪尔与赫仁迪尔谈话时，将所有降临的邪恶都归咎于索隆的到来，因此，那些恶事是在相当短的时间内发生的（44年，本书第342页）。而在"努门诺尔沦亡史"中，努门诺尔人的历史已经有了巨大的扩展，那些邪恶早在很久以前就开始了，实际上最早可以追溯到第十二代君主——"造船王"塔尔－奇尔雅坦，他在沦亡之前将近1500年继承了王位（《精灵宝钻》第333页，《未完的传说》第287页［本书第218页］）。

从《失落之路》结尾处埃兰迪尔的话里，我们看到了一幅险恶的图景：年迈又昏庸的国王从公众的视野中消失了，而不受"当政者"欢迎的人莫名其妙地失踪，还有告密者、监狱、酷刑、机密、对夜晚的恐惧；以"篡改历史"的形式进行宣传（例如赫仁迪尔关于现在人们如何谈论埃雅仁德尔的那些话，本书第331—332页）；战争武器的增加，其目的秘而不宣，但人人都能猜到；而在这一切的背后，是索隆那恐怖的身影，他是真正拥有力量的那一位，从努门诺尔的圣山上俯瞰岛国全境。索隆的教导使人们发明了不用帆就能在海上航行的金属船，但在那些没有抛弃或忘记托尔埃瑞西亚的人眼中，这些船却样貌狰狞。人们还建造了森冷的堡垒和丑陋的塔楼，还有那些发射时发出雷鸣般的响声，能击中数哩外目标的火箭。此外，在年轻人眼中，努门诺尔人口太多，枯燥乏味，"了无新意"：用赫仁迪尔的话说，"每棵树和每片草叶都是有数的"；而索隆似乎正是利用这种不满，来推行他强加给国王的"帝国"的扩张政策与野心。彼时，当家父回顾首位拥有"精灵之友"这个名字的人所处的世界，他在那里发现了自身世界里他谴责最甚也最恐惧的映像。

附录二

中洲地图

注 释

译者说明

为方便中文读者查阅，译者调整了原著的引用方法，详情见下表。作者未给出准确参考来源的地方（不管出于什么原因），译者均加以补足或修正。

《霍比特人》	《霍比特人》第 X 章	
《魔戒》	《魔戒》卷 X 第 Y 章，或附录 X 第 Y 篇	（如有页数）世纪文景 2021 年精装七卷版
《精灵宝钻》	《精灵宝钻》第 X 页	世纪文景 2015 年版
《未完的传说》	《未完的传说》第 X 页	世纪文景 2016 年版
《中洲历史》	《中洲历史》卷 X 第 Y 页，若有段落编号，第 Z 段	哈珀柯林斯 1983—1996 年版
《中洲的自然与本质》	《自然与本质》第 X 辑第 Y 章	哈珀柯林斯 2021 年版
《托尔金传》	《托尔金传》第 X 页	世纪文景 2024 年版
《托尔金书信集》	《书信集》信件 X 号	

引 言

[1]《书信集》信件 131 号。

[2]《书信集》信件 91 号。

[3]《书信集》信件 131 号。托尔金这封信是写给威廉·柯林斯父子有限公司的编辑米尔顿·沃德曼的,希望引起他对《精灵宝钻》和《魔戒》的兴趣,因为他当时的出版社乔治·艾伦与昂温(尽管《霍比特人》取得了巨大的成功)对受托出版这两部巨著感到紧张,彼时出版业正受到战后纸张短缺的影响。关于这部文学巨著诞生过程中的这段艰难时期,见汉弗莱·卡彭特所著《托尔金传》第 245—252 页,以及雷纳·昂温所著《乔治·艾伦与昂温出版社:一部回忆录》(2021 年)第 71—104 页。

[4]《中洲历史》卷十二第 142 页。

[5]《书信集》信件 257 号。

[6]《书信集》信件 294 号。

[7]《沉寂的星球》出版于 1938 年,是 C.S. 刘易斯"空间三部曲"(或"宇宙三部曲")的第一部。后两部为 1943 年出版的《皮尔兰德拉星》和 1945 年出版的《黑暗之劫》。

[8]《书信集》信件 257 号。

［9］《书信集》信件294号。

［10］1961年1月，托尔金写道："努门诺尔（Númenor）是努门诺瑞（Númenórë）的简称，这个词是我自己的创造，由意为'下沉'（√ndū, nu）、日落、西方的numē-n与意为'大地，国度'的nōrë组合而成，即'西方之地'（Westernesse）。努门诺瑞的传说只出现在《魔戒》的背景中，不过（当然）它们是先写就的，附录一只是概述。它们是我为个人目的而借用的亚特兰提斯传说，但不是基于特殊的**知识**，而是出于我个人对海国人类文化传统的特别关注，这种传统深刻影响了欧洲西海岸各个民族的想象力。"（《书信集》信件227号）

［11］《书信集》信件131号。

［12］《书信集》信件24号。

第二纪元之前

［1］本章中所有的引文都出自《书信集》信件131号。

［2］托尔金加了一条脚注："就这一切的象征或寓言意义而言，'光'在'宇宙'本质中是一种太初的象征，因而几乎无法分析。'维林诺之光'（来自尚无任何堕落发生时的光）是未和理性分离的艺术之光，既可科学地（或哲学地）又可想象地（或次创造地）看待事物，并判断它们是好的——以及美的。太阳（或月亮）的光则是诞自遭到邪恶玷污之后的双圣树。"

［3］ 托尔金在写给米尔顿·沃德曼的信中还谈到了他心目中中洲作品的基本主题，其中之一就是"堕落"的概念，通常与犹太—基督教信仰有关，源自《圣经》中亚当和夏娃的故事（《创世记》第三章），但托尔金赋予了它更广泛的适用性：

"在创世故事里就有了堕落，我们该说这是天使们的堕落。不过，故事的形式当然跟基督教神话很不一样。这些故事是'全新的'，并非直接采自其他的神话或传奇，但不可避免的是，它们必然含有大量流传甚广的古老主题和元素。毕竟，我相信传奇和神话大多源自'真相'，并且确实表现出真相的方方面面，它们只能用传奇和神话的风格来传达。很久以前人们就发现了这类特定的真相和叙述风格，并且它们必然不断重现。任何'故事'都不可能不包含堕落——所有的故事，归根结底说的都是堕落——至少对我们所了解、所拥有的人类心智而言是这样。

"于是，接下来是精灵在他们的'历史'得以变为故事之前堕落了。（由于前述那些理由，人类的首次堕落从未述及——在那次堕落发生了很久之后，人类才登上舞台，并且仅有传言说他们曾臣服于大敌的统治之下，后来有些人悔悟了。）"

［4］ 托尔金加了一条注释："当然，在现实中这只意味着我的'精灵'只是一部分人类天性的代表或理解，但那就不是讲述传奇的风格了。"

［5］ 克里斯托弗·托尔金单独编辑成书的《胡林的子女》和

《刚多林的陷落》分别出版于 2007 年和 2018 年。

1 年　灰港以及林顿建立。

[1]《魔戒》附录二。

[2]《中洲历史》卷十二第 166 页。

[3]《精灵宝钻》第 356 页。

[4]《书信集》信件 131 号。读者若想理解《精灵宝钻》中
收录的叙事的演变，需参考《中洲历史》卷十二第一辑
"《魔戒》的楔子与附录"第五篇"阿卡拉贝斯的历史"
（第 140 页及后续）。

[5] 托尔埃瑞西亚，又称"孤岛"，位于包含了维拉之家维林
诺的阿门洲（"蒙福之地"）以东。《精灵宝钻》第五章讲
述了该岛的历史。

[6]《中洲历史》卷五的"词源列表"（第 349、370 页）解释
了"阿瓦隆尼"的词源，但很显然这为托尔金提供了一
个幸运的巧合。托尔金曾提及亚瑟王传奇对自己作品的影
响。他得以把中洲传说故事集中的岛屿和传奇中的阿瓦隆
岛联系在一起，并且把濒死的亚瑟王乘船离去与持戒人离
开前往不死之地相提并论："比尔博和弗罗多获得了特殊
的恩典，得以和他们热爱的精灵们一起离去——这是一个
亚瑟王式的结局，当然，并没有点明这是死亡的'寓指'，
还是一种通往归返的治疗与康复模式。"（《中洲历史》卷
九第一辑"第三纪元的终结"与"尾声"，第 132 页）

努门诺尔的沦亡

［7］《精灵宝钻》第 326 页。见本章注释 4。此外，托尔金对亚特兰提斯概念的早期版本也值得关注：《中洲历史》卷五第一辑第一篇"传说的早期历史"（第 7—10 页）和第二篇"努门诺尔的沦亡"（第 11 页及后续），《中洲历史》卷九第三辑"阿那督尼的沉没"（第 331 页及后续）。

［8］《精灵宝钻》第 356 页。

［9］《魔戒》附录二。在托尔金的文稿中，吉尔－加拉德的家系曾有多种说法，但克里斯托弗·托尔金在编辑《精灵宝钻》时决定采用"芬巩之子吉尔－加拉德"[1]。他的身世在《中洲之民》第二辑第十一篇"费艾诺用语"（第 347 页）中有简要的探讨。"吉尔－加拉德后来的故事与第二纪元的命运密不可分，在昆雅语中，他被取名为'璀璨之星'……因为他镀银的盔甲与盾牌嵌着白色群星的徽章，远远望去就像一颗在日光或月光下闪耀的星，精灵若是站在高处，相距极远便可看到。"（《未完的传说》第 282 页）

［10］《未完的传说》第 306—307 页。

［11］《未完的传说》第 300—301 页。节选自克里斯托弗·托尔金在《未完的传说》中引用的"一篇写作时间相当晚，主要涉及语言学的论文"里更长的描述，另见本章注释 12。

［12］《魔戒》卷二第七章。托尔金在对加拉德瑞尔这个名字进行更深入的词源学讨论时提到："加拉德瑞尔（Galadriel）

1　此处作者的原话是"using his father's option"，然而托尔金对吉尔－加拉德的身世有过多种设定，作者这个说法疑有误。——译者注

注　释

这个形式是辛达语。它的含义原为'头戴闪亮冠冕的女士',指她金发的闪亮光泽。她在年轻时将头发编成三条长发辫,中间的那条盘在头顶。凯勒博恩(Celeborn)这个形式也是辛达语,原意为'银白高大'。"(《自然与本质》第三辑第十六章注释8)

［13］克里斯托弗·托尔金撰写的完整内容是:"中洲的各部分历史若论疑难重重,莫过于加拉德瑞尔与凯勒博恩的故事,而且必须承认,严重的自相矛盾之处'根植于种种传说中'。但换一个角度来看,又可见加拉德瑞尔的角色和重要性其实是逐渐成型的,有关她的故事经历了不断的修订改动。"见《未完的传说》第297页;另见《自然与本质》第三辑第十六章。

［14］《精灵宝钻》第356页。

［15］《魔戒》附录一。

［16］《魔戒》附录一。

32年　伊甸人抵达努门诺尔。

［1］在托尔金"编年史略"的早期草稿中,他将"努门诺尔建国"记载为第二纪元50年(见《中洲历史》卷十二第168页),这个时间后来改为第二纪元32年,但在整理"编年史略"以收入《魔戒》第三部附录二的过程中,他将第二纪元32年定为"伊甸人抵达努门诺尔"的时间。我们假定,作者认为努门诺尔建国和伊甸人上岛这两件事

是同时期发生的。

[2]　见《精灵宝钻》第十二章、第十七章以及谱系表（表三"贝奥家族"；表四和表五"哈多家族和哈烈丝一族"）。

[3]　《魔戒》附录一。

[4]　《精灵宝钻》第 49 页。

[5]　"维拉本纪"中讲到的一位主要迈雅，被描述为"曼威的掌旗官和传令官，其武力在阿尔达无人能及"。（《精灵宝钻》第 50 页）

[6]　"维拉本纪"中讲到的一位迈雅，被描述为"主宰冲刷着中洲沿岸的诸海"。（《精灵宝钻》第 50 页）

[7]　"维拉本纪"中讲到的一位维拉，被描述为"掌管所有造就了阿尔达的物质……负责塑造每一块大地的面貌……是锻造金属的巧匠，是通晓一切工艺的大师"。（《精灵宝钻》第 46 页）

[8]　"维拉本纪"中讲到的一位维拉，是奥力的配偶，被描述为"赐予果实者……热爱大地上生长的万物，数不尽的物种形态，她全了然于心"。（《精灵宝钻》第 46 页）

[9]　源自昆雅语词 anna（"赠礼"）和 dor（"土地"）。

[10]　《精灵宝钻》第 326—327 页。

[11]　正如克里斯托弗·托尔金在《中洲历史》卷十二第 144 页第 5 段中所说，"阿那督尼的沉没"中的原文是这样的："于是伊甸人集聚了他们在精灵帮助下建造的所有大大小小的船只，愿意出发的人带着他们的妻儿和全部财富，启航驶进深海，追随那颗星。"（《中洲历史》卷九第 360 页）

注　释

［12］《精灵宝钻》第 327 页。

［13］首次发表于《中洲历史》卷十二第 144 页第 5 段（延续到第 145 页），不在《未完的传说》刊出的摘录之列。这份文稿说，"造船者"奇尔丹"乃是中洲最有远见之人"（《中洲历史》卷十二第 385 页及后续），凯勒布林博正是将火之戒纳雅这枚精灵戒指托付给了他。之后，奇尔丹在甘道夫抵达中洲时将纳雅交给了他，并对他说："大人，请收下这枚戒指……你将辛苦操劳，而它将支持你，化解你所承担的疲惫。因这是火之戒，或许在这个逐渐冷漠的世界里，你能用它重新点燃人们的心。至于我，我的心紧系大海，我将住在这片灰色的海滨，直到最后一艘船启航。我将候你到来。"（《魔戒》附录二）奇尔丹加入了精灵与人类的最后联盟作战，后来，当持戒人们准备乘坐他为他们最后的航程建造的船只前往不死之地时，他作为灰港的主人，迎接了加拉德瑞尔、凯勒博恩、埃尔隆德、甘道夫、弗罗多和比尔博。

［14］《魔戒》附录一。别处有记载："整体来看，努门诺尔人被赋予了大约五倍于其他人类的寿命"；见克里斯托弗·托尔金的评注（《未完的传说》第 292 页注释 1）。

［15］本编辑说明中摘录的内容来源于《精灵宝钻》第 329 页。在别处，托尔金写道："因为这个神话的观点是，'必死之身'即短暂的寿命，以及'不死之身'即无定限的寿命，分别是主神儿女即人类与精灵（首生儿女）在我们可称为生理与精神方面**本质**的一部分，任何人（甚至大能者，即

诸神）都不能改变这一点，而且也**不会**被独一之神改变，或许只除了那些规则和法令中的奇特例外之一，这样的例外似乎会在宇宙的历史上突然出现，并且展现了作为唯一完全自由的意志与行动本身的神之力。"（《书信集》信件156号）

托尔金在注释中补充道："贝伦与露西恩的故事就是这个极大的例外，因为借由这个方式，'精灵特质'作为一条丝线，被编织进了人类的历史。"

托尔金接着说："［伊甸人］被禁止向**西**航行，前往自己的土地以外的地方，因为他们不被允许成为或者试图成为'不死之身'；在这个神话中，蒙福之地依然是真实世界中的一个区域，是实际存在的，他们身为高明的航海家，可以驾船抵达。"

［16］托尔金在给一位读者的回信的草稿中写道："努门诺尔国王是**君主**，在辩论中拥有不容置疑的决定权，但他在古老法律的框架下治理王国，他是法律的实施者（和解释者），但不是制定者。"（《书信集》信件244号）本书采用的努门诺尔诸位君主（其中有三位女王）的家谱摘自《未完的传说》第283—291页。《魔戒》附录一第一篇给出了一份简略的名单，其中包括以下内容：

> **以下是努门诺尔诸位君主的名号**：埃尔洛斯·塔尔－明雅图尔，瓦尔达米尔，塔尔－阿门迪尔，塔尔－埃兰迪尔，塔尔－美尼尔都尔，塔尔－阿勒达瑞安，塔尔－安卡理梅（首位女王），塔尔－阿纳瑞安，

塔尔-苏瑞安，塔尔-泰尔佩瑞恩（第二位女王），塔尔-米那斯提尔，塔尔-奇尔雅坦，"霸主"塔尔-阿塔那米尔，塔尔-安卡理蒙，塔尔-泰伦麦提，塔尔-瓦妮美尔德（第三位女王），塔尔-阿尔卡林，塔尔-卡尔马奇尔，塔尔-阿尔达明。

自阿尔达明之后，诸王登基时便采用努门诺尔语（或称"阿督耐克语"）的名号：阿尔-阿督那霍尔，阿尔-辛拉松，阿尔-萨卡索尔，阿尔-基密佐尔，阿尔-印齐拉顿。印齐拉顿痛悔诸王先前的种种作为，将自己的名字改为"远见者"塔尔-帕蓝提尔。他的女儿本来应当成为第四位女王，即塔尔-弥瑞尔，但国王的侄子篡夺了王位，成为黄金之王阿尔-法拉宗，便是努门诺尔人的末代国王。

在塔尔-埃兰迪尔统治期间，努门诺尔人的航船首次回到了中洲。国王的第一个孩子是个女儿，即熙尔玛莉恩。她的儿子是维蓝迪尔，他便是首位安督尼依亲王。安督尼依位于岛的西部，历代安督尼依亲王都以与埃尔达交谊甚笃著称。其末代亲王阿门迪尔，以及他的儿子"长身"埃兰迪尔，都是维蓝迪尔的后人。

第六代国王身后只留下一个孩子，是个女儿。她成为首位女王，因为当时制定了一项王室法律：国王年纪最长的孩子，无论男女，都将继承王位。

[17] 埃尔洛斯（该名在精灵语中意为"星光泡沫"）和他的孪

生兄弟埃尔隆德（意为"星光穹顶"）出生于第一纪元
532年，是埃雅仁迪尔和他的妻子埃尔汶的孩子。六年
后，费艾诺众子试图夺回埃尔汶持有的精灵宝钻，因而发
动第三次也是最残酷的一次精灵亲族残杀，这两个孩子在
那时被玛格洛尔和迈兹洛斯（都是费艾诺的儿子）俘虏。
尽管残杀十分血腥，但玛格洛尔和迈兹洛斯饶了孩子们的
命，玛格洛尔将他们养育在自己家中。

第三次亲族残杀之后，埃雅仁迪尔和埃尔汶航行去往维林
诺，请求维拉援助中洲的人类和精灵对抗反叛的维拉——
魔苟斯（"世界的黑暗大敌"），他是首代黑暗魔君，也是
中洲所有邪恶的根源。虽然埃雅仁迪尔违反了维拉禁止凡
人踏上不朽之地圣土的禁令，但他免于一死，因为他代表
中洲的精灵和人类提出了求恳。作为半精灵，他和埃尔汶
可以选择加入精灵一族还是人类一族，这项选择权也进一
步允诺给了他们的孩子。埃雅仁迪尔遵循了妻子的选择，
位列精灵当中。至于他们的孩子，埃尔隆德做出了同样的
选择，而埃尔洛斯则选择作为人类生活，并成为努门诺尔
的开国之王。有关这些事件的完整故事见《精灵宝钻》第
二十四章（第310页及后续）。埃雅仁迪尔传说的结尾就
是比尔博在幽谷用诗歌讲述的，弗罗多听到它时，"久久
徘徊在音乐的梦境里，音乐化成了流水，又突然间凝成了
一个声音"（《魔戒》卷二第一章）。

[18]《魔戒》附录一第一篇第三节，第23页，注释1。

[19] 埃尔洛斯取了"塔尔–明雅图尔"（Tar-Minyatur）这个名

注　释

号，它在昆雅语中意为"高贵的首位君主"，由 tar（"国王"）、minya（"首位"）和 túrë（"君主或主人"）组成。努门诺尔后来的统治者都遵循传统，使用"塔尔-"这个前缀为自己取尊称，直到记载中第二十代君主阿尔-阿督那霍尔（塔尔-赫茹努门）统治的时期，他使用努门诺尔人的语言阿督耐克语取了尊称。

[20]《未完的传说》第 283 页。

努门诺尔的地理

[1] 努门诺尔岛国的地理描述摘自《未完的传说》（第二辑第一篇第 215—223 页）与《自然与本质》（第三辑第十三章），但为了本书的目的，组织成了最适合描述该岛自然地理状况的形式。为避免脚注过多，除非另有说明，这些段落均来自这两处。与特定时期或特定君主统治时期有关的一些细节，已被移到相关时间范围的介绍中，并注明了来源。

[2] 硬地（hards），即一片坚硬或坚实的海滩或滩头。

努门诺尔的自然生态

[1] 接下来关于努门诺尔动植物的描述也引自《未完的传说》（第二辑第一篇第 215—223 页）与《自然与本质》（第三辑第十三章），但组织成了最适合叙述的形式。并且，与前一篇"努门诺尔的地理"一样，只在引文来自其他资料

的时候才加注。

[2] 劳瑞林（金树）与泰尔佩瑞安（银树）是维林诺的双圣
树，曾为那片疆域带去光明。它们的诞生与毁灭记载在
《精灵宝钻》（第一章与第八章）与其他资料中。尽管泰尔
佩瑞安的后代一直延续到第三纪元（刚铎的白树就是其中
之一），但是"中洲再无形似金树劳瑞林之物"（《魔戒》
附录一第一篇）。

[3] 《魔戒》卷二第六章。

努门诺尔人的生活

[1] 关于努门诺尔人即伊甸人的生活与文化的描述，仍是引自
《未完的传说》（第二辑第一篇第 215—223 页），《精灵宝
钻》（第 327—328 页）与《自然与本质》（第三辑第十一
章、第十二章），但组织成了最适合叙述的形式。并且，
如上所述，只在引文来自其他资料时才加注。

[2] 源自辛达语，意为"西方人类"或"西方人"，是对与精
灵友好的努门诺尔人的称呼。

[3] 对托尔金来说，努门诺尔人的宗教信仰和宗教仪式的精神
意义不仅在意识形态上是《魔戒》的核心（更广泛地说，
是他整个传说故事集的核心），而且也适用于作家自己的
世界。W.H. 奥登在 1956 年 1 月 22 日的《纽约时报书评》
上发表了对《王者归来》的书评，托尔金在对这篇书评的
个人看法（《书信集》信件 183 号）中写道：

在《魔戒》中，冲突的根本并不在于"自由"——尽管很自然地也涉及"自由"——而是关于神的，以及祂对神圣荣耀的排他权利。埃尔达和努门诺尔人信仰独一之神，认为崇拜任何其他人都是可憎的。索隆渴望成为神王，也被他的仆从奉为神王。假如他取得了胜利，他就会要求所有的理性生物给予他神圣荣耀，并对整个世界拥有绝对的世俗权力。因此，哪怕"西方"真的在绝望中饲养或雇用了成群的奥克，残忍地蹂躏其他作为索隆盟友的人类的土地，或者仅仅是为了阻止他们帮助索隆，他们的事业仍然是无可辩驳的正确。就像现在那些反对某某政教元首的人的事业一样，即使他们的许多行为确实是错误的（不幸的是，的确如此），即使"西方"的居民除了少数富有的当权者之外都生活在恐惧和贫困之中，而政教元首的崇拜者却生活在和平、富足、相互尊重和信任之中（事实并非如此）。

[4]《书信集》信件 156 号。

[5] 托尔金在他未完成的作品《蓦想社档案》（1945 年）中设计了阿督耐克语，书中主角之一阿尔温·洛德姆汇编了一份（未完成的）关于努门诺尔语的报告。这部作品令人惊叹，页数颇多，见《中洲历史》卷九第 413 页及后续。

关于第二纪元结束之后努门诺尔语言的使用，以及它与中洲其他语言的关系，见《魔戒》附录六。

[6] 安督尼依亲王一脉始自维蓝迪尔。维蓝迪尔的母亲熙尔玛

莉恩嫁给了安督尼依的埃拉坦，她是努门诺尔第四代国王塔尔–埃兰迪尔的头一个孩子。根据当时努门诺尔的法律，熙尔玛莉恩不得继承王位、成为女王，因此维蓝迪尔和后来历代安督尼依亲王都不在王位继承之列。尽管如此，在第二纪元结束时，维蓝迪尔的后代成了中洲诸王，始自末代安督尼依亲王、首代阿尔诺和刚铎的至高王埃兰迪尔。

另见《魔戒》附录一第一篇第三节，有一条注释讨论了安督尼依亲王的银杖（安努米那斯的权杖），它从努门诺尔的沦亡中幸存下来，成为阿尔诺诸王的标志。如《魔戒》卷六第五章所述，"当埃尔隆德将它交给阿拉贡时，它已经有超过五千年的历史"。

[7] "埃瑞西亚民"（Eressëans）即托尔埃瑞西亚的精灵。

[8] 关于努门诺尔人的寿命问题，托尔金在"精灵及努门诺尔人的岁数"（《自然与本质》第一辑第十八章）中有进一步讨论，在"努门诺尔人的衰老"（《自然与本质》第三辑第二十二章）中还有篇幅更长的讨论，并额外提到了婚姻问题。此外，托尔金还提供了下列公式（《自然与本质》第318页），用于计算"努门诺尔人以活力和才能衡量，相当于寻常人类的多少岁"：

（1）减去20：这是因为，努门诺尔人在20岁时与同龄寻常人类的发育程度大致相同。

（2）余下数字除以5，再加20。因此，努门诺尔人无论男女的年龄：

注　释

25 50 75 100 125 150 175 200 225 250 275 300 325 350 375 400 425

对应的"岁数"大约是：21 26 31 36 41 46 51 56 61 66 71 76 81 86 91 96 101

[9] 托尔金在一条作者注释里解释，努门诺尔人"并非单一种族的后代"。有关这些差异的解释可以在《自然与本质》第 323 页找到。

[10] "间接"原文是 mediately，也即 indirectly（"间接"）。

[11] 《精灵宝钻》第 329 页。

[12] "国王的佩剑正是贝烈瑞安德的多瑞亚斯之王埃路·辛葛的佩剑阿兰如斯，它是埃尔汶传给儿子埃尔洛斯的。"见《未完的传说》第 224 页注释 2，其中还包括关于"其他传家宝物"的详情，例如巴拉希尔之戒、图奥的大斧和贝奥家族的布瑞国尔之弓。

[13] 《书信集》信件 156 号。

[14] 《精灵宝钻》第 329 页。

[15] 关于维林诺的双圣树，见本书第 373 页第一个注释 2。关于白树的历史与名称，见克里斯托弗·托尔金在《中洲历史》卷十二第 147—149 页的注解。

[16] 《精灵宝钻》第 330 页，《中洲历史》卷十二第 147 页。《魔戒》中提到了白树的历史，埃尔隆德如此描述阿诺尔之城（后来的米那斯提力斯）："……在西边白色山脉的山脚下建了'落日之塔'米那斯阿诺尔。在米那斯阿诺尔的王庭中，种下了一棵白树，它的种子来自伊熙尔杜漂洋过

海带来的那棵白树，而那棵树的种子则是出自埃瑞西亚岛的白树，那白树又出自远古时代的极西之地，彼时，世界还很年轻。"（《魔戒》卷二第二章）

到了魔戒大战的时候，种植在米那斯提力斯的喷泉王庭中的第三棵白树已经于第三纪元2872年死亡，并且由于找不到幼苗，它被留在那里"直到国王归来"（见《中洲历史》卷十二第206页）。这个预言在第三纪元结束时得以实现，彼时阿拉贡被加冕成为国王埃莱萨·泰尔康塔，是阿尔诺的第二十六代国王、刚铎的第三十五代国王，亦是自伊熙尔杜短暂统治以来的刚铎与阿尔诺的第一位至高王。正如《魔戒》（卷六第五章）中所述，在加冕的前夕，甘道夫带领阿拉贡登上埃瑞德宁莱斯（白色山脉）最东端的山峰明多路因山，来到一处位于白城上方高处、刚铎国王常去的圣地。在那里，阿拉贡在黎明时分看到：

"只见背后是一片从积雪外缘延伸下来的岩石斜坡，但细看时，他察觉到荒地中孤立着一个生长之物。他朝它攀爬过去，看见就在积雪的边上，长着一棵不过三呎高的小树。它已经萌发出修长优雅的嫩叶，叶面墨绿，叶背银白，纤细的树冠顶上长着一小簇花朵，洁白的花瓣如阳光下的白雪般明亮耀眼。……

"阿拉贡伸手轻触幼树，看哪！它竟似浅浅地长在地里，毫无损伤就被移起。阿拉贡将它带回了王城。随后，人们怀着崇敬将那棵枯树连根挖起，但他们并未烧掉它，而是

注　释

将它安放在寂静的拉斯狄能[1]。阿拉贡将新树种在王庭的喷泉旁，它开始欢快地迅速生长。六月来临时，它已经繁花盛放。"

[17]《精灵宝钻》第 328 页。

[18]《自然与本质》第 340 页。

约 40 年　许多矮人离开他们位于埃瑞德路因山脉中的古老城邦，前往墨瑞亚，该地人口增长。

[1]《魔戒》附录一第三篇。

[2]《魔戒》卷二第二章。

442 年　埃尔洛斯·塔尔–明雅图尔逝世。

[1]《未完的传说》第 283 页。

[2]《未完的传说》第 292—293 页注释 3。克里斯托弗·托尔金如此评论塔尔–阿门迪尔的统治期："148（而非 147）这个数字必然没考虑瓦尔达米尔那一年象征性的统治，代表的是塔尔–阿门迪尔真正统治的时间。"

1　拉斯狄能是通往米那斯提力斯圣地的通道，通过城市第六层的分霍尔兰之门进入，那里是刚铎国王与宰相死后安葬的地方。

约 500 年　索隆在中洲再度蠢蠢欲动。

[1]《书信集》信件 131 号。

[2]《精灵宝钻》第二十四章（第 320 页）。索隆在第一纪元
　　　犯下的恶行记载在《精灵宝钻》中，具体见第十八章和第
　　　十九章。

[3]《精灵宝钻》第 355 页。托尔金在起草于 1954 年 9 月的一
　　　封信（《书信集》信件 153 号）中写道："索隆当然不是生
　　　来就'邪恶'的。他是一个被原初黑暗魔君魔苟斯（即原
　　　初的次创造反叛者）腐化的'神灵'（spirit）。魔苟斯被
　　　击败的时候，索隆曾有机会忏悔，但他无法面对悔过自新
　　　和请求赦免的屈辱，因此他暂时的向善与向'仁'以更严
　　　重的故态复萌而告终，直到他在后来的纪元里成为邪恶的
　　　主要代表。但是，在第二纪元伊始他……确实并非全然邪
　　　恶。想要促成'重建'和'重组'的'改革者'，只要尚
　　　未被强制推行自我意志的傲慢和欲望吞噬，就不能算全然
　　　邪恶。"

[4]《书信集》信件 131 号。

[5]《中洲历史》卷十第 394—397 页。

[6]《精灵宝钻》第 357 页。关于"精灵宝钻征战史"里提到
　　　的阿瓦瑞，托尔金写到了那些拒绝维拉的召唤，不愿航向
　　　西方的精灵："但有许多精灵拒绝了召唤，比起传闻中的
　　　双圣树，他们更想要星光和中洲的广阔天地。这些精灵就
　　　是阿瓦瑞，'不情愿者'，他们那时与埃尔达分离，直到多

注　释

379

个纪元之后才重逢。"（《精灵宝钻》第三章，第 78 页）

[7]《精灵宝钻》第 357 页。

521 年　熙尔玛莉恩在努门诺尔出生。

[1]《中洲历史》卷五第 356 页。

[2] 来自昆雅语 parma（"书籍"）和 -maitë（"惯于处理……的"，意为"手巧的"或"灵巧的"）。见《未完的传说》第 610 页索引。

600 年　努门诺尔的首批航船出现在海岸边。

[1]《精灵宝钻》第 329—330 页。

[2]《未完的传说》第 223 页。之后第 278 页的注释 3 说："首先成功航至中洲的是维安图尔，当时是第二纪元 600 年（他生于 451 年）。"

[3]《精灵宝钻》第 330 页。

[4]《未完的传说》第 222—223 页。此处有补充："当魔影沿着海岸蔓延，过去与他们为友的人类变得心存恐惧或抱有敌意，[努门诺尔人]着实冤屈——那些人类从他们那里得知了铁器，却反过来用铁器对付他们。"在这处引用之前的一段里还提到："日后，在中洲的战争中，敌人最怕的就是努门诺尔人的弓。有说法是：'海国人类当先释放出一片巨大的云，就像会化成大蛇的雨，或带有钢尖的黑

色冰雹。'在那段时期，王室弓箭手大队使用钢管制成的弓，配备的黑羽箭从头到尾足有一厄尔长。"

［5］《未完的传说》第278—279页注释3。克里斯托弗·托尔金补充（第279页）："这篇短文的别处提到，这些人类的居住地包括暮暗湖周围、北岗和风云丘陵，以及夹在湖与山之间、到白兰地河为止的地带，他们经常去白兰地河西边漫游，不过并不在那里定居。他们虽然敬畏精灵，但对精灵很友好。他们害怕大海，不愿看见它。显然，他们最初和贝奥及哈多的族人是同一族群的人类，但不曾在第一纪元翻越蓝色山脉，进入贝烈瑞安德。"

关于努门诺尔人来到中洲，托尔金在未完成的故事"塔勒－埃尔玛"（Tal-Elmar）中给出了截然不同的描述，那个传说讲述了一个住在"阿加尔（Agar）绿色丘陵中……一个围栏保护的小镇"里的年轻人，他是第一个目睹努门诺尔人的航船从大海驶来的人。托尔金推测这个故事发生在"沦亡之前"，除此之外，没有任何关于其设定年代的线索。这个故事要么是从心怀恐惧的人类的角度来描写努门诺尔人，要么更有可能讲的是后来，努门诺尔落到索隆役使之下的时期（约3262—3310年）。故事的风格与托尔金的大多数"中洲"作品明显不同，收录在《中洲历史》卷十二第四辑第十七章"塔勒－埃尔玛"中。

虽然没有收录在本书中，但以下的简短摘录可以传达这篇描述的基调：

"这些人［海上的高等人类］确实像死亡一样让我们惧怕。

注　释

因为他们崇拜死亡，为了尊崇黑暗而残忍地杀人。他们来自大海，即便他们在来到西边海岸之前曾经有过自己的土地，我们也不知道它在哪里。海滨的北边和南边都传来不祥的传说，他们在那里修建黑暗的堡垒和坟墓已经很久了。但自从我父亲那时候起，他们就再也没有来过这里，过去来也只是为了袭击和抓人，然后就离开。听着，他们是这样来的。他们坐船……乘风而来，因为海人为了捕捉风，把大块的布像翅膀一样张开，绑在像森林里的树一样高的杆子上。就这样，他们来到有避风处的海岸边，或者靠得尽可能近，然后他们派出小一些的船，船上满载货物，还有奇特的物件，既漂亮又有用，是我们的族人梦寐以求的。他们会以低廉的价格把这些东西卖给我们，或者作为礼物送给我们，假装友好，怜悯我们的穷困。他们会停留一段时间，打探当地的状况和居民的数量，然后离开。如果他们不回来，人们应该深感庆幸。因为如果他们再来，就是以另一种面目出现了。那时，他们来的人数会更多：两艘或更多的船结队，满载着人而不是货物，其中总有一艘该诅咒的船装着黑色的翅膀。因为那是黑暗之船，他们用它运走邪恶的战利品，俘虏们就像野兽一样挤在一起，包括最漂亮的女人和孩子，或是毫发无损的年轻人，他们一去不返。有人说，他们被当肉吃了；还有人说，他们受尽折磨，被杀死在祭祀黑暗的黑石上。这两种说法都可能是真的。"

[6]《精灵宝钻》第 330 页。

努门诺尔的沦亡

〔7〕《中洲历史》卷十二第 149 页第 13 段。

〔8〕《精灵宝钻》第 330 页。

〔9〕《精灵宝钻》第 357 页。在《未完的传说》（第 333 页，注
释 7）中，克里斯托弗·托尔金写道："一份无法确定写
作日期的零散笔记中说，尽管《魔戒》附录二'编年史
略'中在此之前就使用了'索隆'这一名号（此名在《精
灵宝钻》中意味着魔苟斯的强大副手身份），但直到第二
纪元 1600 年左右，至尊戒铸成那一年，他这个名号才真
正为人所知。500 年之后不久，一股对精灵和伊甸人满怀
敌意的神秘力量开始为人所察，而在第八个世纪即将结束
时，努门诺尔人也察觉了它的存在，其中最先警觉的是阿
勒达瑞安……但那股力量中心何在，却无人知晓。"

阿勒达瑞安的远航

〔1〕若非特殊指明，本章和"阿勒达瑞安与埃仁迪丝""阿勒
达瑞安与埃仁迪丝的婚姻""塔尔–阿勒达瑞安的继位"
这几章（无中断的形式）的主要内容都来自《未完的传
说》第 225—282 页。

〔2〕源自昆雅语的 anar（"太阳"）和 -（n）dil（"热爱者，朋友"）。

〔3〕克里斯托弗·托尔金指出："梭隆托在故事中的角色，如
今只能窥见一斑。"（《未完的传说》第 278 页注释 2）见
本书第 174、182 页，以及第 391—392 页注释 1—3。

〔4〕源自昆雅语的 alda（"树木"）和 ion（"儿子"），见《精

灵宝钻》附录"昆雅语和辛达语名称的组成要素"。这个名字反映了阿勒达瑞安作为植树者和护林人的名声，他非常重视这项任务，因为他身为一名航海家，必须确保木材充足，以满足他的造船计划的需求。虽然阿纳迪尔直到登基时（第二纪元 883 年）才采用这个名字，但"阿勒达瑞安与埃仁迪丝"的叙述从这里开始，一直以这个名字称呼他。

［ 5 ］ "阿纳迪尔"这个名字的昵称（见本章注释 2）。

［ 6 ］ 秋末感谢一如恩赐的祈愿。在努门诺尔，国王每年三次代表人民在美尼尔塔玛山顶举行祈愿仪式；这是第三次。

［ 7 ］ 克里斯托弗·托尔金提到："（西尔）安格仁是艾森河的精灵语名称。'拉斯墨希尔'这一名称未见于别处，指的只能是贝尔法拉斯湾北边湾岸尽头的大海岬，又称为安德拉斯特（'长岬'）。

可以认为，文中提及'阿姆洛斯之地，那地仍有南多族精灵生活'，意味着阿勒达瑞安与埃仁迪丝的故事是在刚铎记录下来的，时间是第三纪元 1981 年最后一艘船启航离开多阿姆洛斯附近的西尔凡精灵港口之前。见《未完的传说》第 315 页及后续。"

［ 8 ］ 塔尔－美尼尔都尔是塔尔－埃兰迪尔的第三个孩子，但他是唯一的儿子。他得以继承王位是因为在那时，努门诺尔历史上女性后代不能合法继承王权。

［ 9 ］《未完的传说》第 285 页。尽管"伊瑞蒙"这个名字是昆雅语，但不管是 J.R.R. 托尔金还是克里斯托弗·托尔金都

没有提出具体的英语化形式。美尼尔都尔还得到了"埃兰提尔莫"这个昆雅语名号，《未完的传说》索引中将它翻译为"观星者"。

[10] 别处形容他："他有智慧，温和又耐心。"（《未完的传说》第285页）

[11] "一亚"在昆雅语中意为"存在"，即"现存之宇宙"或物质宇宙，由一如·伊露维塔以一个词"一亚"促成的存在，并由爱努的大乐章塑造。

[12] 阿尔达（昆雅语中的"领域、王国"，大地作为曼威管辖的王国）创世的故事最初是平坦大地的宇宙观，在《精灵宝钻》的第一部分中讲述（"创世录""维拉本纪"与"精灵宝钻征战史"第一章"天地之初，万物之始"）。

[13] "努门诺尔岛国概况"讲述了塔尔－美尼尔都尔在大山梭隆提尔所在的地区"修建了一座高塔，他从塔上可以观察群星的运行"（《未完的传说》第218页）。梭隆提尔山接近北岬佛洛斯塔，东侧"自海中巍然拔起，形成巨大的悬崖"。

750年　诺多精灵建立埃瑞吉安。

[1] 《未完的传说》第307页；关于"米尔寇被囚禁"见《精灵宝钻》第76页。

[2] 这里提到埃瑞吉安建立是在700年，与《魔戒》附录二中给出的750年有差异。正如本书第366页注释13所指出

的，要注意加拉德瑞尔与凯勒博恩的历史的复杂性。

埃瑞吉安，"人类称为冬青郡"，位于布茹伊能河（"响水河"）以东，迷雾山脉阴影之下——尤其是位列三大高峰当中的卡拉兹拉斯。矮人部落都林一族就是在卡拉兹拉斯底下建造了他们的伟大城邦卡扎督姆。

[3] 第一纪元历史中关于多瑞亚斯的悲剧事件记载于《精灵宝钻》第二十二章中。

[4] 关于凯勒布林博的身份，克里斯托弗·托尔金进一步提到，《未完的传说》引用的文稿"依照晚期故事进行了修订，将他设定为费艾诺的后代，诚如《魔戒》附录二中所述（仅见于修订版《魔戒》）。《精灵宝钻》中的叙述更加详尽（见第 228 页和第 357 页），书中讲述他是费艾诺的第五子库茹芬的儿子，当凯勒巩和库茹芬被逐出纳国斯隆德时，凯勒布林博与父亲决裂，留了下来"。

[5]《未完的传说》第 309 页。

[6] 辛达语，源自 gwaith（"人民，人群"）与 mírdain（"珠宝匠"）。

[7] 费艾诺生于维林诺，是诸多至高王芬威的长子。他是一位手艺匠兼珠宝匠，是精灵宝钻的缔造者，也是滕格瓦文字的发明者，精灵语言昆雅语与泰勒瑞语最初就是用这种文字写下的。他很可能还创造了魔戒大战中登场的"真知晶石"帕蓝提尔。费艾诺的故事主要在《精灵宝钻》第六至九章与第十三章中讲述。

[8]《魔戒》卷二第四章。甘道夫翻译并解释了大门上的符号

和铭文。

[9]《魔戒》卷二第四章。甘道夫接着揭示，"比尔博就有一件
秘银制成的环穿成的锁子甲，是梭林送给他的。"（见《霍
比特人》第十三章）这件礼物后来被比尔博转赠给了弗罗
多（《魔戒》卷二第三章）。

阿勒达瑞安与埃仁迪丝

[1] 见本书第 383 页注释 1。

[2]《未完的传说》第 564 页索引。

[3] 乌妮是"众水的主宰""居于深渊者"维拉乌欧牟辖下的
迈雅。她是司掌内海的迈雅欧西的妻子。据说，"努门诺
尔人长期以来都受到她的保护，他们尊敬她如同尊敬维拉
一般。"（《精灵宝钻》第 50 页）

[4] 据说，探险者公会的会所"被诸王没收充公，迁去了西部
港口安督尼依，公会的全部档案都佚失了"（即在努门诺
尔沉没时），包括努门诺尔所有的精确海图。但没收埃雅
姆巴尔一事是何时发生的，并没有记载。[1]

[5] 这条河后来得名"格瓦斯罗河"或"灰水河"，港口则得
名泷德戴尔（《未完的传说》第 279 页注释 9）。详情见
《未完的传说》第 344 页及后续。

[6] 参见《精灵宝钻》第 194 页："那个家族［即贝奥家族］

---

1 这条注释即《未完的传说》第 279 页注释 8。——译者注

的人类是黑发或褐发，有灰色的眼睛。"根据一份贝奥家族的谱系表，埃仁迪丝是贝烈丝[1]的后人，而贝烈丝是巴拉贡德与贝烈贡德的姊妹，因而是图林·图伦拔的母亲墨玫与图奥的母亲莉安的姑母。[2]

[7] 见本书第 59 页。

[8] 温雅泷迪是阿勒达瑞安和探险者们在中洲西海岸修建的一座港口，港口建在格瓦斯罗河（灰水河）河口，书后地图上标注了它的后世名称泷德戴尔。

[9] 这应被理解为一个征兆。[3]

[10] 参见《精灵宝钻》第 346 页。那里讲述，在阿尔－法拉宗的时代，"努门诺尔的大船不时沉没，不得归港，自［埃雅仁迪尔之］星升起以来，还是首次发生这样的惨剧。"

[11] 维蓝迪尔是阿勒达瑞安的表哥，因为他是熙尔玛莉恩的儿子，而熙尔玛莉恩是塔尔－埃兰迪尔的女儿，塔尔－美尼尔都尔的姐妲。首代安督尼依亲王维蓝迪尔是伊熙尔杜与阿纳瑞安的父亲"长身"埃兰迪尔的祖先。[4]

[12] "献给一如的祈祷"，春季节日。在努门诺尔，国王每年三次代表人民在美尼尔塔玛山顶举行祈愿仪式；这是第

---

1 贝烈丝（Beleth）。此处原文为 Bereth，克里斯托弗·托尔金在《中洲历史》卷十一第 232 页指出，他在《未完的传说》中"误将她［埃仁迪丝］的祖先名字拼成了'贝瑞丝'（Bereth）"，特此修正。——译者注
2 这条注释即《未完的传说》第 280 页注释 10。——译者注
3 这条注释即《未完的传说》第 280 页注释 13。——译者注
4 这条注释即《未完的传说》第 280 页注释 15。——译者注

一次。

[13] 以努门诺尔语——阿督耐克语给安多尔取的名字，"赠礼之地"。

[14] 在一条"作者注"中提到："据说，后来诸位国王与女王在额上佩戴一颗如星般的白宝石的习俗就是这么来的，他们不戴冠冕。"(《未完的传说》第 280 页注释 18)

[15] 第二纪元历法中一年的第四个月。

阿勒达瑞安与埃仁迪丝的婚姻

[1] 作者注道："在西境和安督尼依，贵族和平民一律使用精灵语〔辛达语〕。埃仁迪丝是受那种语言的熏陶长大的。尽管阿勒达瑞安像努门诺尔的所有上层人士那样会说贝烈瑞安德的语言，但他说的是努门诺尔语。"(《未完的传说》第 281 页注释 19)克里斯托弗·托尔金还附上了对努门诺尔人所说语言的更完整的说明。

[2] 埃拉诺是一种金色的星形小花，它也生长在洛丝罗瑞恩的凯林阿姆洛斯山丘上：

"弗罗多在山脚下遇见了阿拉贡，他像棵树一样默然伫立，但手中拿着一朵小小的、盛开的金色埃拉诺花，眼中有种光亮。他正沉湎在某段美好的回忆里。弗罗多望着他，意识到自己是在见证曾经就发生在此地的一幕。严酷岁月给阿拉贡的面容留下的痕迹消失了，他似乎身穿白衣，是位高大又英俊的年轻君主；他正用精灵语对一位弗罗多看不见的人说话。Arwen vanimelda, namárië！¹ 他说，然后深吸一口气，从回忆中清醒过来。他看看弗罗多，露出了微笑。"'这里是世间精灵之境的中心，'他说，'而我的心永远驻留于此，除非，在我们——你和我——还必须行走的黑暗道路尽头，尚有光明存在。跟我来吧！'他拉起弗罗多的手，离开了小丘凯林阿姆洛斯，有生之年再未重游此地。"（《魔戒》卷二第六章）

山姆·甘姆吉听从弗罗多的建议，把这种花的名字给了自己的女儿（《魔戒》卷六第九章）。

[3] 见本书第 387 页注释 6，埃仁迪丝是贝烈丝的后人，贝烈丝是墨玟的父亲巴拉贡德的姊妹。

[4] 据说，努门诺尔人像埃尔达一样，若是预见到夫妻有可能在怀胎到孩子起码长至幼年的这段时间里分离，就会避免受孕生育子女。以努门诺尔人对人之常情的看法，阿勒达瑞安在女儿出生后留在家里的时间极短。²

[5] 克里斯托弗·托尔金写道："一篇介绍努门诺尔历史上这段时期的'御前议会'的笔记中说，议会只有进言之权，没有制约国王之权，议会也尚未认为有此必要，渴望或梦想这样的权力。御前议会由来自努门诺尔各大地区的成员组成，但王储获立后也是其成员，从而可以学习如何治理国家。其他人如果对悬而未决的事务有专门知识，国王还

---

1 昆雅语，意思是："美丽的阿尔玟，再会了！"——译者注
2 这条注释即《未完的传说》第 282 页注释 22。——译者注

可以随时召唤他们加入议会，或要求他们被选入议会。此时，御前议会只有两位成员（除了阿勒达瑞安）是出身埃尔洛斯一脉：安督尼依的维蓝迪尔，代表安督斯塔；哈拉斯托尼的哈尔拉坦，代表米塔尔玛。但他们不是由于血统或财富而拥有席位，而是由于他们在自己的领地受到尊敬和爱戴。[《精灵宝钻》第 336 页提到，"安督尼依亲王一直都是国王最主要的顾问之一"。]"（《未完的传说》第 282 页注释 23）

[6]　卡伦纳松，辛达语，意为"绿色地区"或"绿色行省"，后来得名洛汗平原。

塔尔-阿勒达瑞安的继位

[1]　克里斯托弗·托尔金在这里给出了一个例子："因此，假如塔尔-美尼尔都尔没有儿子，那么他的继承人不是他的外甥维蓝迪尔（他姐姐熙尔玛莉恩的儿子），而是他的堂侄马蓝图尔（塔尔-埃兰迪尔的弟弟埃雅仁都尔的孙子）。"

[2]　相比之下，合法的男性继承人是不能拒绝王权的，但由于国王总可以逊位，一位男性继承人实际上可以立刻传位给**他的**法定继承人。然后，他本人也被认为是在位至少一年。埃尔洛斯之子瓦尔达米尔就是这种情况（仅此一例），他没有登上王位，而是把王位让给了儿子阿门迪尔。[1]

1　这条注释即《未完的传说》第 282 页注释 26。——译者注

注　释

［3］克里斯托弗·托尔金同样给出了一个例子："因此，假如安卡理梅拒绝王位，塔尔－阿勒达瑞安的继承人就是他妹妹爱林妮尔的儿子梭隆托。假如安卡理梅退位或身后没有儿女，梭隆托同样会成为她的继承人。"

［4］别处提到，这条"王室婚姻"的规定从未成为法律问题，但它变成了一种骄傲的惯例："一种魔影增长的迹象，因为在埃尔洛斯一脉的寿命、精力或才能与其他家族的差异已经变小，乃至全部消失之后，它才变得严格。"[1]

［5］《自然与本质》第三辑第十二章。

约 1000 年　　索隆察觉努门诺尔人的威势正在增长，于是选择魔多作为根据地，将其化为要塞重地。他开始修建巴拉督尔。

［1］《未完的传说》第 309 页。

［2］《魔戒》卷六第一章。

［3］"末日山"译自辛达语的 amon（"山丘"）和 amarth（"末日"），见《精灵宝钻》第 405 页索引 26。"欧洛朱因"字面上的意思是"燃烧之山"，见《魔戒》附录六第二篇。

［4］《魔戒》卷六第三章。

［5］克里斯托弗·托尔金，《中洲历史》卷十二第 390 页注释 14。

［6］《魔戒》卷六第一章。

1　这条注释不是编者写的，而是出自《未完的传说》第 282 页注释 27。——译者注

［7］《魔戒》卷三第八章。

［8］《魔戒》卷六第三章。

［9］《未完的传说》第 276 页。

1075 年　塔尔-安卡理梅成为努门诺尔首位女王。

［1］克里斯托弗·托尔金在他为"阿勒达瑞安与埃仁迪丝"写
的注释中评论道："这很奇怪，因为安卡理梅在世时，阿
纳瑞安是王位继承人。"埃尔洛斯一脉"一篇（《未完的传
说》第 286 页）只交代，阿纳瑞安的女儿们'拒绝了王
权'。"（《未完的传说》第 225 页）

1200 年　索隆竭力诱惑埃尔达。吉尔-加拉德拒绝与
他交涉；埃瑞吉安的能工巧匠却信服了他。
努门诺尔人开始建造永久港口。

［1］引自 J.R.R. 托尔金的一篇"很长的文章"，收录于《中洲
历史》卷十二第 304—305 页。

［2］《精灵宝钻》第 357—358 页。"关于加拉德瑞尔与凯勒博
恩"一文中记载了索隆对林顿精灵的示好："待到感觉自
身安全了，索隆便向埃利阿多派去了使者，最终在第二纪
元 1200 年间，他披上一副他所能构想出的最俊美的形貌，
亲自去了埃利阿多。"（《未完的传说》第 309 页）
克里斯托弗·托尔金对索隆的"俊美形貌"是这样表述

的："索隆竭尽全力维持着截然不同的两面：**敌对者**和**诱惑者**。他来到诺多族精灵当中时，采用了一副徒有其表的俊美形貌（一种对日后到来的众位伊斯塔尔的预期模仿）。"（《未完的传说》第 333 页注释 7）

约 1500 年　精灵工匠受索隆指导，技艺达到巅峰。
　　　　　　他们开始铸造力量之戒。

[1] 托尔金在一封起草于 1954 年 9 月的信件中写道："而牵涉到的那支特定的高等精灵，也就是诺多族或'学者'（Loremasters），他们在我们所说的'科学与技术'这一方面始终有弱点：他们想要掌握那些索隆的确拥有的学识，而那些埃瑞吉安的精灵拒绝听从吉尔-加拉德和埃尔隆德的警告。埃瑞吉安精灵这种特定的'渴望'——可以理解为一种对爱好机械和技术装置的'喻示'——也在他们与墨瑞亚的矮人之间的特殊友谊上反映出来。"（《书信集》信件 153 号）

关于索隆取的安那塔这一"动听的名字"，克里斯托弗·托尔金指出了另外一些"动听的名字"：阿塔诺，意思是"高贵工匠"，或奥兰迪尔，意思是"衷心侍奉维拉奥力之人"（《未完的传说》第 333—334 页注释 7）。

[2]《精灵宝钻》第 358 页。

[3]《未完的传说》第 310 页。正如克里斯托弗·托尔金在同页上一段末尾指出，《精灵宝钻》中"魔戒与第三纪元"

一篇并未提及加拉德瑞尔。

约 1590 年　三戒在埃瑞吉安铸成。

[1]《魔戒》卷一第二章。

[2] 下文引自"加拉德瑞尔与凯勒博恩的历史"(《未完的传说》第 309—310 页)。

[3] 关于克里斯托弗·托尔金对此的长篇注释,见《未完的传说》第 332—333 页注释 5。

[4]"苏醒之水",位于中洲的湖泊,精灵祖先醒来之处。(《精灵宝钻》第 417 页索引 175)

[5]《精灵宝钻》第 80 页。

[6] 此处接着指出:"但很多辛达族和诺多族前来与他们一同生活,贝烈瑞安德风尚文化的冲击令他们开始了'辛达化'。"这一迁入罗瑞南德的事件发生在何时,文中并未明示。可能由加拉德瑞尔主持,他们从埃瑞吉安取道卡扎督姆而来。

[7] 克里斯托弗·托尔金指出,更完整的记述见《精灵宝钻》(第 357—358 页)。《精灵宝钻》的"魔戒与第三纪元"中讲述索隆自称"赠礼之主"安那塔,蒙骗了埃瑞吉安的工匠,但并未提及加拉德瑞尔。

[8] 克里斯托弗·托尔金在这段中指出:"这篇匆匆写就的概述文稿并未解释加拉德瑞尔若非看穿了索隆的伪装,为何会鄙视他,也未解释她若当真发现了他的真面目,又如何能容他留在埃瑞吉安。"

注　释

[9] 凯勒布莉安是加拉德瑞尔与凯勒博恩的女儿，而在托尔金创作传说故事集中这段叙事线索的时期，阿姆洛斯被设定为她的哥哥。然而，克里斯托弗·托尔金指出，此处的亲缘关系很可能是《魔戒》完成后引入的部分后续修订："如果阿姆洛斯在《魔戒》成文的时候真的被构想为加拉德瑞尔与凯勒博恩的儿子，那么书中几乎不可能不提如此重要的联系。"（《未完的传说》第 315 页）在另一个版本的叙事中，阿姆洛斯成了最后一位罗瑞恩之王，在父亲阿姆狄尔（又名瑁加拉德）于达戈拉德之战（见第二纪元 3434 年）中阵亡后继位。[1] 在《未完的传说》（第 315—318 页）中，克里斯托弗·托尔金收录了"一个简短的故事"（写于 1969 年或之后），标题是"'阿姆洛斯与宁洛德尔的传说节选'概述"。关于凯勒博恩拒绝通过卡扎督姆，我们只能假定他最终是通过某处隘口翻越了迷雾山脉，或取道后来被称为洛汗豁口的卡伦纳松豁口前往东方的。

[10]《未完的传说》第 311 页。

约 1600 年　索隆在欧洛朱因铸造了至尊戒。他建成了巴拉督尔。凯勒布林博察觉了索隆的计划。

[1]《精灵宝钻》第 358—359 页。

---

1 阿姆狄尔与瑁加拉德是否同一人，克里斯托弗·托尔金的说法是"似乎可以肯定"，并不是百分之百的定论。——译者注

［ 2 ］ 此处给出的描述与摘录出自《魔戒》卷一第二章。

［ 3 ］《魔戒》卷二第二章。

［ 4 ］《精灵宝钻》第 359 页。

［ 5 ］《未完的传说》第 311 页。克里斯托弗·托尔金写道："直
到很久以后统御之戒失落，加拉德瑞尔才有可能运用能雅
的力量。但必须承认文稿完全没有指出这一点（尽管上文
刚刚提到加拉德瑞尔劝告凯勒布林博永远不可使用精灵三
戒）。"（《未完的传说》第 334 页注释 9）

［ 6 ］《精灵宝钻》多处。

［ 7 ］《魔戒》卷二第十章。

［ 8 ］《自然与本质》第三辑第十八章。关于"学者们关于曼威
禁令的辩论"，见《自然与本质》第三辑第八章。

1693 年　精灵与索隆的战争开始。三戒被隐藏。

［ 1 ］《精灵宝钻》第 359 页。

1695 年　索隆的大军侵入埃利阿多。吉尔–加拉德派埃尔隆德前往埃瑞吉安。

［ 1 ］《未完的传说》第 311 页。

注　释

1697 年 埃瑞吉安沦为废墟。凯勒布林博被杀。墨瑞亚诸门关闭。埃尔隆德带领残存的诸多精灵撤退,建立了避难所伊姆拉缀斯。

[1] 克里斯托弗·托尔金评论道:"此处其实并没有点明索隆这时占有了七戒,不过言外之意似乎很清楚——他确实做到了。《魔戒》附录一(第三篇)中提到,都林一族的矮人相信,卡扎督姆之王都林三世的魔戒是精灵工匠亲手赠予的,不是索隆,而本篇文稿并未提及七戒是如何到了矮人手中。"(《未完的传说》第 312 页)

[2]《未完的传说》第 312 页。

1699 年 索隆侵占埃利阿多。

[1]《未完的传说》第 312—313 页。

[2]《魔戒》卷二第二章。

[3]《魔戒》卷二第四章。

1700 年 塔尔-米那斯提尔从努门诺尔派出一支庞大舰队前往林顿。索隆被击败。

[1] 尽管塔尔-米那斯提尔派兵干涉的日期(第二纪元 1700 年)是在传说故事集中明确定下的,但它与他的姨母塔尔-泰尔佩瑞恩女王的统治时期(第二纪元 1556—1731

年）冲突。克里斯托弗·托尔金写道："我无论如何也解释不了这处矛盾。"（《未完的传说》第 293 页注释 9）有人认为，米那斯提尔当时可能代表塔尔-泰尔佩瑞恩女王行事，可能是摄政王，也可能是王室舰队的指定统帅。因此，在记载努门诺尔舰队被派出帮助精灵对抗索隆的叙述中，米那斯提尔被冠以"国王"的称号，这可能是编年史作者在追认米那斯提尔后来的国王身份，尽管当时他还没有接掌王权。

［ 2 ］《未完的传说》第 313 页。

1701 年　索隆被逐出埃利阿多。西部地区得享一段很长时间的安定和平。

［ 1 ］《未完的传说》第 313—314 页。关于阿姆洛斯与凯勒布莉安，见本书第 396 页注释 9。

约 1800 年　约此时起，努门诺尔人开始在沿海地区建立领地。索隆将势力向东扩展。魔影降临努门诺尔。

［ 1 ］《未完的传说》第 314 页。
［ 2 ］《魔戒》附录一第一篇。
［ 3 ］《魔戒》附录一第一篇。
［ 4 ］《未完的传说》第 287 页。

［ 5 ］《魔戒》附录一第一篇。

［ 6 ］《精灵宝钻》第 333 页。

［ 7 ］托尔金在"阿卡拉贝斯"文稿复杂的发展演变过程中曾
进一步提到："［塔尔–阿塔那米尔］收到了维拉的讯息，
但他拒绝了。他苟延残喘了额外的 50 年。"（克里斯托
弗·托尔金收录于《中洲历史》卷十二第 150 页）

［ 8 ］《魔戒》附录一第一篇。

［ 9 ］《精灵宝钻》第 330—334 页。

［10］《未完的传说》第 287 页。

［11］《精灵宝钻》第 335 页。

2251 年　塔尔–阿塔那米尔死亡。塔尔–安卡理蒙登基。努门诺尔人的叛乱和分裂开始。约在此时，九戒的奴隶那兹古尔（戒灵）首度出现。

［ 1 ］克里斯托弗·托尔金写道："在'编年史略'（《魔戒》附
录二）中有这样的条目："2251 塔尔–阿塔那米尔登基。
努门诺尔人的叛乱和分裂开始。"这和本篇全然矛盾。依
据本篇，塔尔–阿塔那米尔于 2221 年逝世。然而 2221 年
这个年份本身是从 2251 年修改而来，别处提到，他的死
是在 2251 年。因此，不同的文稿提到了同一年，既是他
登基的年份，又是他去世的年份。而编年史的整体框架清
楚表明，前者必定是错的。此外，《精灵宝钻》'努门诺尔
沦亡史'（第 334 页）中提到，是在阿塔那米尔的儿子安

卡理蒙统治的时期，努门诺尔的国民分裂了。因此，我毫不怀疑，'编年史略'中的条目有错，正确的应当是这样：'2251 塔尔－阿塔那米尔死亡。塔尔－安卡理蒙登基。努门诺尔人的叛乱和分裂开始。'但如此一来，还是很奇怪：阿塔那米尔的逝世日期既然由'编年史略'中的一个条目固定，那么在"埃尔洛斯一脉"一篇中就本该修改才是。"（《未完的传说》第 293—294 页注释 10）

[2]《精灵宝钻》第 334 页。

[3] 这段草稿没有纳入"努门诺尔沦亡史"，克里斯托弗·托尔金将其收录于《中洲历史》卷十二第 152 页。

[4]《精灵宝钻》第 334 页。

[5]《未完的传说》第 287—288 页。

[6]《精灵宝钻》第 359—360 页。

[7]《书信集》信件 131 号。

[8]《精灵宝钻》第 360 页。

[9]《精灵宝钻》第 335 页。

[10]《魔戒》卷一第十一章。

[11]《魔戒》卷四第六章。

2350 年　佩拉基尔落成。它成为忠贞派努门诺尔人的主要港口。

[1]《精灵宝钻》第 334—335 页。本段后半部分（"帮助精灵对抗索隆"之后）摘自克里斯托弗·托尔金在《中洲历

史》卷十二第 152 页给出的"真实文稿"。"努门诺尔沦亡史"中给出的版本是这样:"他们在安都因大河的河口上游兴建了佩拉基尔港。但国王派却远航至南方。他们树立的权威与建起的堡垒,在人类的传奇故事中找得到很多痕迹。"

[2]《精灵宝钻》第 335 页。

[3]《中洲历史》卷十二第 175 页。关于乌姆巴尔与佩拉基尔在第三纪元的重要性,以及乌姆巴尔的海盗在魔戒大战中扮演的角色,见《魔戒》卷五和卷六。

[4]《魔戒》附录一第一篇。托尔金在"埃雅仁迪尔之歌"(又名"水手埃雅仁迪尔")中提到了"大君王"。这首诗是比尔博·巴金斯写的(诗人承认阿拉贡也对其内容有贡献),并在埃尔隆德会议的前一天晚上唱给齐聚幽谷的人们听。诗的第六节提到了埃雅仁迪尔在"航越无涯天海,跟随 / 日光与月光"之前对维林诺的造访:

> "他走进永恒厅堂,
>
> 这里辉煌岁月流淌无尽,
>
> 高峻圣山的伊尔玛林宫殿里,
>
> 大君王临宇无极。
>
> 前所未闻的话语响起,
>
> 述及凡人与精灵,
>
> 超然物外的景象预示,
>
> 非俗世物类所能窥及。"

[5]《精灵宝钻》第 360—361 页。

努门诺尔的沦亡

[6]《未完的传说》第 288 页；另见《未完的传说》第 373 页注 31。

[7] 关于塔尔－阿尔达明在君主名单中的位置，克里斯托弗·托尔金后来提到存在一处异常，他在"埃尔洛斯一脉"的注释（《未完的传说》第 294 页注释 11）中写道：

"《魔戒》附录一（第一篇第一节）中列出的努门诺尔历代国王和女王当中，塔尔－卡尔马奇尔（第十八代）之后的君主是阿尔－阿督那霍尔（第十九代）。《魔戒》附录二'编年史略'提到，阿尔－阿督那霍尔于 2899 年继承王位。罗伯特·福斯特先生基于这一点，在《中洲导读大全》一书中将塔尔－卡尔马奇尔的逝世年代记为 2899 年。另一方面，《魔戒》附录一后来介绍努门诺尔君主时，又将阿尔－阿督那霍尔称为第二十代国王。1964 年，家父给一位来信询问此事的读者回信说：'从目前的家谱来看，他应该被称为第十六代国王、第十九代君主。二十本来可能应该是十九，但也可能有个名字被漏掉了。'他解释道，他无法肯定，因为他写那封信时，那些有关这个问题的文稿不在手边。

"我编写'努门诺尔沦亡史'时，把原来的文稿'第二十代国王继承先祖的权杖时，他以阿督那霍尔的名号登基'改成了'第十九代'（《精灵宝钻》第 335 页），类似地，还把'二十四位'改成了'二十三位'（《精灵宝钻》第 338 页）。那时我还没有注意到，'埃尔洛斯一脉'中塔尔－卡尔马奇尔之后的君主不是阿尔－阿督那霍尔，而是

注　释

403

塔尔－阿尔达明。但现在仅从塔尔－阿尔达明的逝世年份此处给出是 2899 年这个事实，就彻底清楚了：《魔戒》的列表有误，漏掉了他。

"另一方面，阿尔－阿督那霍尔是第一位以阿督耐克语名号登基的国王，传说故事中这一点是肯定的（《魔戒》附录一、《精灵宝钻》'努门诺尔沦亡史'和'埃尔洛斯一脉'都提到了）。若是假定塔尔－阿尔达明没有列入《魔戒》附录一中的名单纯系疏忽所致，那么这又令人惊讶：王室名号的风格改变应该在《魔戒》附录一中归于塔尔－卡尔马奇尔后的第一位君主。也许，这并不仅仅是疏忽之错，而是这段内容所基于的文稿版本状况更为复杂。"

2899 年　阿尔－阿督那霍尔登基。

[1]《精灵宝钻》第 335—336 页。

[2]《未完的传说》第 289 页。

[3]《魔戒》附录一第一篇。

[4] 在"埃尔洛斯一脉"（《未完的传说》第 289 页）中，阿尔－基密佐尔的卒年是"3177 年"，但在"编年史略"（《魔戒》附录二）中，"塔尔－帕蓝提尔痛悔前非"却被注为"3175 年"——表明塔尔－帕蓝提尔登基应是那一年。仅在本书的编年史中，阿尔－基密佐尔的统治时期和去世日期做了相应的修改。见本书第 405 页注释 2 中克里

斯托弗·托尔金的意见。

[5]《精灵宝钻》第 336 页。

[6]《未完的传说》第 290 页。

[7]《精灵宝钻》第 336—337 页。

3175 年　塔尔-帕蓝提尔痛悔前非。努门诺尔发生内战。

[1]　克里斯托弗·托尔金注道（《未完的传说》第 295 页注释
　　　　13）："家父有一份极为规整的花朵装饰设计图，风格与
　　　　《托尔金绘图集》（1979 年）第 45 号图右下角那张相似，
　　　　图的标题是'印齐拉顿'，下面用费艾诺字母和转写文两
　　　　种文字写着'努美尔罗提'['西方之花']。"

[2]　克里斯托弗·托尔金写道（《未完的传说》第 295 页注释
　　　　15）："'埃尔洛斯一脉'和《魔戒》附录二'编年史略'
　　　　的最后一处矛盾在于有关塔尔-帕蓝提尔的各个年份。
　　　　《精灵宝钻》'努门诺尔沦亡史'（第 337 页）中讲述，'印
　　　　齐拉顿登基后，循旧例为自己取了精灵语名号—塔尔-帕
　　　　蓝提尔'。《魔戒》附录二'编年史略'中则有如下条目：
　　　　'3175 塔尔-帕蓝提尔痛悔前非。努门诺尔发生内战。'
　　　　根据这两处说法，几乎可以肯定 3175 年是他登基的年份。
　　　　这在'埃尔洛斯一脉'当中得到了证明：事实是，本篇
　　　　给出的他父亲阿尔-基密佐尔的逝世年份起初是 3175 年，
　　　　只是后来改成了 3177 年。同塔尔-阿塔那米尔［见本书
　　　　第 400 页注释 1］的逝世年份情况一样，很难理解为什么

注　释

要做出这个与'编年史略'矛盾的小改动。"

仅在本书的编年史中，塔尔-帕蓝提尔的登基日期和统治时期做了相应的修改（就像对阿尔-基密佐尔相关日期的修改，见本书第404页注释4）。

[3]《精灵宝钻》第337页。

[4]《未完的传说》第290页。

[5]《精灵宝钻》第337—338页。

[6]《未完的传说》第290页。

[7]《精灵宝钻》第338页。

[8]《中洲历史》卷十二第159—162页。这三段文字出现在克里斯托弗·托尔金取名为"关于弥瑞尔与法拉宗的婚姻的说明"的一节中。他评论说，他父亲为这个故事"做了很多工作"，但是现存的手稿"非常粗略"而且"异常难以解读"。这些段落中的Zimraphil在这里已经改为后来的拼写Zimraphel。在关于阿门迪尔的注释中，他指出他父亲在手稿的空白处添加了以下内容："自埃雅仁都尔之后第三代，自首代安督尼依亲王维蓝迪尔则是第十八代。"添加的"[勇气和]"字样摘自《中洲历史》卷十二第162页。

[9] 这几段包括了《中洲历史》卷十二第160—162页的资料。方括号里的文字前面打问号，表示克里斯托弗·托尔金在解读他父亲潦草的笔迹时遇到了困难。在第161页的另一个句子中，托尔金不仅提到弥瑞尔被埃兰提尔爱慕，而且还提到两人"订婚"了。

［10］《精灵宝钻》第 338 页。

［11］《精灵宝钻》第 338 页。

3255 年　黄金之王阿尔－法拉宗夺取王权登基。

［1］《精灵宝钻》第 338 页。而且，如本书第 403 页注释 7 所
　　言，原稿中的"二十三"已被修改为"二十四"。

［2］《魔戒》附录一第一篇。

［3］《中洲历史》卷十二第 160 页。

［4］《中洲历史》卷十二第 162 页。

［5］《中洲历史》卷十二第 160 页。

［6］《书信集》信件 131 号。"塔尔－卡理安"是创作早期阿
　　尔－法拉宗的名字。

3261 年　阿尔－法拉宗出海远航，在乌姆巴尔登陆。

［1］《中洲历史》卷十二第 181—182 页。

［2］《中洲历史》卷五第 26 页第 5 段。

［3］"闪烁金红之光"（gleaming with red gold）修正了《精
　　灵宝钻》出版文本中的 gleaming with red and gold。这
　　遵循了克里斯托弗·托尔金在《中洲历史》卷十二第 155
　　页第 41 段提出的修正。

［4］《精灵宝钻》第 338—340 页。

［5］《中洲历史》卷十二第 182 页。

注 释

3262 年　索隆作为阶下囚，被带回努门诺尔。3262—
　　　　　3310 年间，索隆蛊惑国王，引诱努门诺尔人
　　　　　堕落。

[1]《精灵宝钻》第 361 页。
[2]《精灵宝钻》第 340 页。
[3]《中洲历史》卷十二第 182 页。
[4]《精灵宝钻》第 340—343 页。
[5]《中洲历史》卷十二第 183 页。
[6]《精灵宝钻》第 343—344 页。

3310 年　阿尔-法拉宗开始组建无敌舰队。

[1] 若无特殊说明，接下来的叙述都来自《精灵宝钻》第
　　　344—347 页。
[2]《中洲历史》卷十二第 183 页。
[3] "人类已经没有希望"（there is no hope in Men）修正了
　　　《精灵宝钻》出版文本中的 "no hope for Men"。这遵循
　　　了克里斯托弗·托尔金在《中洲历史》卷十二第 156 页第
　　　57 段提出的修正。

3319 年　阿尔-法拉宗进攻维林诺。努门诺尔沦
　　　　　亡。埃兰迪尔偕同两个儿子逃脱。

[1] 若无特殊说明，接下来的叙述都来自《精灵宝钻》第

347—352 页。

[2]《中洲历史》卷十二第 183 页。克里斯托弗·托尔金紧接着这段评论道："这种说法在别处都没出现。在'努门诺尔沦亡史'（《精灵宝钻》第 280 页）中，有一段几乎是原封不动地摘自'阿那督尼的沉没'（《中洲历史》卷九第 374 页第 52 段），其中没有提到任何特定的地区或河流。"他还补充道（《中洲历史》卷十二第 187 页注释 23）："除了在《双塔殊途》的写作过程中有一份大纲提到南方人类占领了托尔法拉斯（《中洲历史》卷七第 435 页）之外，这似乎是所有文本中唯一提到托尔法拉斯的地方。这个小岛和它的名字已经出现在'初版中洲地图'上（《中洲历史》卷七第 298 页与 308 页），但在所有的地图上，它的范围都比这里描述的要大得多。"

[3] 如别处所述，关于沦亡和世界重塑的其他故事可参见《中洲历史》卷九第三辑"阿那督尼的沉没"第一至第四篇，和《中洲历史》卷五第一辑第一篇与第二篇。

克里斯托弗·托尔金在《中洲历史》卷五第 11—12 页收录了他称之为"传说最早'大纲'"的文稿，这份文稿"以极快的速度写成，难以准确辨认的词语比比皆是。文稿开篇不久，就被一幅非常粗糙草率的草图打断了，草图中央是一个标为'阿姆巴尔'['居住的世界']的球体，外面套着两个圆圈，内圈标为'伊尔门'['大气之上，群星所在的区域']，外圈标为'外亚'['天空'或'环绕世界的大气']。有一条直线横跨阿姆巴尔顶上，穿过伊尔门和外亚两个区域，向两个方向延伸至外圈"。这很有可能是托尔金第一次尝试用图解的方式来描绘"圆形世界"和"笔直之路"的概念。

正如克里斯托弗·托尔金进一步指出的那样："……这份非同寻常的文稿记录了努门诺尔传奇的开端，并将'精灵宝钻'扩展到世界的第二纪元。"

这段文字的部分内容如下：

> ……亚特兰提人［努门诺尔人］堕落并反叛了……他们组建了一支舰队，用雷霆攻击诸神的海岸。
>
> 诸神因此将维林诺从大地割裂出去，一道可怕的裂缝出现了，水向裂缝中倾泻而下，亚特兰提［努门诺尔］的舰队被吞没了。他们将整个大地变成了球形，任何人无论航行多远，都再也无法到达西方，只能回到起点。就这样，新的陆地在旧世界的下方形成，东方和西方都被向后弯折，［？水流遍了圆形的］大地表面，有一段时间洪水泛滥。但靠近裂缝的亚特兰提彻底倾覆，被淹没了。残余的……努门诺尔人乘船逃往东方，登上了中洲的陆地……
>
> 古老的陆地界线仍作为空气的平面而存留，只有诸神与随着人类霸占了太阳而褪隐的埃尔达才能在上面行走。但许多努门诺尔人仍能看到或隐约看到它，并试图设计船只在上面航行。然而他们只造出了能在纬尔瓦即低空航行的船。诸神的平面穿过除了曼威之

鹰，连鸟儿都无法飞行的伊尔门。但是努门诺瑞依的
舰队环游世界，人类把他们当作神。有些人对此心满
意足。

有关中洲物理形成的进一步讨论，包括第一和第二纪元末
两次大灾变之后的变迁，见克里斯托弗·托尔金的《中洲
历史》卷四。

[4]《魔戒》附录一第一篇。

[5]"努门诺尔沦亡史"中关于努门诺尔覆灭的描述是综合了
很多早期文稿的结果，注释3中提到的两卷《中洲历史》
中对其中的复杂性有详细论述，可以参考。不过，为了与
"尾声"进行比较，此处摘录"阿那督尼的沉没"（《中洲
历史》卷九第 392—393 页）中的一段，其中对流亡者如
何看待沦亡后世界的重塑有明显不同的描述。

"纵使经过了灾难毁灭，阿督那人的心也依然朝向西方。
他们明知世界已经改变，还是说：'阿瓦隆尼已自大地上
消失，赠礼之地已被移走，当今这个黑暗的世界里再也找
不到了。但它们曾经一度存在，因此它们现在仍然存在，
真实地存在于形貌完整的世界中。'阿督那人相信，有福
缘的人可能瞥见今生之外的某个时空。他们始终渴望摆脱
流亡的阴影，以某种方式望见古时之光。因此，他们中的
一些人仍会在茫茫的大海上不断搜索，希望能登上孤岛，
并从那里望见曾经存在之物的景象。

"但他们一直没有找到。他们说：'曾经笔直的航道现在都
弯曲了。'因为在世界还年轻的时代，很难说服人们大地

注 释

并不像看上去那样平坦[1]，就连阿那督尼的忠贞派也很少有人衷心相信这样的教导。日后，人中王者们靠着观星技艺和探索大地上一切航路和水域的航海经验，知道世界确实是圆的，那时他们当中产生了一种信念，认为世界以前并不是这样，只是在大沦亡的时候才变成了这样。因此，他们认为，当新世界渐渐沉落，那条古老的航道、大地记忆之路，仍继续向前通往穹苍，仿佛一座看不见的大桥。他们当中流传着众多传说与故事，提到那些孤独徜徉在大海上的水手或常人，靠着某种恩典或命运，曾经驶上古老航道，看见世界的面庞沉落到下方，就这样来到了孤岛，或真正抵达了过去的阿门洲。在那里，在死前，他们得以瞻仰那座美丽又可畏的雪白高山。"

[6]《书信集》信件131号。几年之后的1954年，托尔金写到了世界从平面到圆形的转变（《书信集》信件154号）："在这个故事的想象中，我们现在生活在从物理上而言是圆形的地球上。但整套'传说故事集'包含了从一个平坦的世界（或者至少是一个四面都有边界的居住地〔οἰκουμένη[2]〕）到球体世界的转变：倘若一个现代的'神话创造者'，其思想与古人一样受到'表象'影响，并部分吸收了古人的神话，但又从小就得知地球是圆的，那么

---

1 此处原文为 plain，采用的是已消失的意义"平坦"。参见同一个词后来的拼写 plane，和名词 plain。
2 ecumene 或 oecumene，古希腊语，指已知的、人类居住或可居住的世界。

努门诺尔的沦亡

我想对其而言，这样的转变是不可避免的。'天文学'给我留下如此深刻的印象，以至于我认为我无法对付或想象一个平坦的世界，不过静止的地球与围绕其运转的太阳似乎更容易一些（不是更容易论证，而是更容易想象）。"

[7]《魔戒》卷三第十一章。关于这首诗，克里斯托弗·托尔金在别处评论道（《中洲历史》卷十二第 157 页第 80 段）："所有的［'阿卡拉贝斯'］文本都写着：'他们一共有十二艘船：六艘属于埃兰迪尔，四艘属于伊熙尔杜，两艘属于阿纳瑞安。'但家父在代打稿 C 上把数字改成了'九：四、三、二'，并在页边注明：'九，除非 LR［《魔戒》］中的诗改为"四乘三"'。"诗没改，因此克里斯托弗·托尔金在编辑《精灵宝钻》时，把"十二艘船"相应改成了"九艘船"。

[8]《魔戒》卷六第五章。在这个极其明显的自传性段落中，托尔金借法拉米尔之口讲述了他本人反复经历的"亚特兰提斯梦境"，在梦中，一股巨浪扑上陆地。见本书引言，第 11—14 页。

3320 年 努门诺尔人建立两个流亡王国——阿尔诺和刚铎。七晶石被分开。索隆返回魔多。

[1]《书信集》信件 131 号。在这封信中，托尔金写道："埃兰迪尔是个诺亚一般的人物，他并未参与反叛，而是在努门诺尔的东岸附近安排了载着人手和物品的船只，在西方愤

注 释

怒的毁灭风暴来临前逃离。给中洲西岸带来了劫难的惊涛骇浪将他们席卷而去，他和他的子民被抛上海岸，成了流亡者。""诺亚"指的是《圣经》大洪水故事（《创世记》6：11-9：19）中的族长诺亚。这二人都忠于自己的信仰，并为可能发生的事做好了准备。

[2]《魔戒》附录一第一篇。

[3]《魔戒》卷六第五章。

[4] 关于这些君主的叙述，可在《魔戒》附录一与附录二，《中洲历史》卷十二第一辑第七篇与第九篇中看到。接下来的内容来自《精灵宝钻》第362—364页。

[5] 在这些传家宝中，还有一根权杖。在努门诺尔，这根权杖曾是安督尼依亲王的权力象征，关于这根权杖，后来有记载（《魔戒》附录一第一篇）："安督尼依亲王的银杖，如今或许是中洲保存下来的最古老的人类手工造物。"

由于努门诺尔的权杖在沦亡时已随阿尔-法拉宗一同消失，这根权杖如今就成了安努米那斯的权杖，代表努门诺尔诸王在中洲一脉的权威。多年以后，它在埃尔隆德保管在伊姆拉缀斯的传家宝之列，如"阿拉贡与阿尔玟的故事"所述（《魔戒》附录一第一篇第五节）。

[6] 见本书第259页。

[7]《精灵宝钻》第364页。到了第三纪元，只有极少数人知道这些晶石的存在。萨茹曼在欧尔桑克拥有一颗，刚铎的末代宰相德内梭尔在米那斯提力斯拥有另一颗，而无所不见的索隆之眼则在巴拉督尔利用第三颗晶石观察这两颗晶

石的活动。虽然欧尔桑克晶石在魔戒大战中扮演了重要角色，但在这篇文稿写作时，大部分帕蓝提尔的最终命运应当还没有确定。

[8]《魔戒》卷三第十一章。关于真知晶石的历史，见《未完的传说》第四辑第三篇"帕蓝提尔"。

[9]《精灵宝钻》第 364 页。

[10]《精灵宝钻》第 361 页。

[11]《魔戒》附录一第一篇。

[12]《精灵宝钻》第 364—365 页。

[13]《魔戒》附录一第一篇。

[14]《精灵宝钻》第 365 页。赫茹墨与富伊努尔都是索隆旅居岛国时向东航行，在中洲沿海建立要塞和居住地的努门诺尔人，他们的意志已经受到了索隆的影响。这些所谓的"黑努门诺尔人"可能就在索隆于第二纪元 3429 年准备进攻刚铎时所号令的人类之列。

3429 年　索隆进攻刚铎，攻下米那斯伊希尔，烧毁白树。伊熙尔杜沿安都因河南下逃脱，投奔了北方的埃兰迪尔。阿纳瑞安守住了米那斯阿诺尔和欧斯吉利亚斯。

[1]《精灵宝钻》第 365 页。

[2]《魔戒》卷一第二章。

3430 年　精灵与人类的最后联盟建立。

[1]《精灵宝钻》第 365—366 页。

[2]《魔戒》卷一第十一章。

3431 年　吉尔－加拉德和埃兰迪尔向东行军，
来到伊姆拉缀斯。

[1]《精灵宝钻》第 366 页。桑戈洛锥姆是第一纪元的愤怒之
战的战场。当时维林诺的大军、埃尔达与伊甸人三大家族
共同对抗魔苟斯的军队。正是由于伊甸人英勇地帮助推翻
并击败了魔苟斯，他们才获得了"赠礼之地"安多尔作为
居住地，后来人类将其命名为努门诺尔。见《精灵宝钻》
第二十四章。

[2]《魔戒》卷二第二章。

3434 年　联盟的大军越过迷雾山脉。达戈拉德之战发
生，索隆被击败。巴拉督尔围城战开始。

[1]《书信集》信件 144 号。另见《魔戒》卷三第四章。

[2]《精灵宝钻》第 366 页。

[3]《精灵宝钻》第 366 页。

[4]《未完的传说》第 320 页。

[5]《未完的传说》第 339—340 页。克里斯托弗·托尔金在这

里评论道："别处都不曾提到罗瑞恩的珥加拉德，这里也
没有说他是阿姆洛斯的父亲。不过换一个角度来看，其他
文稿（《未完的传说》第 315 页和第 320 页）曾两次提到，
阿姆洛斯的父亲阿姆狄尔牺牲在达戈拉德之战中，由此似
乎可以简单认为，珥加拉德和阿姆狄尔是同一个人，但我
不能确定这两个名字是哪个取代了另一个。"

[6]《魔戒》卷四第二章。

[7]《精灵宝钻》第 366 页。

[8]《魔戒》卷二第二章。

[9]《精灵宝钻》第 366 页。

3440 年　阿纳瑞安被杀。

[1]《精灵宝钻》第 366 页。

[2]《魔戒》附录一第一篇。后续还说："但在阿塔那塔·阿尔
卡林统治的时代，它被换成了镶着珠宝的头盔，也就是阿
拉贡加冕时用的那一顶。"

3441 年　埃兰迪尔与吉尔-加拉德联手推翻索隆，二人
为此牺牲。伊熙尔杜将至尊戒据为己有。索
隆销声匿迹，戒灵没入阴影。第二纪元结束。

[1]《精灵宝钻》第 366 页。

[2]《魔戒》卷一第十一章。山姆·甘姆吉在霍比特人与大步

佬向风云顶进发时背诵了这首诗。

[3]《精灵宝钻》第 367 页。

[4]《精灵宝钻》第 366 页。

[5]《魔戒》卷二第二章。

尾 声

[1]　《精灵宝钻》第 367 页。"偿命金"（weregild）即古代法
　　　　典中确立的"人命价"或"血钱"，给人的生命标以货币
　　　　价值，作为对杀人者的罚款和对受害者家属的赔偿金。托
　　　　尔金必定知道这个词，它曾出现在《贝奥武甫》《伏尔松
　　　　萨迦》、十三世纪冰岛的《埃吉尔萨迦》和其他作品中。
　　　　托尔金在《魔戒》附录一关于图林二世的内容中也提到了
　　　　这项法律的一个例子[1]。

[2]　《魔戒》卷二第二章。甘道夫在第三纪元的埃尔隆德会议
　　　　上透露了伊熙尔杜书卷的内容，他告诉众人，他推测自诸
　　　　王血脉断绝之后，"除了萨茹曼和我之外"，再没有旁人读
　　　　过它。"炽煤"原文为 glede，意思是"燃烧的煤炭，或余
　　　　火未尽的炭块"。

[3]　《精灵宝钻》第 367—368 页。关于伊熙尔杜之死，在托
　　　　尔金的另一篇叙事"金鸢尾沼地之祸"中有大量不同的描

1　实际上真正提到此事的是《魔戒》附录一"马克诸王"里有关伏尔克威
　　奈的条目。——译者注

述。它由于篇幅很长，又是第三纪元的事件（第二纪元随着索隆的失败而结束），因此没被收录在本书中，但可以在《未完的传说》第 357—378 页读到。

附录一

[1] 接下来的叙述均引自《精灵宝钻》第 368—377 页。

附录二 [1]

[1] 拉瓦尔阿勒达（lavaralda，取代了 lavarin）不在"努门诺尔岛国概况"（《未完的传说》第 215 页）提到的埃尔达从托尔埃瑞西亚带来的树木之列［因此本书中也没有提到］。

[2] "八十四年"（seven twelves of years）是对"八十年"（four score of years，最初写成 three score of years）的改动。见注释 10。

[3] 在手稿中，"温雅"（Vinya）写在"努门诺尔"上面；它在重写的一部分文稿里再次出现（第 339 页），译作"新大陆"。这个名称最初出现在对"沦亡一稿"［《中洲历史》卷五］第 19 页第 2 段的一条修订中。

---

1 附录二所有注释均为克里斯托弗·托尔金为努门诺尔章节撰写的原注。见《中洲历史》卷五第 70—75 页。——译者注

注 释

［ 4 ］ 关于"泰仁都尔",见"词源列表"［《中洲历史》卷五第392 页］,词干 TER,TERES。

［ 5 ］ 最初写成的文稿这里续以:

"波尔多昨天叫我'埃雅仁德尔'。"

埃兰迪尔叹了口气:"但这是个好名字。我最爱的故事就是这个;其实,我给你选了这个名字,就是因为它让人想起他的名字。但我并没有冒昧地给你取他的名字,也没有把自己比作凡人中首位在这片海域航行的伟大的图奥。至少你可以回答你那些愚蠢的朋友,埃雅仁德尔是航海家之首,而这想必在努门诺尔仍然值得尊敬吧?"

"但他们不关心埃雅仁德尔。我也不关心。我们希望完成他未竟的大业。"

"你是什么意思?"

"你知道的:踏上遥远的西方之地⋯⋯"（后文同本书第332 页）

［ 6 ］ 这是名叫"维蓝迪尔"的努门诺尔人的最初出场。在后来⋯⋯重写的内容里,维蓝迪尔是埃兰迪尔的兄弟,他们二人是中洲两个努门诺尔王国的奠基人（［《中洲历史》卷五］第33—34 页）。这个名字后来给了一个更早的努门诺尔人（首位安督尼依亲王）,以及一个更晚的努门诺尔人（伊熙尔杜最小的儿子,阿尔诺的第三代国王）:见《未完的传说》索引的"维蓝迪尔"条目及引用。

［ 7 ］ 在"诺多史"（［《中洲历史》卷四］第 151 页）中并没有提到图奥"失踪"了。当他感觉自己逐渐衰老,"他造了

一艘大船，取名为埃雅拉米，意思是'鹰之翼'。他和伊缀尔一同出海，向着日落的西方扬帆而去，从此不再被歌谣与传说提到。"后来补充了如下内容（[《中洲历史》卷四] 第155页）："但在必死的凡人当中，唯有图奥跻身年长的种族当中，加入了他热爱的诺多族；据说，他之后仍然一直以他的船为家，在精灵之地的海域航行，或在托尔埃瑞西亚诺姆族的港口中暂作休整。他的命运得以与凡人的命运分离。"

[8] 这是埃雅仁德尔登陆维林诺的故事在"诺多史"中的最后形式。在对第二份文稿"诺多史二稿"（[《中洲历史》卷四] 第156页）所做的修订中，埃雅仁德尔"在最后海岸上向他所爱的所有人告别，他们永远失去了他"，以及"埃尔汶仍在为埃雅仁德尔哀悼，她再也没有找到他，他们被拆散，直到世界末日"。后来，埃兰迪尔又回来更详细地谈了这个话题（[《中洲历史》卷五] 第64页）。在"精灵宝钻征战史"中，故事被进一步改动了，埃尔汶也进入了维林诺（见 [《中洲历史》卷五] 第324—325页第1—2段以及评注）。

[9] Nuaran Númenóren：（只有）在打字稿中，ór 两个字母被划去了。

[10]"你才四十八岁"取代了"你刚满五十岁"。正如注释2中记载的那处改动，十二进制计数取代了二十进制计数，但无论哪种情况，年数都非常奇怪。因为赫仁迪尔被称为"男孩""孩子"和"年轻人"，并且他"刚步入成年"

注 释

（本书第 328 页）；那么他怎么会有 48 岁呢？但他的年龄表述是明确无误的，而且埃兰迪尔后来说（本书第 342 页），自从索隆到来已有 44 年了，而赫仁迪尔当时还是个小孩；因此只能得出这样的结论：当时努门诺尔人的长寿意味着他们的成长和衰老速度与其他人类不同，他们要到 50 岁左右才能完全成年。参见《未完的传说》第 292 页。

[11] 欧隆托那个可能一去不返的任务，似乎是阿门迪尔航向西方，一去不复返（《精灵宝钻》第 345—346 页 ［ 本书第 265 页 ］）的前身。

[12] 手稿（之后续以打字稿）在这里出现了混乱，因为除了刊出的文本外，还给出了费瑞尔唱的完整歌词及其译文，因此，开头和结尾的两行歌词及其译文就重复了。不过，从手稿上的铅笔标记可以清楚看出，家父虽没删除第一个版本，但立即又写了第二个版本（省略了这首歌的大部分内容）。歌词文本的修改分为三个阶段。以下改动的时间很可能与写作时间十分接近：第 2 行中的 Valion númenyaron（译为"西方主宰"）改成了 Valion: númessier，第 9 行中的 hondo-ninya 改成了 indo-ninya；在第 8 行中，Vinya 被写在 Númenor 的上方作为备选替代（参见注释 3）。在后来的修订之前，歌词文本是这样的：

Ilu Ilúvatar en kárę eldain a fírimoin

努门诺尔的沦亡

ar antaróta mannar Valion: númessier.

Toi aina, mána, meldielto — enga morion:

talantie. Mardello Melko lende: márie.

Eldain en kárier Isil, nan hildin Úr-anar.

Toi írimar. Ilqainen antar annar lestanen

Ilúvatáren. Ilu vanya, fanya, eari,

i-mar, ar ilqa ímen. Írima ye Númenor.

Nan úye sére indo-ninya símen, ullume;

ten sí ye tyelma, yéva tyel ar i-narqelion,

íṛe ilqa yéva nótina, hostainiéva, yallume:

ananta úva táre fárea, ufárea!

Man táre antáva nin Ilúvatar, Ilúvatar

enyáṛe tar i tyel, íṛe Anarinya qeluva?

天父为精灵和凡人创造了世界，祂将它交付诸神之手。他
们居于西方。他们神圣、蒙福、深受爱戴：除了黑暗者。
他已经堕落。米尔寇已经离开了大地：幸甚至哉。他们为
精灵创造了月亮，但为人类创造了火红的太阳，它们都很
美。他们把伊露维塔的礼物适度分给了所有人。世界很
美：天空、海洋、大地，以及其中的万物。努门诺尔令人
心醉。但我的心不会永远在此安息；因为这里有终结，而
终结和消逝终将到来，届时一切都将被清点，一切都将被
计数，但这还不够，还不够。天父啊，在终结到来之后，
当我的太阳消逝，天父会赐予我什么？

注　释

423

此后第 4 行的 Mardello Melko 被改成了 Melko Mardello，
而第 5—6 行变成了：

En kárielto eldain Isil, hildin Úr-anar.

Toi írimar. Ilyain antalto annar lestanen

之后，在打字稿完成后，Melko 在歌词和译文中被改成了
Alkar，见注释 15。

这首歌第 5—6 行的思想再次出现在埃兰迪尔后来对赫
仁迪尔说的话中（第 338 页）："维拉为首生儿女创造了
月亮，为人类创造了太阳，用以对抗大敌的黑暗。"参
见"精灵宝钻征战史"第 75 段（《精灵宝钻》第 135 页）：
"因为太阳标志着人类的苏醒与精灵的衰微，但月亮珍藏
着他们的回忆。"

[13] 关于 hon-maren"房子的心脏"，见"词源列表"[《中洲
历史》卷五第 364 页]，词干 KHO-N。

[14] 艾伦与昂温出版社制作的代打稿（[《中洲历史》卷五]第
8 页脚注）到此结束。出版商的审稿人（见 [《中洲历史》
卷五]第 97 页）说："写成的只有开头两章……和结尾的
一章。"也许可以认为，代打稿之所以到此为止，是因为
当时写成的文稿就这么多，但我认为原因并非如此。在代
打稿中断的地方（在一页手稿的中间），根本看不出任何
写作中断的迹象，似乎更可能是打字员干脆放弃了，因为
手稿在这里由于改写和替换变得混乱难解。

在《失落之路》前面几部分中，我已经纳入了所有对手稿

的修改——无论那些修改是多么迅速和轻率——因为它们全部出现在代打稿中。从这里开始，没有任何外部证据可以表明铅笔修改是何时做出的，但我还是像之前那样把这些修改纳入了文本。

[15] 埃兰迪尔对赫仁迪尔讲述的关于古代历史的漫长故事，从"始有伊露维塔，'独一之神'"到本书第 340 页的"（若是可能）还要毁灭阿瓦隆和维林诺"，替换了原来简短得多的段落。这一替换肯定晚于《失落之路》提交给艾伦与昂温出版社的时间，因为魔苟斯在这里被称为"阿尔卡"（文稿最初写成时采用的名字），不是"米尔寇"，而在前一章中费瑞尔所唱的那首歌里，"米尔寇"只用铅笔改成了"阿尔卡"，代打稿里没有采纳这个改动。原来的段落如下：

> 他讲述了大能者中最强大的米尔寇［后来改为"阿尔卡"，之后均作阿尔卡］的反叛，反叛始于世界诞生之初；他在蒙福之地作恶，导致如今居住在埃瑞西亚的大地首生儿女埃尔达流亡，之后被西方主宰弃绝。他讲述了米尔寇在中洲的暴政，以及他曾如何奴役人类；讲述了埃尔达对米尔寇发起的讨伐和随后的失败，以及帮助埃尔达的人类先祖；讲述了埃雅仁德尔如何把他们的祈求带给了诸神，米尔寇如何被推翻，并被逐出世界的范围之外。

> 埃兰迪尔停顿了一下，俯视着赫仁迪尔。赫仁迪

尔没有动,也没有任何表示。于是埃兰迪尔说了下去。"赫仁迪尔,你岂不知魔苟斯是邪恶的始作俑者,他给我们的祖先带来了悲伤?我们只因恐惧才效忠于他。因为他早就失去了治理世界的权力。我们也不必对他抱有希望:我们种族的先祖曾与他为敌,因此我们无法从他或他的仆人那里得到任何关爱。魔苟斯不会宽恕。但只要诸神在位,他就无法以实际的力量和形体回到这个世界。他在空虚之境,不过他的意志依然存在,并指引着他的仆从。而他的意志就是推翻诸神的统治,然后回归,掌握统治权,向那些服从诸神的人复仇。

"但我们为什么要受骗……"(后文同本书第340页)。

结尾的几句("但只要诸神在位,他就无法……")与"沦亡二稿"第1段[《中洲历史》卷五第29页]中的一段话密切呼应,或者说是那一段话密切呼应这几句(见注释25)。

[16] "精灵宝钻征战史"第10段[《中洲历史》卷五第206—207页]提到,米尔寇"与曼威出自同源"。我相信,米尔寇的这个名字"光芒闪耀的阿尔卡"只出现在这篇文稿里。

[17] 见注释8。原文中埃雅仁德尔的"孩子"用了单数,表明埃尔洛斯尚未出现,就像他也没有出现在"沦亡二稿"中([《中洲历史》卷五]第34页)。

[18] "对伊露维塔所造生灵的拙劣模仿"：参见"沦亡二稿"第
1 段［《中洲历史》卷五第 24—25 页］及评注［《中洲历史》
卷五第 29 页］。

[19] 很长的替换段落到此结束（见注释 15），不过它接下来的
文字与先前的形式基本相同（"但只要诸神在位，他就无
法回到这个世界……"）。后来这段话被删掉了。

[20] "这赠礼随着时间的流逝，纵使西方主宰也会嫉羡"这句
话是用铅笔添加到文本中的，也是这个观点首次出现：在
多年以后写成的"爱努的大乐章"的一版文本中，也有非
常相似的说法（参见《精灵宝钻》，第 64 页："死亡是他
们的命运，是伊露维塔的礼物，随着时间流逝，连众神亦
会嫉羡。"）

[21] 参见"沦亡二稿"第 5 段［《中洲历史》卷五第 26 页］：
"有人说他是比努门诺尔的王更伟大的君王；有人说他是
诸神之一，或是他们的子孙，被派来统治中洲。少数人报
告说，他是邪恶的神灵，也许就是魔苟斯本人归来。但这
被认为只是野蛮人类的无稽之谈。"

[22] 原来的文稿里用的就是这种十二进制的计算。见注释 10。

[23] 参见"沦亡二稿"第 5 段［《中洲历史》卷五第 26 页］：
"因为［诸神］说，索隆如果前来，将会作恶；但是他除
非获得召唤，得到国王使者的引导，否则就不能来到努门
诺尔。"

[24] 我认为，"墨瑞昂迪"这个名称别处都不曾出现过。这个
东部的港口无疑就是罗门娜的前身。

注　释

［25］ 这就是"沦亡二稿"第5段［《中洲历史》卷五第26—27页］中关于索隆来到努门诺尔的故事，不久之后它就被另一个版本取代了，而在新的版本中，船只被巨浪掀起、远远抛入内陆的情节被删除了，见［《中洲历史》卷五］第9、26—27页。在"沦亡二稿"的第一个版本中，大海像"山"一样升起，载着索隆的船被搁在一座"山丘"上，索隆站在山丘上向努门诺尔人宣讲他的信息。在《失落之路》中，大海像"山丘"一样升起，又用铅笔改成了"山"，索隆的船则被抛在一块"高高的岩石"上，后用铅笔改成了"山丘"，索隆站在岩石上说话（未做改动）。我认为这是最有力的证据，证明在这两部相伴的作品中（见注释15、21、23），《失落之路》是先写的。

［26］ 阿尔卡：用铅笔写的对"米尔寇"的改动。见注释15。

［27］ 关于所有精灵的通用语——埃瑞西亚语（"精灵拉丁语"，琅雅语），见［《中洲历史》卷五］第56页。本段是首次提到这样的构思：在努门诺尔"当政者"对埃瑞西亚文化和影响的攻击中，包含语言的因素；参见《未完的传说》中的"埃尔洛斯一脉"（第289页［本书第239页］），关于努门诺尔的第二十代统治者阿尔-阿督那霍尔："他是第一位登基时采用阿督耐克语名号的国王……在他统治的时期，精灵语不再被人使用，也不准教学，但被忠贞派秘密保留下来。"以及第二十三代统治者阿尔-基密佐尔："他彻底禁止使用埃尔达语言"（《精灵宝钻》第336页［本书第241页］中也有十分相似的记载）。当然，在

《失落之路》写作的时候还没有出现将阿督耐克语作为努门诺尔语言之一的构思，提出的只是"恢复人类祖先的语言"。

[28] 这可以追溯到"沦亡一稿"第 6 段（《中洲历史》卷五第 15 页）："苏尔说，魔苟斯的赠礼被诸神扣留，要取得强大的权力和不死的生命，他［国王安国尔］必须成为西方的主宰。"

中洲地图

[1] 为了《魔戒同盟》的出版（1954 年），克里斯托弗·托尔金绘制了一幅巨大的中洲总图。这幅地图没有命名，用黑色和红色墨水绘制，作为折页附在书后。虽然克里斯托弗的地图是根据他父亲饱经修改加工的原版铅笔地图绘制的，但由于出版商急于在最后期限前完成该书，克里斯托弗的绘制有些仓促。1980 年，克里斯托弗·托尔金在《未完的传说》中出版了先父的遗作，他绘制了一份努门诺尔的地图，收录在第 217 页的对页（本书的第 44 页后），并重新绘制了中洲的地图，他解释说：

"我最初打算在本书中收入《魔戒》附带的地图，在上面加标更多的名称，但再三考虑之后，我觉得最好还是复制我的地图原稿，借机弥补一些较小的缺陷（重大缺陷就不是我力所能弥补的了）。因此，我采用

大一半的比例（即新地图绘出来比旧地图的出版尺寸
大一半），十分精确地重绘了它。地图展示的地区小
了一些，但缺失的地点只有乌姆巴尔港口和佛洛赫尔
海岬。"（《未完的传说》第23页）

由于本书呈现的托尔金关于第二纪元的作品中提到了乌姆
巴尔，我们在此复制了克里斯托弗最初的"无名"地图
（第357页），而后来的《未完的传说》地图则被收录在本
书的后环衬，题为"第三纪元末的中洲西境全图"（现在
所有版本的《魔戒》都采用了这幅地图）。

努门诺尔的沦亡

致 谢

在仔细研究 J.R.R. 托尔金的著作时，人们总是会不可避免地意识到，他不仅是一位拥有非凡想象力天赋的作家，而且还是一位博学的学者，能够将语文学和研究神话、传说和民间故事这一丰富世界的严谨性和学术规范融入他的文学创作（或者，托尔金更愿意称之为"次创作"）之中。

本书所收录的大部分已出版文本，都是克里斯托弗·托尔金几乎毕生致力于理解、整理和编排托尔金传说故事集的成果。这也提醒了我们，克里斯托弗作为一位勤奋的编辑拥有怎样的独特天赋：他不仅有巧妙优雅的写作风格，且这种风格与他父亲的风格相得益彰。

托尔金父子二人，无疑是本书所收录故事的当之无愧的"原作者"和"记录者"。尽管如此，我们也需要感谢其他一些人的慷慨帮助。

我要向托尔金遗产和克里斯托弗·托尔金遗产的管理人们表达由衷的谢意，感谢他们不仅批准了这个项目，还积极地参与其中，提出了详尽而富有建设性的意见，这些意见在本书从构思到最终成书的过程中提供了至关重要的帮助。在本书的出版过程中，托尔金家族、受托人和更广泛的托尔金社群失去了普莉西拉·托尔金，她是教授最小的孩子。她是父亲作品的热情拥护者，也是所有遨游中洲的旅人们不离不弃的朋友。因此，谨以此书真挚地纪念她。

我要向哈珀柯林斯出版社的遗产出版商大卫·布劳恩（David Brawn）致以谢意，是他提出了这个项目，并托付我完成了它。我还要感谢编辑和出版运营主管汉娜·斯坦普（Hannah Stamp），感谢她细心周到的协助和对细节的关注；感谢设计师特伦斯·卡文（Terence Caven），他打动人心、优雅大方的版式设计来之不易，为了达到最终效果，我们制作了许多个版本；最后感谢生产经理西蒙·摩尔（Simon Moore），他帮助我们所有人争分夺秒地工作，在空前复杂的物流情况下，将这些图书印刷出来并运送到世界各地。

平装版修订和更正过程中，我十分感谢艾薇·夏普曼（Ivy Schaapman）、乔纳森·亨特（Jonathan Hunt）和约翰·加思（John Garth）的协助。这至少是我有幸与哈珀柯林斯出版社托尔金出版总监克里斯·史密斯（Chris Smith）合作的第十二个项目（包括书籍和日历）。作为我的编辑，克里斯一如既往地耐心十足，最重要的是，他总是提供睿智、安抚并鼓励人心的建议，以至于最终成书可以说是我们俩共同的成果。

虽然我和艾伦·李已经有二十多年的交情，但我们以前一直不曾有机会合作过项目，因此，《努门诺尔的沦亡》是一个特殊的里程碑。和以往一样，艾伦精美的作品令我赞叹不已。他用富有感染力的全新彩色插图和穿插于书页中的铅笔装饰画，捕捉到了中洲和努门诺尔的壮丽与神韵。

最后，我要感谢我的经纪人菲利普·帕特森（Philip Patterson），以及我那忠诚始终不渝的丈夫大卫·威克斯（David Weeks），他毫无怨言地耐心陪伴我度过了数月时光，经历了中洲第二纪元的动荡岁月。

布莱恩·西布利

致 谢

文景

Horizon

社 科 新 知　文 艺 新 潮

努门诺尔的沦亡

［英］J.R.R.托尔金 著　　［英］布莱恩·西布利 编

［英］艾伦·李 图

邓嘉宛　石中歌 译

出 品 人：姚映然

责任编辑：卢　茗

特约校对：虫　子　zionius

营销编辑：杨　朗　高晓倩

封扉设计：陆智昌

出　　品：北京世纪文景文化传播有限责任公司

　　　　　（北京朝阳区东土城路8号林达大厦A座4A　100013）

出版发行：上海人民出版社

印　　刷：山东临沂新华印刷物流集团有限责任公司

制　　版：南京展望文化发展有限公司

开 本：820mm×1280mm　1/32

印 张：14　字 数：171，000　　插 页：13

2025年3月第1版　　2025年3月第1次印刷

定 价：108.00元

ISBN：978-7-208-19092-4/I·2170

图书在版编目（CIP）数据

努门诺尔的沦亡 /（英）J.R.R. 托尔金

(J. R. R. Tolkien) 著；（英）布莱恩· 西布利

(Brian Sibley) 编；（英）艾伦· 李 (Alan Lee) 图；

邓嘉宛，石中歌译 . —— 上海：上海人民出版社，2024.

ISBN 978-7-208-19092-4

Ⅰ . I561.45

中国国家版本馆 CIP 数据核字第 20240W7Z94 号

本书如有印装错误，请致电本社更换　010-52187586

社 科 新 知　文 艺 新 潮　｜　与 文 景 相 遇

微信公众号　　微　博　　豆　瓣

bilibili　　抖　音　　小红书

托尔金在文景

《中洲地图集》
《托尔金：中洲缔造者》
《托尔金的世界》
《托尔金传》

《世纪作家》
《中洲地图志》
《托尔金与世界大战》
《西古尔德与古德露恩的传奇》
⋯⋯

THE WEST OF
MIDDLE-EARTH
AT THE END OF
THE THIRD AGE

Miles

50   100   150   200